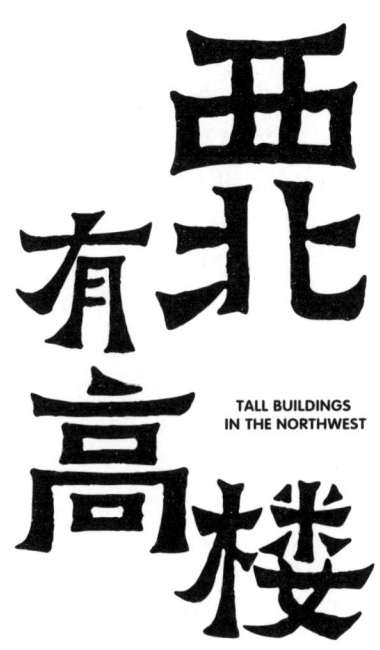

西北有高楼

TALL BUILDINGS
IN THE NORTHWEST

王祥夫
著

陕西师范大学出版总社　西安

图书代号　WX25N1215

图书在版编目（CIP）数据

西北有高楼 / 王祥夫著. -- 西安：陕西师范大学出版总社有限公司, 2025.8. -- ISBN 978-7-5695-5321-5

Ⅰ．I247.5

中国国家版本馆CIP数据核字第20257CK769号

西北有高楼
XIBEI YOU GAOLOU

王祥夫　著

出版统筹	刘东风
责任编辑	舒　敏
责任校对	彭　燕
封面设计	主语设计
出版发行	陕西师范大学出版总社
	（西安市长安南路199号　邮编 710062）
网　　址	http://www.snupg.com
印　　刷	陕西龙山海天艺术印务有限公司
开　　本	720 mm×1020 mm　1/16
印　　张	14.25
插　　页	2
字　　数	200千
版　　次	2025年8月第1版
印　　次	2025年8月第1次印刷
书　　号	ISBN 978-7-5695-5321-5
定　　价	59.00元

读者购书、书店添货或发现印装质量问题，请与本公司营销部联系、调换。

电话：（029）85307864　85303629　传真：（029）85303879

目录

CONTENTS

西北有高楼　　　　　　　　001

高兴镇　　　　　　　　　　049

花样年华　　　　　　　　　099

穿在一起不离分　　　　　　161

上　边　　　　　　　　　　207

西北有高楼

1

怎么说呢，你不妨朝西北那边看。

如果有人留意，就会经常看到西北角那栋楼的三层阳台上总有个女人探出头来朝下看，这女人已经不年轻了，却还梳着两条辫子，因为她梳着辫子，所以又让人觉得她还年轻，这就让人们有些捉摸不定多少觉得有点奇怪，人们看到她的嘴巴在动，却听不到她在上边独自说些什么。

"她在跟谁说话呢？跟谁？"有人问。

"那是个傻子。"有人说。

"她生下来就是个傻子。"停停，这人又说。

怎么说呢，这一带据说马上就要被拆掉了，所以有说不出的乱，到处是拆迁垃圾，不刮风下雨还好些，一旦刮风，垃圾会被吹得到处都是。院子里人们搬家扔出来的垃圾简直是什么都有，瓶瓶罐罐，破沙发烂床，但主要是各种烂塑料袋子，因为这里要拆迁，市政卫生部门就放弃了对这片拆迁之地的卫生工作，任由它脏乱，其实他们也收拾不过来。垃圾这东西其实是长腿的，会到处跑，今天在东，明天又跑到了西，最可怜的是道两边的树上，挂满了被风吹上去的塑料袋子。这地方肯定要拆了，人们都搬走了。但即使是这样，下边街两边的小饭店小菜铺小五金店还有镶牙馆小按摩店理发店现在还都继续开着，那些小店老板的想法是能挨一天算一天，就这么，大家都互相观望着，院子里的人家，怎么说呢，现在差不多都已经搬空了，门窗都被拆掉，铝合金铁合金的窗框子都被拆去换了钱，整栋楼整栋楼的上面现在是一个一个的黑洞，一个又一个的黑洞。说到拆迁，人们一开始还坚持着不搬，虽然上边一直在催，一直在催，不停地在催，但没起什么作用，直到后来有了新政策，贴出了告示，上边一条一条说了许多很有道理的大道理，但其实最动人的却只有一条，那就是谁家搬得早谁家就有可能先挑到那边好的楼层。那边是哪里？好像是谁都不会知道，但有消息灵通而又有关系的一些人已经私下知道那边是什么地方了，一传十十传百，都纷纷跑去看，却原来还是个工地，正在打地基。但位置很好，靠近市中心，又离一所学校不远，西边还有个大超市，大超市过去是个医院，于是人们开始搬了，一家搬，许多家就都也跟着搬，有兵败如山倒的味道，很快，院子里整整八栋楼都几乎搬空了，但怎么说呢，当人们都纷纷搬走，上边好像又一时不急着拆了，应该是，院子里的人家搬空了，下一步就轮到了小街两边那些大大小小的店铺，但上边下来的人只在街两边的店铺墙上号了不少很大的"拆"字，用白粉，画一个很大的圈把那个"拆"字圈在里边，以期引起人们的注意，写完这些"拆"字拆迁工作就停顿了下来，拆呢还是不拆？人们又好像为此十分着急，这是春天时候的事，现在都已经是秋天了，树叶都开始哗啦哗啦地飘落了，但还是没有拆的消息，时间停在这里了，好像不再向前去，也不向后退，一时停顿住了，但这里人来人往的热闹还是不减以前，住在这里的人们虽然暂时被安排到了别处，但他们没事还是喜欢回到这里来买米买面或买菜买油，好像东西只有这里的好，或者是找老街坊站在一起说说话，而他们所说的话又左右离不开拆迁。

"怎么还不拆？"有人说话了。

"还不全因为老候那个大妞。"有人答话了。

"她想干啥？"有人又问。

"她想等她的'小萨'回来，她怕'小萨'回来找不到家。"

人们说的那个大妞就是那个经常出现在三楼阳台上梳着两条辫子的女人，人们都叫她大妞，别人都搬走了，但大妞却没地方去，你让她去什么地方？她没结过婚，虽然没男人她却生过一个孩子，但那孩子九岁上又丢了，给人贩子拐走了，所以她没地方可去，大姐可真够命苦的。人们说话的时候还会朝西北角那栋楼瞅一眼。有时候就会看到大姐恰好待在上边的阳台上正在呆呆地朝下望，还有，这里的老住户一看到她就会想起大个子老候。

"老候要是还在的话……"有人开口说话了。

但也有不认识老候的人，跟着问了一句："老候是谁？"

"老候早死了，他要不死他闺女早就有地方去了。"

这人说话的时候又抬起头来朝那边阳台上边看，别人也都跟上朝上边看，西北角三楼的阳台上边现在没人，但人们能看到阳台上堆满了垃圾，都是大姐捡的，她现在靠捡垃圾过活。人们都能看到她整天背着捡来的垃圾进来出去。

"谁是老候？"那人又问了，想知道个究竟。

"跟你说早死了，老候是个苦命人。"

答话的人是个黄脸老太太，是这个院子里的老住户，最近老年广场舞的明星，差不多的人都知道她。关于这个院子里的事，没有她不知道的，人们都叫她胡姨，其实她不姓胡，她男人姓胡，人们就都跟上她男人的姓叫她胡姨。胡姨长了两只小细眼，说话总是神神秘秘，总是把身子凑过来，总是把声音放低，这么一来呢，就像是她要说的话很神秘了。胡姨一共生了五个孩子，男人在农业局当副局长。那一年，她男人把他的老父亲从山东老家接了来，来了就不走了，结果就死在了这里，人们还记着那口大红的棺材，没地方放，就停在他们自家的门口，人们出来进去都要从那口棺材边上过，晚上挺瘆人的。山东人是重礼仪的，那几天好多山东人都从山东那边过来了，来奔这个丧。那时候大姐的母亲还没跳楼，大姐的家就住在胡姨家对面的那栋楼，只不过胡姨在一楼，大姐她们住三层，老候女人，总是挺着个老大的肚子从三楼上下来叫上胡姨一块去买菜。

她们买菜总是在下午，这时候的菜便宜。

她们出去了，各自挎着一个竹篮。

"走慢点。"胡姨说。

"我也快不了。"老候女人笑着说。

胡姨对老候女人说："这回你放心，一定是个小子。"

这么一说呢，老候女人的脸上就有了笑容，老候女人是个大高个儿，大妞长到后来就随了她，也是个大高个儿。老候女人一连生了三个女儿，她希望自己下一个能生一个儿子。说来也怪，老候家楼下一层的那户姓从的山东人，女人居然也是一连生了四个姑娘，后来这个从姨，人们都叫她从姨，其实她也不姓从，是她男人姓从，不知为什么，人们总是随着她们的男人这么叫，男人姓什么就叫什么姨，叫到后来人们都不知道她们姓什么了。后来从姨的肚子又大了，但跟着又一个姑娘生了下来，也就是老五，从姨看着这个老五是既生气又绝望，她一使劲，把这个孩子就摁在了盆子里，等她松了手，那孩子却又从尿盆子里漂了起来并且尖锐地哭出了声。为了她不会生男孩的事，她男人老从总是半夜打她，从姨死死咬住牙不让自己叫出声。人们都说老从的女人也太苦了，是心苦，所以人才一天比一天瘦。她工作的单位就在院子东边的商店，从南边出了院子往东一拐就到，所以她把家照顾得有条有理。这天从姨又在哭了，人们听到了她的哭声，她男人这次没打她，她男人不在家，出差了。她可以放心地哭，把心里的委屈都哭出来。

"心病，这都是心病。"胡姨对老候女人说。

老候女人没说话，她心里也很难受。

"如果从姨生个男孩就没心病了。"胡姨又说，看了看老候女人的脸马上又说："你这回肯定是个小子，你看你这走路。"

"你再迈两步，再迈两步。"胡姨说。

"做女人真麻烦。"老候女人说。

老候女人挺着个大肚子从楼上慢慢慢慢下来了,她每下一个台阶都用一只手撑着自己的后腰,下一个台阶撑一下,下一个台阶撑一下,她终于从三楼上下来了。她从她住的一栋楼走到二栋楼,走到了胡姨家,但她不进家,她挺着大肚子把胳膊伸出去,敲敲窗玻璃,喊胡姨跟她一起去买菜,那几天胡姨的公公已经打发了,她男人不知道从什么地方雇了辆解放牌大卡车,把他爹的大红棺材和那些从山东过来的亲戚们一车都拉走了,回他们山东聊城去了。

那些天,老候女人心情挺好,她见人就说她这回可能是个小子,她已经感觉出来了,确实和以前有些不一样,而且,她说胡姨也看出来了,她说胡姨会看。

"胡姨的话八九不离十,她在医院工作,这种事她见多了。"老候女人对人们说。

"她有经验。"老候女人还对她旁边的邻居许锁燕也这么说,老候女人没事总去旁边许锁燕的家去串门,坐坐,说说话,或者喝口茶,做饭的时候缺点油盐什么的过去取就行。那时候的人们,白天总开着门,关门做什么,邻居有什么事一迈腿就进去了。

许锁燕是东北女人,黑瘦黑瘦,说话眼皮会不停地跳,到了晚上她对自己男人王发义说:"你看看还有这么劝人的,胡家老婆说老候女人这一次一定是生个男孩,这不是害人家吗?哪有这么劝人的,这不是害人吗?要是生下不是呢?会更受不了。"

"操他妈个×。"许锁燕的男人直接来了一句。

"要真心想劝就说生男生女一个样,你说是不是应该这么说?"许锁燕的眼皮又跳开了。

"胡家这个坏娘儿们我看着就来气,"许锁燕的男人又说,"我看她是在使坏心眼。"

"她男人也不是个什么好东西!"

许锁燕想起来了，老胡，就是胡姨的男人，常常吃过晚饭没事带着他的小儿子在院子里散步，他嘴里叼着根烟，他那才五六岁的儿子嘴里也叼着根烟，别人说他那么小你就惯着他抽烟。

"玩玩呗。"老胡笑着说。

"我操！世界观有问题。"王发义说。

2

运动来了，说来就来了。

运动来的时候老候女人已经在坐月子，胡姨的话没说准，老候女人这次又生了一个姑娘，姑娘一生下来她就连着大哭了几场，她一边用手使劲捶自己的肚子一边哭。许锁燕买了五斤鸡蛋过去看了看老候女人，两家关系不错，总是有什么事都互相照顾着。

"这怎么办啊，这怎么办啊？"

老候女人就这一句话对许锁燕说了一遍又一遍。

"你说！"老候女人忽然盯着许锁燕。

"你让我说什么？"

许锁燕忽然有点怕，老候女人的眼神看上去有点怕人。

"你说会不会我生的是个男孩儿，在医院里被人换了？"

"不会不会，哪能出这种事。"

许锁燕忙说医院不会出这种事，医院怎么会出这种事？

老候女人突然又放声大哭了起来，说大妞没毛病就好了，自己好命苦，三个姑娘，大妞是那样，这又紧跟着来了不长把儿的。老候女人呼哧呼哧地哭着，她一边哭一边用手使劲捶肚子，一把眼泪一把鼻涕。

"我是真不想活了，没意思。"老候女人说。

"看你说的都是些什么话。"许锁燕忙说。

"唉，没意思，人活着真是没意思。"老候女人说。

老候女人哭的时候大姐就在那里坐着，她呆呆地看着她妈，她的两只手手心朝上摊平放在自己的两条腿上，她也上过学，上到三年级学校说实在是没办法了，她现在连二乘二得几都弄不清，所以她不再上了，她就在家里跟着她妈待着，她整天也没什么话，也没什么动静，她妈哭的时候她会抬起手看看自己的手指，可手指有什么好看的呢？

许锁燕敲门进来的时候，大姐站起来一下。

"许姨好。"

许锁燕走的时候大姐又站起来一下。

"许姨好。"

除此之外她不知道该说什么，她不是不会说话，她就是不知道自己该怎么说话，她的脑子转得非常慢。

"我就看咱大姐挺好的。"

许锁燕对老候女人说，她这纯粹是为了让她开心。

大姐在那里坐着，两只手平放在腿上，手心朝上，有时候她会把手拿起来看来看去，看什么呢？

到了晚上，王发义在水池子那边洗碗，许锁燕站在他身后看着他洗，头顶上那盏灯是十五瓦的，不亮，也不暗，为了省电，大院居民委员会不许任何人家的灯泡超过十五瓦，连肖市长王市长家里的灯泡也是十五瓦的。

"你说，她一口一个活着没意思，脑子是不是有问题了？"许锁燕对王发义说。

"出什么事了？"王发义说。

"她怀疑医院是不是把自己的孩子给换了。"

"真是胡说，其实她根本就不该生。"王发义说。

"我看她再生也许还是个姑娘，老候就没那个本事。"许锁燕忽然笑了起来。

王发义也跟着笑了起来，但马上就不笑了，小声对许锁燕说："你知道不知道，老候刚被关起来了。"

"被关起来了？为啥？"许锁燕说。

"谁知道？按说他是部队上下来的人，现在又在武装部工作，会有什么事？不会有什么事吧？"

王发义说不上来了，他洗完碗了，把它们都又给放到碗架上去，他给自己点了根烟，抽着，眯着眼，他待会儿还要裁报纸，上边安排下来了，家家户户这几天都要在窗玻璃上贴防空纸条，报纸裁两指宽的条子，打点糨糊，一条一条交叉地贴到门窗的玻璃上，这样要是敌人的飞机飞过来扔炸弹，玻璃碎了也不会飞得到处都是把人划伤，但谁是敌人呢，上边说了，敌人就是美帝和蒋光头，但人们不知道美帝的飞机和蒋光头的飞机会什么时候往过飞，街道通知了居民，不管美帝蒋光头什么时候往过扔炸弹，咱们先把防空条贴了再说，让他们的美梦实现不了。

王发义抽完了烟，坐下，把报纸拿过来裁条子，只要王发义在家，他几乎什么事都不让许锁燕做，王发义在工会工作，工会和武装部在一个院子，在俱乐部的对面。

"你多裁点，我明天把老候家的条子也给他们贴上。"许锁燕对王发义说。

王发义说那个大妞什么也干不了，以后谁找她。"这下可好，她爸也给关起来了。"

"关谁不好，怎么把他给关起来了？"

许锁燕待不住了，她去了厨房，原地转了一圈，从厨房出来，又转了一圈，又去了阳台，她在阳台上站着，朝下看，朝远处看，越看心里越乱，她在阳台上站了一小会儿，不少红蜻蜓就在她头顶上飞，像是要下雨了。许锁燕又转身进了家,眼皮此刻跳得飞快,她看着王发义。

"你看你,快去抹点清凉油。"王发义对许锁燕说。

许锁燕的眼皮子只要是一抹清凉油就会好点,就会不再跳,所以许锁燕的身上老是有一股子清凉油的味道,院子里的人们因此给她起了个外号就叫"清凉油"。

"你说她怎么办,正坐着月子呢?老候这样了,她可怎么办?"许锁燕对王发义说。

"问题是她也许还不知道老候被关起来的事。"王发义说。

"这种事,最后一个知道的也许才是她。"许锁燕说。

"外边的人差不多都知道了。"王发义说。

许锁燕把刚买的菜忽然拿了一半要给那边送过去,两个茄子,三个西红柿,还有几棵小白菜。

王发义看着许锁燕,说过去千万别乱说。

许锁燕把菜给老候家送了过去,她推开门进了老候的家,屋里挺暗,一进门左手是厨房,再往里是卫生间,再往里一左一右是两间房,老候的女人在南边也就是左边的那间房,她正坐在床上,抱着她那个还不到一个月的四妞,许锁燕一进门她就两眼红红地说:

"老候怎么两天没回来了,单位出差也得跟我说一声啊。"

许锁燕的眼皮一阵乱跳,她可不知道该怎么说。

"可能是单位有什么急事吧。"

许锁燕马上又说吃饭的事好说,我多做点给你送过来。

"你千万可别下地别使凉水。"许锁燕说。

许锁燕又转过身子对坐在那里发呆的大妞说:"你帮着你妈洗洗屎布子,你妈不能用凉水。"

"许姨好。"

大妞马上站起来了一下,又马上坐下,两只手平放在腿上,手心朝上。

许锁燕从老候家出来的时候,大妞又站起来了一下。

"许姨好。"

然后又坐下,两只手平放在腿上,手心朝上。

"唉,揪心,实在是揪心。"

许锁燕从老候家又回到了自己的家里,她一屁股坐在了那里,看着王发义,两眼里忽然都是泪。

"你可别哭。"王发义对许锁燕说,"来,抹点清凉油。"

"我这人就是心软。"许锁燕说。

"你就是心软。"王发义说。

王发义突然笑了,他想起了什么,想起了他和许锁燕谈对象时候的事,那次王发义从部队上探亲回来,他们还没结婚,他和许锁燕躲到没人的地方说话,他想了,憋不住了,他想要,想不到许锁燕果真就给了,许锁燕一边给一边说:"我就是心软,我就是心软,我就是心软。"

就在这天晚上,胡姨也来看老候女人,外边开始下雨,还打雷,胡姨头上顶了个花手帕,花手帕着了雨,贴在头皮上,外面的雷声忽然又一个,忽然又一个,只在天边,每来一个雷半边天都会一下子亮起。

胡姨的手里拎着两串葡萄,胡姨家的窗外的院子里种了两株葡萄,葡萄是半生不熟,一半紫一半绿。

"你少吃两颗,没事的。"

胡姨对老候女人说这也不算凉东西,没事。

胡姨和老候女人说话的时候大妞正在厨房的水池子里洗屎布子,厨房在一进门那里,灯光半明不暗,大妞就在水泥池子里洗屎布子,那个池子什么都洗,洗碗洗菜洗衣服,池子上边是三层木格子做的架子,一层放碗筷,一层放酱油醋和油罐子,最高一层放笼屉还放着一摞盆子。这个厨房不能说大，从厨房出去就是那个阳台，阳台上堆着煤，那时烧火做饭都用煤，还有劈柴，阳台上还有两盆花，里边照例是草茉莉，一早一晚地开着。从阳台上探头朝下望就可以看到下边老从的家，老从家那时候还养了不少鸡，白的，老从喜欢白色的鸡，所以他养的都是白来航鸡。晚上那些鸡都会自己回来，咕咕咕咕叫着，自己钻鸡篓里去了。楼房的格局都差不多，从阳台望下去下边是老从家的厨房，老从家厨房门的两边拉了一根铁丝，平时洗的衣服就挂在这里，到了秋天这地方的人习惯晾干白菜，老从晾的干白菜也挂这里，老从是山东人，他喜欢吃干带鱼，买来的带鱼先不吃，洗好了挂在铁丝上晾干再吃，所以人们总能看到老从家厨房门口的铁丝上晾着带鱼，去了头，剖了肚，等着风干。

"我跟你说，出事了。"

胡姨对老候女人小声说。

老候女人心惊胆跳地看着胡姨。

"你快说，是不是我们老候？"

老候女人一把拉住胡姨。

"这话除了我可没人敢跟你说。"胡姨说。

老候女人眼巴巴地看着胡姨。

"你说，是不是我们老候？"老候女人又说。

"是，老候被关起来了。"胡姨说。

"关起来了？"老候女人看着胡姨。

"是被关起来了。"胡姨说。

老候女人不说话了，嘴张那么老大，有声音从嗓子眼里发出来，不是哭，也不是叫，像是喘不过气来，人像是要给憋过去了。胡姨有点怕，她看着老候女人，看着她那只抓着毛线团的手越攥越紧，最后毛线团从她的手里滚了出来，那只手又死死攥成了一个拳头，最后这个拳头又被老候女人塞到了自己的嘴里，但哭声是塞不住的，老候女人哭出了声，哭声此刻就像是一股看不到的洪流，决堤了。

老候的家里突然爆发出的老候女人的哭声有点吓人，这哭声持续了好长时间，好像就一直没有断过，一直哭一直哭，一直哭到胡姨离开还没停。到了后半夜，人们都在老候女人的哭声中睡着了，却忽然又被惊醒，人们都听到了那嘡的一声响，哭声就此了断，紧接着，是婴儿的哭声。婴儿的哭声是在一个又一个暴雷的间隙里响起，纤细嘹亮而不容忽视。

最先被从梦中惊醒的是住在一楼的老从，他先是听到嘡的一声，声音就在自己家厨房的门外，然后是婴儿的哭声，他不明白发生了什么事，但他又好像明白发生了什么事，老从慢慢打开厨房门，人一下子被吓得瘫软在了台阶上，是老候女人从三楼阳台上头冲下跳了下来，怀里，还紧紧抱着她那还没满月的四妞，可怜的四妞，在雨里，也在血泊里。

四妞没有死，因为她被老候女人抱在怀里，老候女人从三楼阳台跳下来的时候是头冲下，她当下就没了，四妞却还被她死死抱在怀里，她没松手。

老候回来了，被放了出来，老候失魂落魄跌跌撞撞走路的样子给院子里的人们留下了十分深刻的印象，什么叫没了魂，老候的样子就是没了魂。老候的哭声是突然爆发，啊哈哈哈、啊哈哈哈、啊哈哈哈是男人的哭声，男人好像都不怎么会哭，只会嚎，那就是老候在嚎，人们都看见老候一边哭一边跪在老从的家门口在烧纸，那是老候女人头朝下跳楼落地的地方，老候在那地方一边烧纸一边嚎，那嚎声可太怕人了，人们这才知道男人的哭声原来是这么怕人。那个四妞，很快就被送了人，因为老候实在是没法子把这个吃奶的孩子留在身边，她上边还有三个姐姐。一连几天，大妞不会说话了，她被她妈给吓傻了，吓痴了，她站在那里，坐在那里都不会说话，她呆坐着，两只手平放在自己的腿上，手心朝上，展开，手里什么也没有。

许锁燕那几天成了保姆，天天忙着给老候一家人做饭，大姐也帮不上什么，许锁燕把饭在自己家做好再给老候家用盆子端过来，面疙瘩汤，滴点香油撒些香菜末在里边。许锁燕从外边端着饭菜进来的时候，大姐会站起来一下，还是那句话：

"许姨好。"

许锁燕端上空盆子离开的时候，大姐又会站起来，还是那句话：

"许姨好。"

说完这句话，大姐会再坐下来，两手平放在自己的腿上，手心朝上，没事，她还会去洗那些四姐留下的屎布子，她把屎布子洗来洗去，洗干净了，再晾出去，晾干了，再拿下来洗，翻来覆去。

"洗什么，别洗了！"

这天老候忽然对着大姐大吼一声。

"你怎么不替你妈去死！"

老候的话王发义和许锁燕都听到了。

"啊呀，大姐好可怜。"许锁燕眼泪马上就出来了。

"唉，再这样下去老候也要完了。"王发义说。

许锁燕忽然不再说什么，这个东北女人，一屁股坐在床沿上，眼皮也不跳了，清凉油也派不上用场了。

"我操了个他妈的！"王发义一拍桌子站了起来。

"你要干啥？"许锁燕泪眼婆娑。

"我去揍她个逼养的，这事都怪她。"王发义说。

"对，去揍她！"

许锁燕用力擤了一下鼻子，这下通了，她知道王发义说的这个她是谁，她完全同意。

第二天的中午，院子里发出了尖锐的叫声，是胡姨。

这时候正是人们上下班的钟点，在一栋楼和二栋楼之间的空地上，人们都看到王发义在打胡姨，他一只手拽着胡姨的一只手，不让她跑，胡姨也是刚下班，王发义先是用大耳刮子一左一右扇，几下就把胡姨给扇倒在地上了，然后是弯下腰继续扇继续扇，还用脚踹。人们都看着，但谁也不敢上前去把王发义拉开。这时候人们看到了胡姨的大儿子和大闺女，他们，居然也站在那里看，看王发义打他们的母亲，他们居然没有一个敢冲过来，就好像眼前的事跟他们没有一点点关系。胡姨的老大是个姑娘，叫爱新，爱新已经不小了，二十七八了，长了一双细小的眼睛，她站在那里一动不动，脸上没一点点表情，好像眼前的事跟她真的无关，胡姨的老二叫爱同，二十多了，是个大小伙子，也长了一双细小的眼睛，他也站在那里一动不动地看着王发义打他的母亲，还有胡姨的小儿子，他也有十多岁了，他小小的就学会了抽烟，他也站在那里一动不动，好像眼前的事也跟他没有一点点关系，据说，王发义在院子里打胡姨的时候，胡姨的男人就在家里，只不过他是在家里观看，隔着窗子，他也没有冲出来。

"我操，我非要把你们的世界观给你们打过来不可！"

王发义终于打完了，拍拍手，跺跺脚，又把头上的帽子正正，在人们的印象中，他永远戴着一顶旧军帽，身上好像除了军装就没穿过别的什么衣服，只不过是没有领子上那两面红旗和帽子上的那颗红星。

王发义噔噔噔噔上楼去了。

胡姨躺在院子里一动不动，围观的人也都慢慢散去，老从的那几只雪白的来航鸡过来了，它们一步一步试试探探，每走一步都点一下头，慢慢走到了躺在地下的胡姨身边，然后，在地上煞有介事地左啄一下，右啄一下，它们在啄什么，没人知道。

3

　　大妞去上班了，这事挺新鲜。

　　她上班的地方就在南边的医院，这家医院就在大妞家旁边，只隔一条很窄的东西向小街。往东去，是去车站的那条路，往西去，便可以一直走一直走走到西边的山上，山上有什么，什么也没有，这地方的山大多是荒山，山下有宝藏，便是挖也挖不完的煤。人们说这个小城的地下是空的，都给挖煤挖空了，小城南边的那条河早没水了，水也都给挖煤挖得流到了地下。

　　大妞有工作了，她的工作是洗瓶子，这个工作真不怎么的，但好一点的大妞又都做不了。这工作还是老候家楼下二楼东边那家的方大夫给介绍的，方大夫就在这家医院工作，人长得胖墩墩的，圆圆的脸永远是红扑扑的，上海人；她男人在银行工作，人倒瘦瘦的，戴副黄框子眼镜，人很和气，又斯文，也是上海人，他们每年过年都要回上海一趟，会给院子里的人捎回来不少东西，他们也乐意为大家服务。这一年，他们从上海带回来一个小小玩具，就是一面小小的镜子，还有一个立在那里正在跳舞的人，芭蕾着两只脚，举着一只手，只需把那面小镜子对着小人一推，那小人即刻就在桌面上快速旋转起来，这真是既新奇又好看，于是许多小孩儿都跑去他家看。

　　大妞上班了。她的工作就是整天在那里哗啦哗啦洗瓶子。那间房子靠近医院的北门，出了北门就是大妞她们的院子，所以每天上下班只需走几步路，从院子出来，几步走过那条街就行。洗瓶子的那间房人们都叫它水房，靠着西墙是一个比一个高的台阶式大水泥池子，水不停地从最高的那个池子往下流，这样方便洗瓶子，以前的医院里都会有这么一个水房，洗瓶子的工具是一个又一个很大的方形铁丝编的筐，瓶子一个一个口朝上放进去，放满了，用手提着在水泥池子里哗啦哗啦洗就是。还有一把刷奶瓶那样的刷子，要把每一个瓶子都认真刷到，刷完了再冲，冲干净了再放到消毒笼里去蒸去消毒，那时候还没有塑料瓶，医院的一切瓶子几乎都是玻璃制品，小眼药瓶子是琥珀色的，好看，涂皮肤的皮肤药小瓶子是深蓝色的，也很好看。医院还给大妞发了工装，居然是蓝色的，医院里别的人穿的工作服都是白色的，而唯有洗衣房和洗瓶子房的人们穿的工装是蓝色的，说是工装也不对，因为那只是一个很大的蓝色围裙，前边有一个很大的口袋可以放放工具。大妞洗瓶子的那个猪毛刷子很粗，须用很大劲儿才能塞到瓶子里，塞进去转几转就行，没清洗过的瓶子是口朝上放在一个铁丝编的方形浅筐子里，洗好的是口朝下放在另一个铁丝编的方形浅筐子里。

"这一筐头朝上放，那一筐头朝下放。"

水房的那个小伙子李红旗对大妞说。

"这一筐放洗过的，头朝下，这一筐放没洗过的，头朝上。"

水房的那个小伙子李红旗又大声说。

"怎么又放反了？"李红旗又大声笑着说。

水房的这个李红旗算是大妞的师傅，水房洗瓶子一共四个人，另外两个老女人很少跟大妞说什么，她们坐在一边一边洗瓶子一边说些家长里短婆婆妈妈鸡毛蒜皮的事。

李红旗又过来了，又踢了一下筐子，说这下对了，没放错。或者突然又大声说："我透，又放错了！"

李红旗人其实挺好，还没结婚，也没对象，他岁数不大，才二十三。他爱踢足球，从小随着他那当兵的爸爸在北京长大，说着一口好听的北京话。水房里他藏着一颗足球，没事的时候他会拿着足球到水房后边去嘭嘭嘭踢几脚。水房的后边是一片空地，种了些杂树，还有玫瑰，开紫花，真香，靠水房不远还有间空房，里边放了不少医院的杂物，其中有一具教学用的人体骨架，耷拉着头挂在那里，好多住在附近的小孩儿还会跑过来专门看那副骨架,他们进不来,只能扒在这间房北边的那个小窗往里边看。一边看一边害怕,是越看越害怕,忽然有谁大叫一声,大家便拼命四散跑开。

大妞在水房里洗瓶子,没过多久她就不再出错了,没洗的口朝上放一个铁丝筐,洗过的口朝下放在另一个铁丝筐里,她记牢了。洗瓶子的时候她总是和李红旗靠在一起,另外两个老女人双双靠在一起。老女人有说不完的话,而大妞却和李红旗没有多少话可说,或者他们根本就不说话。

但是,像花一样,该开的时候就一定是要开的,这一年大妞过了六月就整整十七岁了。

那天,一个苍蝇粘到一个葡萄糖瓶子里了,大妞想把它用手取出来,但怎么也取不出来,李红旗把那只瓶子从大妞手里拿过来,把一根手指伸到瓶口里一抽一拉一抽一拉,嘭的猛地再一拉,那只苍蝇就跟着出来了。

"看看,这么一抽一拉就出来了。"

大妞笑了,李红旗也笑了。

李红旗忽然把身子背了过来,他背着谁?背着那两个老阿姨,他背着她们却面对着大妞。他把一根手指,中指,又一次笑嘻嘻地对着大妞慢慢慢慢又捅进了瓶口,又慢慢慢慢拉出来,又捅进去又抽出来,又捅进去又抽出来,手指一捅一抽的速度越来越快。

"好玩不好玩儿?"李红旗小声对大妞说。

大妞不懂,她摇了摇头。

"有时间我教你。"李红旗小声说。

"只要你想学。"李红旗又小声说。

"这个很好玩儿。"李红旗的声音更小了。

"你玩儿过没玩儿过?"李红旗看着大妞,他觉得自己已经遏止不住地起来了,是越想越起来,这简直就没有办法,他就让自己紧紧顶住水泥池子的池壁。

"我教你好不好？"李红旗说，脸红红地又说。

"好。"大妞说。

"你看，这比如是我。"李红旗把中指对着大妞竖了一下。"这个，比如，就是你。"李红旗把瓶子的瓶口指给大妞。

"这个这个这个。"

李红旗把中指又插到了瓶口里动了起来，一边动一边说："这个这个这个，很好玩儿。"

李红旗又猛地把身子侧转过来给大妞看。

"你看，我快憋死了，我想插你那个瓶子。"

李红旗的那地方顶得老高。

这一天，大妞她们的院子又停了水，人们就都过来到医院的水房里来打水，排队打水的人很多，医院让人接了一根胶皮水管子甩到水房的外边，这样方便人们前来打水。前来打水的人们看到大妞了，才知道她已经有了工作，虽然这工作不怎么的。

"一晃都两年了。"有人叹息着说。

院子里的人都知道这话什么意思。

"她那个妹妹也两岁了。"又有人小声说，说那个孩子给得不远，就隔一条街，听说长得很像老候。

李红旗又踢球去了，但他抱着球没心思踢了，他站在那里，整个人一半在太阳里一半在阴影里。后来他又蹲下来，他不知道这是不是爱情，不是爱情下边怎么会一想到大妞就硬得像根铁棍子？李红旗蹲在那里，人一半在太阳里，一半在阴影里，到吃饭的时间了，他去食堂吃饭。他要了两个馒头一碗粥，还有一碗菜，酱油炒山药丝，里边有几片肉，还有两块酱豆腐，他吃得很慢，好像是完全没有胃口，下边，这时候又起来了。这是许多人的青春，也可以说许多人的青春原本都是这样。

这天，李红旗跟着大妞去了大妞的家，李红旗想好了，他知道大妞的家里平时没人，也许可以在她的家里插她的那个瓶子，这又用不了多长时间。李红旗跟着大姐去了她家，从医院的北门出来，过了小街就进了大姐家的院子，然后去西北角那栋楼，进了大姐的家，李红旗跟着大姐把她家看了看，南边，是一张大双人床，北边屋是三张单人床，品字形摆开，中间放了张桌子，大姐的妹妹们晚上回来就在上边写作业。然后，他们就去了阳台，阳台上满是阳光，他们朝下看就能看到医院，看到他们的水房，医院正门两边那个八字形顺着台阶由高到低的水泥扶手是孩子们的滑梯，每天都有孩子们在上边打滑梯，滑梯扶手两边开满了蜀葵，雨水好的年份里这种特别能开花的植物可以长到比人还高，但一刮大风它就倒，虽然倒了，但还那么横躺在地上开花。

　　李红旗和大姐站在阳台上，他们其实也没有什么话。来的时候，李红旗就对大姐说了："要不，咱们去你家插瓶子？"大姐答应了，但李红旗这会儿突然又改变了主意，他俯身在阳台上朝下看的时候忽然想到了什么，他感到一阵晕眩。他明白大姐的母亲就是抱着她的妹妹从这里跳下去的。

　　"咱们快走。"李红旗觉得自己不能在大姐家里待了。

　　李红旗和大姐又回到了医院。李红旗知道医院里有个好地方，那就是洗衣房。他们去了洗衣房。洗衣房里是两台很大的洗衣机，还有烙床单的台子，还有就是一大堆待洗的床单被罩，上边不干净，有的上边甚至还有斑斑的血迹，另一大堆是洗好的床单和被罩，烙好的都叠整齐了放在那里，洗好还没烙的又是一大堆堆在那里。

　　李红旗抱着大姐在那堆洗干净还没有烙好的床单上开始了，没有李红旗想象中的尖叫和反抗，只有没一点点声音的顺从，但李红旗进入得很艰难，很用力才进去，大姐嗷了一声，把李红旗抱得更紧了。

　　窗外是夏日中午的阳光，满窗碧绿，碧绿之中又有不停闪烁的光点。李红旗又来了一次，又来了一次，又来了一次，如果不是人们上班的时间快到了他也许还会来。

很快，人们就发现了留在床单上的血迹，马上上报了医院的领导。

"好家伙，严打期间出这种事。"

医院的书记李又奇脸上平时就没有什么笑容，他个人的生活就很麻烦，岳父岳母跟着他，岳母瘫在床上已经好几年了。还有他的一个久病在床的小舅子也在他家，但他怕老婆，他什么都不敢说。出了这种事，他脸上的表情高深莫测令人害怕。

李红旗很快就被带走了。

李红旗被带走之前，医院还找他谈了话，意思说如果承认是和大妞搞对象而且还准备结婚就是另一种性质，医院还问李红旗会不会娶大妞。李红旗想都没想，马上很坚决地说根本不会。李红旗的话很快就传到了院子里，许锁燕马上是气不打一处来，眼皮跳得更加飞快，她告诉傻大姐和老候说这种事那小子既然这么不仁，我们就坚决不能那个义，那咱们就说他强奸。什么是强奸，这两个字对大妞解释起来可是太难了。

"你就说你不愿意做那事，是他强迫的。"

许锁燕教给大妞这么连说了几次。大妞记住了。

"你怎么说，你说说看。"许锁燕说。

"我不愿意。"

大妞说，坐在那里，两只手平放在两条腿上，手心向上。

"你再说说看，那怎么就做了？"

许锁燕在深入细致地开导大妞。

"是他强迫的。"

大妞说，坐在那里，两只手平放在两条腿上，手心向上。

"不是强迫，而是强pǎi。"

许锁燕是东北人，东北人从来都把迫字念成"pǎi"。

"是他强pǎi你！"

"是他强pǎi我。"大妞说，把手抬起来看了看。

"对喽，这回就对喽。"

许锁燕满意了，眼皮也不乱跳了，年前，王发义带她去北京查过，那边的眼科专家说许锁燕是得了"神经性一紧张就眼皮乱跳症"，这病的名字好长，可真难记。每说一次旁边的人都会哈哈大笑，许锁燕自己也会笑，说："这啥玩意儿啊，这么老长一串，我可记不住。"可过不久，许锁燕又会把这个病名对另外一批人再说一遍。

"大夫让我吃'西比灵'。"

"什么'西比灵'？"别人问。

"英国药，进口的。"

许锁燕忽然觉得自己真像是有那么点与众不同，吃点药也和别人不一样，西比灵，听着就洋气。

没过多久，不到一个月吧，李红旗被枪毙了，这真是让人们都感到意外，这是谁都不愿想的事，怎么会这么快就被毙了，这就叫给他赶上了，赶上了严打。有人看到李红旗被五花大绑在车上，后背插着一个牌，牌上写着他的名字，名字上边还有三个字："强奸犯"。这一次严打被枪毙的还有一个抢手表的，手表没抢到人倒给毙了。这也是一个年轻人，哭得很惨，人们说李红旗站在车上跟没事人一样，左看看，右看看，车开得很快，马上就过去了。这次一共被枪毙了十个犯人，很多人跟着去那个叫小站的地方看行刑，现场不知道为什么还站着几个穿白大褂的大夫。

给李红旗行刑的时候，天下着很大的雨，雨把地面打起一阵一阵白烟。

4

大姐的肚子一天比一天大。

人们都说李红旗那小子枪法不错，一打一个准。

老候为了这事火得不行，走路都低着头。大姐在医院不能待了，老候让大姐去了麻黄厂，去堆麻黄。麻黄厂在城南，这地方人们生饭都离不开麻黄，顺手抓把麻黄先用火引着，再把小煤块放在麻黄上。那时候，几乎家家户户都要烧麻黄，这你就可以想象这个麻黄厂该有多么大。过去的职业里边有一项就是卖麻黄的，一个小车，由一个小毛驴拉着，车上装的都是麻黄，这种车当年很多，赶车的一边走一边喊"卖麻黄来——""卖麻黄来——"麻黄买回来要摊平在地上先晾，晾干了再收起来，那时候家家户户都要有一个放炭的地方和一个放麻黄的地方，放麻黄的地方人们叫它"麻黄仓"，鸡们喜欢这种地方，当然是母鸡，它们喜欢到这地方去下蛋。蛇也喜欢这地方，有时候人们伸手去抓麻黄，结果一阵怪叫，一条蛇被拉出来了。大姐去了麻黄厂去堆麻黄。麻黄垛有两层楼那么高，麻黄被提取完药用的麻黄素后就只能生火了。有一年麻黄厂着了大火，人们站在城里都能看到那地方的火光，还看到火力把一垛子麻黄一下子举到了半空，人们这才知道火的力量原来可以这么大，可以把那么大的麻黄垛一下子举到半空。

大姐去麻黄厂之前，许锁燕教了她几次，如果有人问她话她该怎么说，因为她那肚子已经大到了不可忽视的地步。

"有人问你你怎么说？"许锁燕看着大姐。

大姐不知道该说什么，她看着许姨。

"就说他死了，刚结婚就出事归天了。"许锁燕说。

"要不就说车撞了，当下就完了。"许锁燕又说。

这些话大姐都记住了，但麻黄厂的人哪里会问，他们早就知道了大姐和李红旗的事，这事在全城几乎传遍了，是人人皆知，但人们都在心里可怜大姐，根本没人会问。去麻黄厂上班要带饭，因为那边没食堂，人们到了中午就会靠在麻黄垛子上一边吃饭一边晒太阳。厂里给人们用大铁皮桶焊了一个热饭的工具，大铁桶外边是一层一层的可以放饭盒的架子，在桶里把麻黄点着，人们把带来的饭盒放在铁皮桶上，饭一会儿就热了，就这么简单。到时候厂里还会给人们送来两壶水，大铁皮壶，有半人高，一个人提不动，只能由两个人抬着。

大妞肚子已经大到坐不下来了，她只能站在那里吃。她的两只脚都浮肿了，一按一个坑，她围着她妈的一条花格子头巾，还围着一条粉色的围脖。天已经很冷了，人们都被冻出了清鼻涕。

"大妞快生了，该置办什么就置办点什么吧。"

许锁燕这天过来对老候说。

"生下来死了才好。"老候说。

"你看看你这话说的，还像个话？"许锁燕气了。

老候就不再说话，喉结滚上来滚下去。

"屎布子小孩衣服都要准备。"许锁燕说。

"奶瓶奶嘴奶粉也不能少。"许锁燕又说。

"唉，那孩子也是一条命。"老候最后答应了。

许锁燕去准备了，老候硬塞给她五十块钱，那时候，五十块钱不算少了，买半扇猪肉也这个钱数。

这天晚上，有人上来来找老候，这人径直来到了老候的家，这人在外面敲敲门，是晚上，白天人们都上班他也找不到人。他敲门，他进来，还没开口说话就流泪了。

"我是李红旗的爸爸。"来人开门见山。

李红旗他们的家人听说了大妞怀孩子的事，他们商量了又商量，然后派他爸来了，他们就李红旗这么一个孩子，也就是说，大妞肚子里的孩子是他们的唯一希望，是他们承继香烟的唯一的希望。

"出去！"老候忽然就火了，眼泪从眼里夺眶而出。

老候家的事李红旗的家人也都听说了，老候一流泪，李红旗的父亲也跟上流泪了，也是泪流满面。

"出去出去。"

老候没有松口，也没让这人看一眼大妞，大妞就在北屋，她把门从里边关得严严的，她和她妹妹都能听到外面在说什么，但她们都不敢出去。

"出去出去出去，我们家没这个人。"老候说。

那个人，李红旗的父亲，忽然身子一矮给老候跪了下来。这边的动静给许锁燕在那边听到了，许锁燕很快就和王发义赶了过来。

"干什么干什么干什么？"许锁燕说。

"你是谁？我怎么从来都没见过你？"王发义说。

"出去出去出去。"老候还是这句话。

李红旗的父亲站起来，他也不知道自己说什么了，他不会说了，他只好往外走，一步一步下着楼，轻手轻脚又跌跌撞撞。

"你怎么不像你妈那样也给我死了！"

老候忽然把北屋的门打开，对大妞大声说。

"看你这叫说的人话？"

许锁燕气了，她气了谁都不会怕，她把手冲老候一扬，说你也太那个了，你怎么这么说话！许锁燕有点担心，担心大妞给她爸说得一时想不开也从阳台上跳下去。

"她要想不开真跳下去呢？"许锁燕小声说。

"她要也跳下去就好了。"

老候大声哭了起来，他坐床沿上，把自己的头埋在自己的两条大腿里。他看着自己的泪水扑哒扑哒掉在自己的黑布面鞋上，那鞋还是他女人活着的时候给他做的。老候哭得更厉害了，又在嚎，是嚎哭。

那个人，李红旗的父亲，忽然又上来了，他本来已经走出了楼道，他在楼道门口听到了上边传下来的哭声，他又重新上来了，许锁燕和王发义也没想到他会再次上来。他上来没说什么话,把一沓子钱放在桌上,又转身离开。

这次李红旗的父亲走得很快,当过兵的人,腿脚很麻利,他几乎是跑着下了楼,腾腾腾腾、腾腾腾腾、腾腾腾腾腾腾腾腾,紧接着是扑通一声,人撞在了楼道门口的墙上,他顺着墙坐在了地上,没人能够听到他哭,他咬着自己的嘴唇,血流出来了。

外边黑着,楼道里就更黑,没人能够看到楼道门口坐着这么一个人,在黑暗中流泪。

大妞生了,生下个大胖小子。

"这下你该高兴了吧,这下你该高兴了吧。"

大妞七天出院,从住院到出院,都是许锁燕一手操办,她把那孩子抱给老候看。

一看到是个小子,老候马上是彻底管不住自己了,真让人想不到,老候会马上就哦哈哈、哦哈哈地笑起来,这真是很出人意料。连许锁燕都想不到老候会突然笑起来,这真是让人始料不及。老候根本想不到大妞会生个大胖小子出来。再后来,老候又把自己给悄悄关在了厨房里边,他把门从里边轻轻插好,然后面对着北面的那面墙站好,老候小声对着那堵墙说:

"小蛾,有男孩了。"

小蛾是老候女人的小名,她的名字叫刘小蛾。

"刘小蛾,你有外孙了。"老候又小声说。

"刘小蛾,我们有外孙了。"老候再次说。

老候说着,眼泪已经哗哗地涌了上来,他的一只手,在墙上用力地抠着,那堵墙的墙上已经被他抠出许多很深的道子,一道一道又一道。他脸上的泪水也是一道一道又一道。再到后来,老候不哭了,也不抠墙了,他把脸上的泪擦干净，鼻子那地方还有些发堵，他从家里出来下楼去了，提着个篮子，他去商店买了一只鸡还有猪蹄膀，鸡蛋是早就准备好了的，但他又买了十斤。鸡蛋供应现在不用购物券了，他可以多买几斤。听说油今后可能也不再用油票了。

"那小子长得真好看。"

老候对商店里边的人说，他和商店里边的人都很熟。

在商店里他看见了老从的女人，她也正在上班，她在卖副食的那个组，她正在给顾客称东西，打包，收钱找钱，这两天越南红糖来了，人们都很喜欢从越南那边过来的红糖。

老候想了想，还是对她什么也没说。

但老候想了想，还是忍不住，他对老从女人小声说：

"小蛾这下有外孙了，那小子真好看，是个小子。"

老从女人忽然把不住秤杆了，秤杆一下子挑了起来，秤盘里的那包越南红糖一下掉在地上摔破了包，红糖撒了一地。

老从女人蹲下来，收拾那些撒在地上的红糖。

"这些红糖不能要了，你重新给我再称二斤。"

那个女顾客很不高兴地对老从女人说，但老从女人像是没有听见，放下秤，进里边去了，商店里边有一个很小的卫生间，只能蹲一个人的那种，只够一平方米，头顶上是一盏十瓦的小灯泡，灯光昏黄如梦。

老从女人蹲在里边老半天没出来。

"我让你高兴！"

老从女人一个字一个字地说。

"我让你高兴！"

老从女人一个字一个字地说。

5

房子肯定是要拆了,但大姐就是不往走搬,她能去哪里呢?一是她没地方可去,二是她说她哪里也都不去,死也不去,有地方也不去。她要等着"小萨"回来,"小萨"是谁?"小萨"就是她的那个儿子,"小萨"是九岁那年被人贩子拐走的,那时候不但是她疯了,连老候也想外孙想疯了,也许是受了太多的刺激,出了那件事之后,老候没过两年就去世了,去世的时候人瘦到只剩下不到八十斤,那么个大高个儿,人整个可以说是瘦没了。去世的时候老候什么话都不会说了,只会不停地说"小萨、小萨、小萨",小萨从丢掉到现在已经整整十一年了。小萨当年养的那只黑猫还活着,算一算,这只黑猫也已经十三年了。家里现在也只有大姐和这只黑猫,这只黑猫有时候会从阳台一下子跳到楼顶上去,在楼顶上这边走走,那边走走,有人看见它在楼顶的最边沿走来走去很担心它掉下来,有一次它真的从楼顶上掉了下去,那几天人们看到大姐整天在院子里找猫,猫的名字是小萨给起的,叫"黑豆"。

人们听见大姐在焦急地不停呼唤黑豆。

"黑豆、黑豆、黑豆。"

"黑豆、黑豆、黑豆。"

"黑豆——"

"黑豆——"

但很奇怪,这只黑猫十多天后又回来了,它蹲在一楼老从家的门口不肯走,人们说那地方可能就是它十多天前从楼顶上掉下来的地方。

老从的家,现在很安静,自从十一年前老从女人怀了她的最后一个孩子后,这个家就算是彻底垮了,她最后又生了一个姑娘,这个姑娘就像是一股风,一下子就把老从家的那盏希望之灯给吹灭了。

大姐的孩子也正是在那一年丢的。

大姐平时几乎不说话，但她有什么话还是会跟许姨说，许姨现在上不了楼了，她有时候会坐着轮椅来，会在下边喊大姐让她下来一下，她坐在那个轮椅上在院子里跟大姐说几句话，安顿几句。

许锁燕对大姐说：

"不行就搬了吧，迟早也得搬。"

大姐说："小萨回来怎么办？"

"唉——"许锁燕一声长叹，无言以对。

大姐说："到时候小萨该找不到家了。"

许姨又长叹一口气，她现在老多了，头发都白了，头发一白，脸就显得更黑更小，似乎比原来小了一大圈儿。自从王发义出了事，她就一下子老了，她老了，眼皮却不再跳了，这让她完全变成了一个毫无特点的人。一般人的眼皮不会跳，更不会那么快地跳，她的眼皮不停地跳不停地跳就让她在人群里一下子显了出来，显出了她的独特性，但现在她的独特性没了，眼皮不跳了。有时候她自己对着镜子想让眼皮跳几跳，但居然学也学不来。王发义出事是六年前，他起心要在对面"梨花里"那片靠马路的地方盖一间房是为了把自己的父母接过来，父母是乡下人，睡惯了炕，所以王发义要在那片空地上盖一间有炕的大房子，他居然不知怎么通过关系把那块地批了下来，这么多年来王发义对许锁燕百依百顺就是为了有朝一日顺顺当当地把父母给接过来。房子盖好了，挺大，是个平顶，是北方的那种一头高一头低的平顶，这种房子在建筑学上有个专用名词叫作"一泼水"，是房子中最难看最简单的一种，屋里盘了条大炕，炕盘好后，试着烧了两次火，火也好烧，炕也真热。

那一阵子，王发义是迷上了那间可以烧炕的房子，几乎天天都要过去看看，不是收拾一下这里就是收拾一下那里，后来连着下了两场雪，天就冷了。王发义干脆就睡在那间新房子里，王发义说自己好多年没有睡过热炕了，还真好，他想让许锁燕跟他过去体验体验，可许锁燕对炕根本就不感兴趣。许锁燕后来觉得自己还是没去的好。那天出事了，吃早饭的时候王发义就没回来，到了十点多的时候王发义还没见踪影，到了中午吃饭的时候王发义还没回来。许锁燕打发老二去马路对过那间有炕的大房子去喊他爸，老二敲不开门，他一急，就用脚直接把门给踹开了。

王发义躺在炕上，光溜溜的。

屋子里浮动着一层青烟，都是煤烟味儿。

许锁燕也忙赶了过来，但越靠近那间有炕的大房子她走得越慢，一步一步一步一步，终于走到了，门大开着，不少人围在外面。人们突然听到了许锁燕尖厉的笑声，许锁燕也说不上自己是怎么了，她一进屋一看见王发义光光地躺在那里的样子就想笑，她管不住自己了，她就直接笑了出来，她一直笑一直笑，人们都奇怪她怎么会笑，自己男人死了她还笑，这是什么"世界观"？因为王发义动不动就爱把"世界观"这个词挂在嘴上，人们在背后就叫他"世界观"。这种场合不是能够让人发笑的场合，但许锁燕就那么一直笑，一直笑。许锁燕的笑声很可怕，她用笑声把自己的眼泪给带了出来，她笑着笑着泪流满面。她一直把自己给笑得浑身发软，她站不起来了，瘫在了地上，瘫了。

老二摇着她，说妈你怎么了，我不能再没有你。

好几个人过去帮着扶她也扶不起来。

亲戚们从老家赶过来打发王发义，哥弟和侄子，很多的人，人们哭，往死里哭，人们烧纸，烧的纸灰飘落像在下雪，但人们有什么办法呢？人是死了，人死如灯灭，到后来，人们还是把王发义给拉到城南的火葬场火化了。

王发义变成了一把灰，从火葬场的大烟囱里轻盈地飞上了天。人们这才想起要上房看看，这一看不打紧，才发现房子的烟囱原来是给一块石板盖住了，盖得严严实实，所以才把王发义给闷死了。人们好像明白是谁干的，但人们好像又不明白，人们都觉得后脊梁骨那地方有点发凉，人心可实在是埋得太深了。公安局来人了,但他们也没一点点收获,上房的人用两块布把脚上的鞋包住了,公安局没辙。

许锁燕一下子就老了,站不起来了,虽然眼皮的毛病好了,却坐上了轮椅,因为和儿媳妇合不来,她又住到了那间有炕的大房子里,王发义就是在这间屋子里被烟闷死的。半夜醒来,她会躺在炕上冲着房顶突然大声喊,她怕有人再上去把上边给盖住。所以,人们总是能听到她晚上发出的怪叫,尤其是在后半夜,她大声地叫,完全不顾邻居们的感受。她只想着会不会有人上了房。

"啊——"

"啊啊——"

"啊啊啊——"

"啊,你给我下来——"

半夜听到这种声音真是怪吓人的。

"啊,你给我下来——"

"啊,你给我下来——"

"啊,你给我下来——"

现在只有一个人隔一两天就会过到许锁燕那里去看看她,这人就是大妞。大妞的话还是不多,她几乎没话,她来了,也许给许锁燕带几棵菜,鸡蛋,或者几个西红柿。然后就静静地坐在那里,两只手平放在两腿上,手心向上,平放着,一动不动。

"大妞大妞,外边雨停了没?"许锁燕问大妞。

"唔。"大妞唔了一声。

"大妞大妞,猪肉是不是又涨价了?"许锁燕问大妞。

"唔。"大妞又唔了一声。

这天,大妞又来了,不是她一个人,她还带着一个人,这对大妞来说是很少见的事。她带着那个人从外边进来，也是个女的，个子也很高。许锁燕坐在屋里，因为大姐她们是从外边进来，光线从她们身后过来，许锁燕一时看不清这人是谁。许锁燕在家里没事坐着的时候或到门口晒太阳的时候总是背朝着家门，她坐着没事总会织点什么，毛袜子，毛手套，或者是毛衣，织好了，拆了，再织，织好了，拆掉，再织，她是在打发时间。她坐在轮椅上，一定是脸朝外，她认为这样就不会有人袭击到她，自从王发义去世后，她的"世界观"变了，她不再相信任何人，胆子也变小了，小到时时刻刻都会觉得有人想害她。

"我的世界观变喽，我的世界观变喽。"许锁燕对大姐说。

大姐不懂什么叫世界观，她看着许姨。

大姐带着那个女的进来了，为了让许锁燕看清一点，她让那个女的侧身站在光线里，许锁燕这下看清了，许锁燕猛地呀了一声，拍了一下巴掌。她明白大姐带来的人是谁了。

"是不是四妞？"许锁燕说。

来人果真是四妞，那个被老候女人抱着跳下楼没摔死的四妞。她先是被给到了大姐她们家的对面那家人，后来被那家人带回了老家咸阳。

四妞从咸阳回来了，她说什么也要回来看看。

许锁燕一眼就看出是四妞，来人正是四妞，她的养父母从小就没瞒着她，在她懂事的时候就把一切都告诉了她。她的养父史红兵是老候的战友，他们十六岁一起当兵，三十五岁那年又一起复员。史红兵有四个孩子，两男两女，生活也相当困难，但老候这边一出事他就把四妞抱了过去，家里有什么好吃的先给她，家里有什么好的也先给她，可怜的孩子。老候的战友史红兵到现在还让四妞姓候，他给她取了个意味深长的名字，叫"候不忘"。这个名字不像是个女孩的名字，但史红兵就是给她起了这么个名字。上学的时候，老师登记名字的时候还停顿了一下，老师问老候的战友：

"这个名字虽然特殊,但是不是可以改一下?"

"不改。"

老候的战友把四妞名字的来由跟老师讲了,直讲得那个女老师泪流满面。

"我从来没这么难过过。"那女老师把四妞抱在了怀里。

"命好大的孩子。"那女老师把四妞抱得很紧。

四妞现在已经结了婚,生了孩子,男人在义乌搞小商品,日子过得很不错。但她就是想回来看看,好在老房子还没拆掉,她回到了她出生的房子,大姐带着她站在了自己家的那个阳台上,四妞对此当然是没有任何记忆,但她已经哭到站不起来,只好蹲下来,蹲不住了,又一屁股坐在了阳台上,阳台上现在堆满了一包一包的垃圾,已经快到没人可站的地方。风吹着,吹着塞在蛇皮袋子里的一大块塑料布,嗦啦啦、嗦啦啦、嗦啦啦、嗦啦啦。

四妞就那么坐在阳台上,看着下边这个像是冒着蓝烟的城市,这个小城太干燥了,天热的时候如果碰上一连几天不下雨,地上就像是在冒蓝烟,贴近地面的一切都像是在蓝烟中摇晃,这就让周围的一切都显得像是不那么太真实,但它又确确实实存在着。

"妈——"

四妞忽然开口大喊一声妈。

四妞想喊,她忍不住就喊了出来,喊完妈,她扒着阳台的水泥栏杆慢慢又站了起来,她泪眼模糊地从上边看下去看下去,下边那条小街此刻有很多人,在买东西,在说话,在指手画脚,什么地方忽然噼噼啪啪地放起鞭炮来,一股蓝烟腾起来,为什么放鞭炮,不知道。这个小城有许多的不可知,有许多欢乐,还有许多不欢乐,有人在生,有人在死。

然后,大姐就把四妞带到了许锁燕那里。

"晚上就在我这里吃饭。"

许锁燕兴奋起来,东北女人,虽然老了,但一旦兴奋起来还火光闪闪,她说她这里还有鲅鱼干。

"咱们吃鲅鱼干炖猪肉米饭。"

大妞这时发现自己的一根辫子开了,她把它又重新编了编。

四妞说:"姐,谁现在还梳辫子。"

大妞说:"我要不梳辫子,小萨回来认不出我怎么办?"

"梳吧梳吧,我看就挺好。"许锁燕忙说。

大妞索性把另一根辫子也打散重新梳了起来。

许锁燕兴奋了起来,她很长时间没有兴奋过了,日子又像是一下子倒退了回去,她要自己做饭给候家两姊妹吃,她早已习惯自己做自己吃了,她把一个小案板放在腿上,切肉,切鲅鱼干,现在她使的是煤气罐,她那个老二,给她接了一根水管,这样一来她就方便多了。老二现在一个人过得很好,他在游泳馆对面开了一个小店专门卖游泳裤和救生圈什么的,还卖些钓鱼用的东西,老二还经常过来看她。但这个老二就是不结婚,许锁燕也不再说什么。

"自己开心就行。"

许锁燕说,这话好像不是她这个岁数的老太太说的,但她确实是这么想。

"你是不是跟那小子好?"许锁燕问老二。

老二和一个名叫刘学新的小伙子关系很好,两个人总是形影不离,有时候还住在一起。

"是,我和他挺好,不能好吗?"老二说。

好到了什么程度呢?许锁燕想再问问什么,但她不知道该怎么问,她看着老二,心想他一点都不像王发义。

"你开心就行。"

许锁燕对老二又说一句:"你的世界观怎么是这个样子,现在真是一人一个世界观。"

老二忍不住笑了起来，现在谁还提世界观这三个字，现在早就没人提世界观了，也早就没人再说这个词了。老二最近去发廊搞了一个锡纸烫，人一下子像是年轻了二十多岁。

"我年轻不年轻？"老二问他妈许锁燕。

"年轻，你看上去比你侄子都年轻。"

许锁燕笑得很开心，开心极了，她拿出一双自己织的毛手套，让他交给刘学新那小子。

许锁燕现在不再对老二说娶媳妇的事，她觉得这个世界你必须认，它变成了什么样你也必须认，你既然不能从这个世界上跳出去去别的什么地方你就得认，如果王发义活着他也必须认。这个世界是变得太快了，前不久有人闹事，因为电表闹事，不少人都去了供电局，因为电表走得太快了，人们找了一块原先的老电表对比了一下，家里就是那么些电器，电冰箱热饭煲电灯什么的，原先的老电表挂在那里一个月走二十个字，现在的电表却一下子走出三十五个字来，人们想知道这到底是怎么回事。

"时代不同了电表能一样吗？"

这就是后来供电局给人们的答复，人们都愣住了，谁都对答不上来了，是啊，这个时代确实跟以前的那些个时代不一样了，简直是一个时代一个样，人们不知道该怎么说了，面对变化太快的世界人们只能哑口无言。

大姐和她妹妹四姐在许姨许锁燕现在的家里吃了一顿晚饭，她们说起了许多老街坊的事，不少人都不在了，老从家的两口子都死了，那个胡锦秀，就是那个黄脸婆胡姨，她倒还活着。

"她什么玩意儿！"

说起胡姨，许锁燕还是满肚子的气，"你王叔的死就跟她分不开。"

但怎么分不开？许锁燕没往下说。

"你妈的死，能跟她分得开吗？你妈的死也跟她分不开！"许锁燕忽然又说起往事，"劝人有那么劝的吗？那叫坏心眼，那叫不怀好意，那叫火上浇油！你王叔打她还是轻的，你王叔就是这一点好，一辈子眼里揉不得沙子。"

关于过去的事，四妞当然一点都不会知道。她看看许姨，再看看她姐，别说什么往事如烟，在四妞这里什么都不存在。

许锁燕忽然拍着巴掌又哈哈哈哈大笑了起来，这个东北女人，就是活到一百岁也许还会像个孩子，她想起一件事来，说是事也不对，是一句话，一句王发义活着的时候经常说的话。王发义除了工作能做好，家里的零碎事他从来都做不好，总是让许锁燕埋怨，许锁燕总说王发义笨，王发义总是回她这么一句："我笨，我笨能把你搞到手吗？"不知为什么，许锁燕当年特别爱听王发义说这句话，每次他这么说她都很开心。

轮椅上的许锁燕一边笑得哈哈的，一边拍着手，轮椅上的毛线球滚地上去了，四妞忙把它捡起来。

"我和你王叔可是头婚，我们可不像那个姓胡的。不对，她不姓胡，她姓什么来着？"许锁燕想不起来了，"就你们都叫胡姨的，现在骚到全城都出了名了。"

许锁燕是在说胡姨。

胡姨的性格现在也有了很大的变化，人们都说她的性格越来越变得有些外向了。胡姨现在热心于跳广场舞。原来的广场现在早不在了，原先的广场在西门外那地方，靠近展览馆。展览馆的样子就像是小型的北京人民大会堂，后来重修城墙还把它整体移了一下，那么大个"工"字形建筑要整体挪移让许多人都觉得不可思议，但确确实实是整体挪移了，从原来的地方向北挪移了有几百米。城墙重新修复后广场就不复存在了，市里在城墙的下边又开辟了许多个广场，人们可以去那里跳舞舞剑抖风筝。胡姨现在天天都去跳舞，自从老胡去世后胡姨像是换了一个人，人们才忽然觉得胡姨是一个这么好玩儿的人，她是一下子就变了过来，没有过渡，一下子就变过来了。以前人们都不会觉得她是个有说有笑的人。而现在，她居然，怎么说呢，她居然成了广场舞的主角，她从不和别人跳"一二、一二、一二一二、一二三、一二三、一二三一二三"的那种集体健身舞，她从不跳这种，而是，怎么说呢，她居然戴了一副黄边眼镜，抹了口红，穿了一条花裙子，别人跳舞，像她这个岁数，只是腿动和胳膊动的事，而她是眉也动眼也动，是用眉动眼动眉飞色舞来配合她的胳膊和腿。她跳舞，可以说是独自跳，她有意把腿罗圈起来，风快地过来，猛地一转身，一个媚眼飞过来，又风快地过去，在那边又猛地再一转身，又一个媚眼飞过来，这么一圈儿，那么再一圈，眼神这么一飞又那么一飞，让人们看得开心极了，说是风骚，是真风骚，是那种极为少见的老风骚。她那眼神和满脸的丑笑十分感染人，丑有时候也是一种美，当这丑是有意表演给人们看的时候它便有了美都无法与之相比的吸引力，民众的低俗就在这里，他们喜欢丑远远大于喜欢美。艺术这种事，是真正的艺术家在那里把艺术往高了推再往高了推，而到了民众这里却会被民众一下子再拉下来。如果说真正的艺术家是个战士的话，那么他们实实在在是在和那些民众在战斗。胡姨在广场上的出现，因为她的舞姿，人们才猛然想起她年轻时候曾在部队的文工团里边待过，只不过是嫁了老胡之后，她把自己的一切都收拾了起来。她是老胡的第二个女人，建国之后许多干部都一个模式，家里的老婆都被城里的女人替代了，没有二婚的很少，用他们的话是"婚姻自由"，用她们的话是"先嫁听父母，后嫁由自己"。胡姨对家里人说她这是在锻炼身体，对同龄人说她这是让自己的心保持年轻。她天天去广场，而每次去都是独自一个人，或者是今天选中一个老舞伴和他跳一会儿，明天再选中一个老舞伴再和这个跳一会儿。她的舞伴没有固定的，她和选中的男舞伴跳的时候一开始还搭搭胳膊搭搭手腕，但马上会脱离，她会在男舞伴身边不停地绕圈子,却不再跟他拉手接触。但接触一下又能做什么?他们都老了,即使有想法也无能为力。

"老不要脸的,没一点世界观。"许锁燕这样说。

"没有世界观的人你就不能跟她打交道。"许锁燕又说。

"你的世界观是啥样的?"许锁燕笑着,扳着大姐的胳膊问,"我看你啥世界观都没有,你这不也活得挺好吗?"

许锁燕笑了起来,她想让大姐也高兴一下。

许锁燕和四姐说话的时候大姐不吭一声,她好像听着她们在说,又好像没在听,一切一切都好像是离她很远,只有说到小萨,她才忽然有话,脑子才会变得清亮,因为门开着,可以看到外边,大姐突然站了起来朝屋外走去,她看到了两个饮料瓶扔在门口的地上,她出去把那两个饮料瓶捡了起来,又看看四周,看看还有什么东西可捡。大姐没看见什么可捡的,她看见了乌鸦,从西边飞过来了,扑扇着大翅膀。

这两天乌鸦又多了,早晨是从东边往西边飞,到了晚上是从西边往东边飞。

6

天冷了,树叶都黄落了。

"不找事做不行,老了怎么办?"

那天许锁燕一边织着手里的毛活儿一边对大姐说:

"你要找事做。"

大姐又要去做零工了,这一次是要去蒙德拉小区做保洁。是李红旗的妹妹托房产所的刘兰花给找的,自从小萨丢了以后,大姐和李红旗的家人又有了来往，小萨上小学李红旗的家人给过两万块钱，这事大姐也总记着，有些事情，大姐总是忘不了，而有些事情大姐又总是记不住。李红旗一家人对大姐都很好，都快二十年了，李红旗的家人从来都没把大姐当过外人。

"嫂子。"

李红旗妹妹这样叫大姐。

"不许他们这么叫！"

老候活着的时候坚决不许他们这么叫。

"我心上滴血！"老候说。

蒙德拉小区在城南，过了三医院再走一段路就到，从大姐现在的家出来一直往南走就行。那是个新小区，从外表看很漂亮很上档次，但是从里边看就未必，二十多栋的高楼里什么样的人都有。地下车库是两层，车库里平时没有人，去年贴在车库门上的对联还兀自在那里金红闪烁地自得其乐，人多热闹的时候金红二色固然好看，没人而冷清的时候尤其是在地下车库这个连个人影都少有的地方，这两种颜色就多少显得有点阴森。

想不到，现在当保洁还要考试，而且后边还跟着面试，这第一关大姐就过不了，李红旗妹妹托的那个刘兰花说："他妈的，想不到这还要考试，太离谱了。"直性子刘兰花开口就是"他妈的"。她对李红旗的妹妹说："正好，体育场他妈的缺个看自行车的，我跟我姑姑说了。"刘兰花的姑姑在体育场当主任，"不行就让她去体育场吧，那地方不用考试也不用学习，去体育场看车也没什么事，现在偷车的人也没有，谁现在还偷车啊。"

体育场也在那条路上，比去蒙德拉小区还近一半的路。那是个老体育场，紧挨着儿童公园，春天丁香花开的时候这地方香得都呛鼻子。现在的体育赛事很少，体育场里的房子都被出租做了小商店，这地方还打出了个旗号，叫作"打造北方小义乌"。这可要比打什么比赛都要热闹得多。体育场是圆形的,好像在世界上也没有方形或三角形的体育场。

负责体育场工作的是个东北老女人,姓刘,刘兰花的姑姑当然姓刘,人们都叫她刘主任,是个副科级,但这地方她说了算。她嗓子总是哑哑的,每天都要背操手绕着她的体育场走一圈,一边走一边思考问题,思考怎么来钱。她一边走一边抽烟一边用手指不停地弹烟灰,一根抽完这一圈还没走完,她就会停下来再续一根,再一边抽一边思考问题一边不停地用手弹烟灰,她那个右手的食指和中指是焦黄的,她身上没别的味都是烟味,她的嗓子哑,按说应该少说话,但她还爱大声说话大声地训人。体育场的房子除了出租了一大半儿,现在还留了一小半做训练用,搞训练的时候那些被培训的学员要吃要住,所以这里还有一个小食堂。每天都有人会往这边送菜送肉送鱼什么的,这一切都她自己一个人负责,她是事无巨细一揽子全管到。她穿中山装,但不戴帽子。她还喜欢读书,起码她自己这么说。她的办公室,按说她这级别还什么办公室不办公室,但她给自己安排了一间,办公室里边一进门就是一张很大的办公桌,桌上交叉放着两面小国旗,她说做人不能忘国,没有祖国你就什么也不是,她读的书也都放在桌上,好几本马克思的书。她说她中午没有睡觉的习惯,读读书就算是睡午觉。人们都知道她在体校当过近十年教员,教射箭,据说她的臂力过人,全是当年射箭练出来的,人的身体真的很奇怪,两条胳膊的肌肉练出来了,乳房却好像没了,刘主任那地方是一马平川,好像什么都没有,屁股后面呢,也一马平川没什么可看的线条,年轻运动员给她起了个外号:"平板电脑"。她年年夏天都要留一次小平头,说为了凉快,不认识她的人猛一看还真不知道她是男是女。

快要入冬了,入冬前,埋在地下的暖气管排水系统都要重新检修一下,室内的暖气也要检查一下漏水不漏水,所以这几天体育场特别忙。

"你来一下。"

刘主任招招手把大妞叫到了她的办公室,她的办公室里边都是烟味儿。

刘主任也没让大妞坐，就让她那么站着。

刘主任对大妞说，来我这儿就得好好干，你看我这地方就不是养闲人的地方，你今天先去熟悉熟悉，今天你就先跟他们抬抬下水管，在咱们这儿工作就是要哪忙就去哪。

灰色的水泥管子有多粗？一个人可以在里边钻进钻出，六个人抬一根这样的水管子很吃力，这样的水管子一般都要用机械来处理，但刘主任把话指示了下来。

"能省就省，也没几根，咱们人抬吧。"

既然刘主任这么说了，人们也没别的可说，那就吭哧吭哧抬吧。体育场的南边新挖了一道沟，这些水泥管子都要下到那道沟里去。

这是第一天，大妞跟人们一起抬水泥管。人们问什么话大妞都不回答，她不知道自己应该说什么。

"这可好，来了一个哑巴。"人们说。

大妞从来都没干过这样的重活，而且，抬水管子的就她一个女的。刘主任还说："她那么高的个子，应该是身大力不亏。"大妞从小到大，碰上高兴事是这样，没话，碰上不高兴的事她还是这样，没话。干这么重的活抬这么重的东西在她还是第一次，她马上就要坚持不下去了，但她还是坚持了下来。

"比这苦的事多着呢。"

刘主任那天站在那里看人们抬管子，看他们一点一点挪动，居然这么说，说打比赛练项目哪样不苦。但刘主任作为一个女人忽略了一个岁数问题，大妞已经不是吃那种苦的岁数，虽然她还梳着两条辫子。

一根大水泥管子抬下来，大妞浑身的衣服从里到外都湿透了。

那天下雪了，又粗又大的管子也埋完了，大妞又被喊去洗床单被单，过两天有个体育培训班要开班。这天刘主任一边抽烟一边背操着手在体育场绕圈，体育场外边的风实在大，她不在外边绕了，她在里边绕，她一边绕圈一边抽她的烟，一边时不时地用手指弹烟灰，她看到大妞在洗被单，她招招手示意大妞过来。大妞没动。

她又招招手，示意大妞过来，她想跟她说几句话。大妞不知道她什么意思，还是没动，直直看着她，虽然直直看着她，但那目光又十分漠然，让人不好摸捉。

"唉，真还是个傻子。"刘主任说。

她对另外那几个人说："她有点傻，大家都照顾着点她。"

就在昨天晚上，刘主任的侄女刘兰花来了一下，给她姑送了一大袋子土豆，一箱做好的柿子酱，还有一大袋子胡萝卜，还有一大袋子压好的粉条子，都是李红旗自己家大棚里种的，自己家做的，她把大妞的事都对她姑说了，包括那个李红旗。

刘主任在心里暗暗吃了一惊，老半天没说话，她忽然心软了，那水泥管子实在是太重太重了。

"你怎么不早说呢？"刘主任对她侄女说。

"他妈的，让她去厨房洗碗去吧，风吹不着雨淋不着，明天要降温了，日本那边地震了。"刘兰花对她姑说。

昨天晚上还发生了一件事，刘主任放在桌上的那个烟灰缸不知怎么就裂了，屋里晚上不像进过人，怎么回事？刘主任把这事对刘兰花说了，说这真是怪事，没人动它它自己就裂了。她一边抽烟一边说人这一辈子要经过许多怪事，许多怪事连科学家们都感到头疼。

"比如你奶奶吧，"刘主任对刘兰花又说起家里的旧事，"你奶奶去世那天中午，人们要做饭，你妈把锅放在灶上，倒了点油在里边，然后是往里边倒菜，然后是下铲子，谁知道铲子一下去还没炒两下，锅上出现了一大窟窿。"

这事家里人都知道，刘兰花觉得也没什么稀奇。

"老太太可厉害了，她肯定在那里说我叫你们吃，我叫你们吃，我让你们谁都吃不成。"刘主任说。

刘主任抽着烟，和侄女说着话，把烟灰一点一点都磕在那本她根本就没看过的《资本论》上，她根本就没有可能看它，虽然她对人们说她从头到尾看过两遍。

没过几天，大姐就腰疼得动不了了，站不直，弯着点腰还好受点，可能是抬水泥管子抬的，把什么地方拉伤了。她只好回家躺着，天很冷了，夜里的风很大，可以听见楼前边树上的乌鸦一晚上都在叫，那些乌鸦最近都落在楼前边的那两棵树上，黑压压一片。

天气好的时候大姐会慢慢慢慢挪下楼去捡破烂，捡一大袋子，然后弯着腰再把它们扛上楼去。一入冬，这边的拆迁就更没人提了，人们说到了明年春天再看吧，地都冻成个这样了还拆什么拆。大姐因为腰疼，再加上扛着捡来的垃圾，她上楼上得很是困难，后来只好爬。好在人们都搬走了，没人能够看到大姐拽着个大塑料袋子在楼梯上爬。

许锁燕来过一次，她坐着轮椅上不来，只能在下边使劲喊，许锁燕朝上边大声喊：

"天冷，大姐——又没暖气，大姐——你不想冻死就跟我走，大姐——跟我去睡热炕——"

因为这地方准备拆迁，暖气和电早就停了。又下了两场大雪，天就更冷了，没人知道大姐在那既没暖气又没电的屋子里怎么过。但人们都知道她肯定是还活着，因为人们从下边朝上看，可以看到上边的门和窗都用东西堵得严严实实。有时候那只黑猫会从屋子里溜出来，缩在阳台的边沿上晒太阳，鼻子毛上都是霜，想必它也很冷。

大姐的另外两个妹妹也会时不时地过来看看她们的姐姐，但她们也都很忙，大妹在一个饭店打工，小饭店，门脸不大，她负责洗碗；二妹在小区搞保洁，一个人包五栋楼，每天要从一楼一直清扫到二十五层，一栋楼两个单元，一共五栋楼，你想想会清扫到多会儿。说到照顾这个脑袋有问题的姐姐，她们都是有心无力，也只能抽空过来看看，说几句话，她们也想把大姐接去她们家住住，天暖和了再回来，但不可能。

"我走了，小萨回来怎么办？"大姐首先就不愿去。

大姐正在用手剥捡来的栗子，一堆绿毛霉栗子，捡来的，偶尔也能剥出一两个好的。她的手上都是冻疮。

"我可不走，小萨回来怎么办？"

小萨的小名叫候小萨，大名叫候永进，都是老候给起的。

"咱们姓候，咱们不跟他们姓李。"老候说。

大姐的爸爸老候在小萨被人贩子拐走之后很秘密地做了一件事，这件事老候的家人都没对外边的人说过，他们怕一旦说了老候的单位会停发老候的退休金，这件事就是老候其实已经出了家，他出家的地方就在这个小城的东街靠近东城墙的法华寺。那个寺院不算老但挺好，山门全是黄绿二色的琉璃，太阳一照，闪闪发光。

法华寺的长老曾经是老候手下的一个小班长，后来他复员去当会计，有一年账目却怎么也理不清，这让他烦透了。干脆，他出家了。他一出家，单位那边果然也没人再问了。

老候对现实生活完全绝望了，如果说他的外孙小萨还算是一根把他与尘世紧紧拴在一起的细绳，那么，小萨一被人贩子拐走这根细绳就彻底断掉了，老候掉了下去，掉到了什么地方？这个问题只可意会不可言说。

老候没在庙里住过，他没来得及住，人就死掉了。

他出家的名字叫：妙永。

7

快接近春节的时候这个小城又下了两场很大的雪，天气就更冷了，雪大天寒，人们发现有不少乌鸦被冻死了，从树上扑通、扑通直接掉下来，或者它们就是被风雪直接从树上吹下来的，掉下来的乌鸦都全身缩作一团，屁股后边都糊着一堆屎。

人们都说，一开春这边的房子肯定要拆了，不拆就不像话了，看看这垃圾，看看这个乱，人们说这话什么意思呢，其实是没一点的意思，也只是大雪天的没话找话。因为天气冷，下边街上来的人不太多了，深一脚浅一脚的也不好走。虽然下边街两边的小饭店、小菜铺、小五金店还有镶牙馆、小按摩店、理发店现在还都继续开着，但那些小老板手艺人也都打算要找个新地方了，春天一来，万象更新。

"去他妈个逼的，一个人老待在这儿算什么。"人们都说。

人们掐算着日子，掐算离春节还有几天，五天、四天、三天、两天、一天，春节终于到了。

春节到了的这一天，有人来敲大姐的门了，很长时间都没人来敲门了，是谁呢，许姨是上不来，她没那个本事了，胡姨也许会上来但又不太可能，还有大姐的两个妹妹，她们都想让大姐去她们家一起过年，但大姐跟她们说好了，谁家也不能去，小萨回来怎么办？

春节的晚上，也就是人人都喜欢的除夕夜，大姐听到了，听到有人从下边上来了，真是有人从下边上来了，脚步声，啪嗒啪嗒从下边上来了，然后，在门口停住了，停了片刻，外面的人开始敲门，敲门的声音在大姐听来很熟，一下两下三下，一下两下三下，一下两下三下。

"谁？"大姐问。

外面没人回答。

"谁？"大姐又问。

外面还是没有回答。

大姐不敢动了，她真是有点怕，她身上穿得很厚，她不想让自己冻感冒也不想让自己冻死。她不敢待在那一南一北的屋里，那两间屋里的墙上都是银光闪闪的霜。她只能待在厨房里，而且，她还要把厨房的门关死，她在灶里生了点火，这样一来还有点暖和气，那只黑猫此刻就卧在灶台上，它也冷，这个冬天可真是太冷了，它把自己蜷起来，蜷起来，它的防寒措施就是把自己努力蜷起来，蜷到最小，这样就能把身体的温度最大程度地保存起来。

外边的人又在敲门了，敲敲，停停，敲敲，停停。

大姐慢慢站起来，慢慢摸索着去开门，她怕极了也渴望极了。门从里边打开了，屋里的冷气猛地和外边的冷气汇合在了一起，一时是屋里的人看不清屋外的人，屋外的人也看不清屋里的人。

大姐猛然像是听到了那熟悉得不能再熟悉的喊声：

"妈——"

"妈——"

"妈——"

怎么说呢，当白腾腾的寒气散开之后，大姐愣在了那里，还不如说她被吓坏了，站在她面前的不是她的儿子却是好几个人，是四姐的全家，他们开着车从外地赶过来了。他们没别的，他们只是想跟可怜的大姐一起过一个年，不管吃什么，不管喝什么，不管屋里有多么冷，他们过来了，要跟可怜的大姐过个年，他们都来了，春节愉快。

"大姐春节愉快！"四姐的男人说，好周正的一个男人。

"大姐春节愉快！"四姐说，眼里一时满都是泪。

"大姨春节愉快！"四姐的孩子们说。

外面又下雪了，纷纷扬扬的雪，好大的雪，这雪下得可真好。

高兴镇

1

这是个镇,名叫狗心镇,而在地图上查一下,它又叫"高兴镇"。但生活在这里的人们却总是高兴不起来。我们的主人公花枝,原来就在镇上的照相馆上班。

那家照相馆,现在想想,不像是个照相馆,倒像是什么人的住宅,是东西长南北窄的那么一个四合院,大门开在东边,进去,往里走,走到正面的西房,再往左拐,再走进去,里边右手还有一个院子,那个院子更小一点,却也是一个四合院。院子里有一棵很大的老槐树,这么一来呢,这个小院终年都是阴的,鸟在树上叫,一大早就叫开了。这个小院的南边又是一个小院,这个小院的东房和南北房都倒了,只剩下西边那排房,一共三间,都做了库房,存放着工商局的账本,因为是库房,所以总是静悄悄的。忽然有一年上边发话要把那些账本都给销毁了,因为都是解放前的旧账本,留着也没有用,人们才知道原来有那么多的账本。有人坐在那里专门撕邮票,还有账本上的印花,一连撕了好几天,邮票都是很老的那种小龙票,间或有大龙票。销毁了解放前的旧账本,出清了库,房子空了,但也没了用,因为那房子已经是东倒西歪不能住人了,花格子窗上原来也没玻璃,糊的窗户纸早破了,往里边看看,里边都是些破烂家具,东倒西歪黑洞洞的。人们现在到那边去是上厕所,一个大厕所,房顶早就没了,是露天的,四堵墙也倒得差不多了,所以也不分什么男女,不管是谁进去都要先咳嗽一声,里边有人自然也会咳嗽一声,要进去的人就知道里边是男是女该进不该进了。就这样的一个破旧的老院子,前边是照相馆后边住着五户人家。花枝就在这里工作。花枝因为小时候从炕上摔到了地上,留下了毛病，就是脖子歪，往一边歪，是歪脖，但猛看还看不出来。她的脖子朝左边歪，所以她和你说话就总是站到你的右边，这么一来呢，你不留意就很难看出她是个歪脖，还以为她在特别用心地听你说话，而且很有礼貌，朝你把脸侧过来。要是人多呢，站在她左边的人就会发现她其实是个歪脖。刚来照相馆上班的时候，师傅要她学上彩，就是给照片上彩，工作室在院子西边那一排房子里，那排房子很长，窗台下的光线极好，师傅们就都坐在窗下静静做事。照相馆的主任给她分配了座位，在一进门的地方。花枝刚上班的时候是冬天，十一月底，天还冷，每间屋里都生着个火炉子，主任让她坐在门口也没什么特殊的意思，那个地方比里边多少冷那么一点，有人进来有人出去开门关门总会带进冷风。但花枝不干了，说什么也不干，非要坐到里边去。花枝的心事那时候其实还没人知道。花枝的心事是：宁愿谁都看不到她。但坐在门口就不一样了，人们出来进去第一个就会看到她。花枝发了一阵愣，在原地焦急地转了几个圈子，花枝一急就爱原地转圈子，而且还会用一只手托着下巴，好像要把那张脸给托正了，托着脸，在原地转，就像上足了发条的那种玩具鸭子，转得人头晕。工作台紧挨着她的姬师傅说："花枝别转了，把我头都转晕了。"花枝就不转了，气呼呼地去找主任了。女主任姓高，长着一个红通通的大鼻子。照相馆里的人们就给她起了个"高油匠"的外号，因为她也是给照片上色的，那时候还没有彩色照片，给照片上色分两种，一种是水色，一种是油彩，油彩的技术要求高一些。高主任的照片着色技术是照相馆里最好的，所以那一年还被借到北京半年。在北京也不做别的，就只负责给照片上色。那时候把全国技术最好的人弄到北京去做事，叫作支援北京。这在小镇，当年是件极为轰动的大事，所以高主任一下子就成了小镇的名人。去北京之前，高主任还是一般人，从北京回来就不一样了，商业局领导说："既然连北京也去过了，就当主任吧。"高主任那一阵子和她男人总是吵架，家里住不成了，她就搬到照相馆里来住，就住在一进门那一大排房子右边把头的那一间小屋子里。高主任喜欢种花,她在工作室前自己动手开了两个小花畦,在花畦里种了不少花,主要是那种很能开花的蜀葵,还有就是种了不少开花很红的扁豆,在花畦里栽几根竹竿,然后拉上绳子,一直把绳子拉到房檐下,那扁豆的花可真是红,就一路红上了房檐。

"咱们的花可真红。"高主任笑眯眯地说。

不知谁在旁边说:"比你鼻子还差点。"

然后人们就都笑了。照相馆人不多,大家就像是一家人。照相馆的工作注定了人们就像是一家人,一上班先打扫,按着值日表来,先扫地,然后把柜台用掸子掸了。哐啷,哐啷,掸子一路磕磕碰碰,灰尘飞起来飞起来,在有阳光的地方灰尘就显得特别多。照相房在照相馆被叫作"玻璃房",玻璃房在柜台后边,在柜台开了票,往里边走,是化妆的地方,有大镜子,叫作"翻跟头大镜子"。镜子上从上到下一路雕刻着三十多个小狮子,在没日没夜地滚那个绣球。顾客就对着这个镜子收拾自己,梳梳头,换换衣服。旁边有被漆成苹果绿的长凳子,可以坐在那里等着拍照。再往里走就是照相室,照相室里是有道具的,就是高高低低的长凳子,小孩坐的那种有围栏的小高凳子。有花,让人们捧在手里的;有没有镜片的眼镜,让人们戴着假装有文化;还有领带,可以挂在脖子上。当然还会有梳子。奇怪的是,照相馆里边几乎所有的椅子凳子都漆成了那种苹果绿的颜色,连前边的柜台和暗室外的门也都是苹果绿。还有那一块一块可以把人垫高的木头疙瘩也都被漆成了苹果绿。一个人两个人坐在那里照相还好说,人多了在一起拍合影最怕七高八低,所以就要垫一垫,个子低的可以在脚下垫一块木头疙瘩,或者就垫在屁股下边,摄影师总是先把这个工作做好了,看来看去,给这个人一块木头疙瘩,再给那个人一块。拍合影照的第一排最中间的那位一定要垫一块木头疙瘩,不管他高与低,这样一来呢,这个人必定是要比别人高那么一点。如果是拍一男一女,摄影师要先问好他们是取哪种姿势拍照,两个人都坐着还是一个坐一个站。这么一来呢，拍照的人也许就要拍两份了，一份是都坐着，男的把身子稍微侧那么一点，但两个人是一般高，一份是女的坐着，男的站在女的后边，把身子朝女的那边侧一点。摄影师还会问接不接辫子，那时候留短发的时兴接辫子，就好像她原本就有两条大辫子似的，如果顾客要接，摄影师便会把那两条乌油油的大辫子拿出来递给顾客让她自己去接，而如果那女顾客是原来就有两条大辫子的，这时候她倒又想要让自己照个剪发头的了，这也好说，可以把她的头发这么一弄那么一弄弄成个剪发头的样子，这就得照相馆里的人帮忙了。弄好这一切，摄影师还会问一下那男的，要不要戴眼镜。便把各种样式的镜框子取了出来让顾客挑，还有钢笔，也准备了两三支在那里，让顾客别在胸前的口袋里，最多别三根，整个人的左胸或右胸就高起那么老大一块。那钢笔都是没笔尖的，只不过是装个样子，让人们觉得相片上边的人很有文化。在狗心镇，有文化的人是很受人们尊敬的。

  照相馆这一年一共分配来五个年轻人，花枝是其中的一个，还有两个女的，一个姓周一个姓白，另外两个男的一个姓朱一个姓苗。两个男的去前边学照相，三个女的去了后边，学上彩，学修版。高主任在欢迎会上拍拍手表示欢迎，笑着说这下可好了，有了接班人了。又说："修版可是要眼睛好的。"她这么一说呢，就好像原来那几个修版师傅的眼睛不好了。修版的窦师傅就不怎么高兴，咕嘟着嘴，不停地抽鼻子，吸吸吸，但总是吸不通，好像鼻子里按了个活塞。窦师傅大眼睛，人长得很是精神，才三十几岁，不知怎么就给自己起了个艺名叫窦秋苹。照相馆里的师傅们跟他开玩笑，说这不是个女人名字吗。"我喜欢！怎么啦？"窦师傅说。"又不是唱戏的，取个艺名做什么？"又有人说了。"我喜欢！怎么啦？"窦师傅看样子是生气了。窦师傅喜欢在脸上搽厚厚的雪花膏，那才叫香，离七八米就香过来了，他要是走过去，定会起一阵香风。他的衣服口袋里总插着一支钢笔，却从来没有人看见过他把钢笔拿出来写几个字。

他还相信裤子的裤线不是光用烙铁烙一烙就能笔直的，他说他研究出来了，那裤线是用松香粉固定的，然后他就按着自己的想法去做了，把找来的松香捣成极细的粉，然后小小心心一条线撒在裤子要烙出裤线的地方，然后把裤子放在烙铁下烙，好家伙，窦师傅的裤线可真是笔直好看，但过不久问题就出来了，裤线那地方亮晶晶的，别的地方不亮就那个地方亮。那可真不好看，但窦师傅自己就当没看见，就那么一阵风地走来走去。这是白天，到了晚上，窦师傅去舞场，那可真算是出尽了风头，就凭那条裤线笔直的裤子。照相馆的人们都将窦师傅那条裤子叫"松香裤子"，到了后来，"松香裤子"成了窦师傅的绰号。"松香裤子来了没？"有人问。"松香裤子在扫院呢。"有人答。"松香裤子肯定刚从这里过去，你闻这个香。""松香裤子"又交上朋友啦？"不用问，是男朋友，松香裤子不喜欢和女人交朋友，他的朋友都是男的，这有点怪，但谁也说不出人家怎么怪。窦师傅当过三年兵，当兵之前他就在照相馆学徒，三年兵当下来，到头来他又回到了照相馆，他喜欢照相馆。因为他当过三年兵，高主任有什么事都要和他先商量一下，听听他怎么说。那个高主任，是极喜欢当兵的。她规定，当兵的来照相不用排队，再忙也不用排。这就显出了这家照相馆的与众不同。日子，就这么过下去。

窦师傅在照相馆最合得来的人是在前边照相的夏师傅，夏师傅还不到四十，人长得很漂亮，衣着很讲究。夏师傅的爱人比夏师傅大二十多岁，是剧团唱戏的，在这一带十分有名，艺名叫"小彩虹"，意思说，她只要一出台，就像彩虹一样美丽。"小窦开心晚。"夏师傅对人们说，"先玩两年再说，结婚早也没什么意思。"夏师傅这样说，旁边马上就有人接了话，是姬师傅，姬师傅说："再开心晚就到了当姥爷的岁数了。"说得大家都笑了起来。女人一般都很少抽烟，但姬师傅是要吸烟的，工作一会儿她就会点一支烟吸吸，吸烟的时候她会站起来到这里看看再到那里看看。姬师傅总是有气无力的样子，走路很慢，做什么都很慢。照相馆的师傅们都知道就这个姬师傅身上长年跟着东西。年轻人不知道这句话是什么意思,问:"跟什么东西?"被问的师傅说还能跟什么东西,以后你们就会知道了。年轻人好奇心重,再问再问。被问的师傅不得不说了,再说姬师傅也不在跟前。被问到的师傅小了声,说:"还能跟什么,跟着狐仙,你们姬师傅跟着个狐仙。"这么说还不行,被问的师傅就再说一个细节,那就是,那个谁也看不见的狐仙一年到头就总是跟着姬师傅,尤其是晚上,会从烟囱里钻进来钻到姬师傅的被子里折腾她,姬师傅就只好钻到她丈夫的被子里睡觉。"她长年和她男人一个被窝。"说这话的时候,人们就总想笑,想到那上边去了,其实这有什么好笑,但人们都还是觉得有些奇怪。这个姬师傅人其实是很好的,说话慢慢的,办事慢慢的,无论说什么都是商量的口气。奇怪的是,人们谁都不知道她的烟放在哪里,想抽的时候就取出来了。而且,她有个专门放烟盒的绣花烟盒套,很特别,姬师傅的烟就放在这个很好看的绣花烟盒套里,烟盒套上一边绣着《西厢记》张生戏莺莺,一边绣着《白蛇传》许仙断桥见白娘子。四边绣的是宝蓝色的西番莲,那花枝绣得可真是婉转好看。这种烟盒套现在在小镇上几乎见不到了,只有姬师傅这种有钱的旧人家才有。那时候人们对吸烟没什么意见,谁想吸吸就好了。有了什么新牌子香烟,大家都你一支我一支地分开来吸,屋子里一时烟雾腾腾。而不吸烟的人倒是少数。有一天,姬师傅对坐在旁边的花枝说:"你抽不抽?"原是随便问一问的,想不到花枝就从姬师傅手里接了一支左看看、右看看就那么抽了起来。花枝坐在那里,把身子朝右侧那么一点,两手抱着自己的小胸,一只手里掐着烟,样子算是妩媚极了。花枝一边抽一边笑,像是做了一件什么让她很高兴的事。到了后来,姬师傅抽烟的时候她也会主动去讨一支。花枝因为是歪脖,她便研究自己怎么坐好看,如果坐在角落里,她会让自己的左边身子藏起来,其实是藏不起来的,只不过是把左边身子影在人们的视线看不到的地方,而右边身子就往外侧,也就是往外突出那么一点,这样一来呢,身子有那么点悬空的味道，显得特别地妖娆。

"有人说我抽烟好看。"这一天呢，花枝突然对姬师傅说。

"抽烟有啥好看？"姬师傅说。

"他们都这么说。"花枝说，"姬师傅你看看我好看不好看。"

姬师傅只好装作很认真地看，直把自己也看得呵呵呵呵笑起来，姬师傅的笑声很怪，像是很冷，是很冷的笑声。

花枝其实不难看，小小的嘴，小小的鼻子，细细的眉毛，皮肤白白的，真是不难看，而且还可以说得上好看。

姬师傅靠近了花枝，要把什么事告诉花枝，花枝忍不住叫了一声。她看到了姬师傅脸上长的那些小肉瘤，鼻子两侧，长了不少，小米粒那么大。有时候姬师傅会一边抽烟一边用手指捏脸上最大的那几个肉瘤，像是要把它们捏下来。

"是不是痦子？"花枝问姬师傅。

"等张继唐下次来了我问问。"姬师傅说。

"谁是张继唐？"花枝不知道谁是张继唐。

"张继唐你也不知道，中医院的好医生，最好的医生。"姬师傅把身子往后坐坐，声音放小了，说，"以前我们家不管是谁生了病都找他，让人去叫，他就来了，来一次，家人全都会看一看，看看看看，我说错了，不是他，是他父亲，他是跟他父亲学的。"

"张继唐，咱们狗心镇最好的中医大夫。"姬师傅又说。

"我又不得病。"花枝说。

"吃五谷哪有不得病的。"姬师傅笑了起来，一边又用手摸她脸上的那几个小肉瘤。花枝用手轻轻打一下姬师傅的手，说：

"不许摸不许摸，越摸越大了。"

坐在旁边正在修版的窦师傅突然笑了起来，笑得肩膀乱动。笑是会传染的，师傅们都笑了起来，他们都听到了花枝的那句话。

"什么东西才会越摸越大？"窦师傅说了一句，人们就笑得更厉害了。这时候夏师傅过来了，坐在当地放的那张大案子旁边的椅子上，那张大案子平时是裁相片装相片的地方，过节联欢人们都会围着这张大案子坐好，上边是茶水糖果瓜子香烟。

夏师傅坐下来，笑着看花枝。

花枝不懂窦师傅的话，痴在那里，看看这个看看那个。

"花枝该找对象了。"夏师傅说。

"我不找。"花枝说，像是不高兴了。

人们就说起找对象的事，和花枝一起来照相馆的小周和小白都好像正在谈恋爱。人们一正经地说起小周和小白找对象的事，花枝忽然就不说话了，人木在那里。关于找对象，那个时候，人们好像都想找个当兵的，是，当兵的怎么看都好看，因为穿了那一身军装，个矮的也不显得矮了，人长得不俊的也像是俊了，军装就是扶人。所以那时候年轻人的一个愿望就是当兵，当不了兵的也要弄顶军帽戴戴，有因为在街上抢军帽被判刑的，三年或五年。那时候军帽和军装是时髦货。照相馆的师傅们都已经听说了，听说那个小周找了个当兵的，但听说归听说，谁也没见过人。师傅们对小周说："把对象带来让师傅们看看。"人们在这边说话，谁都没注意花枝在一边早已经激动得坐也不是站也不是。她砰的一声把椅子推开，站起身，因为是歪脖，做什么动作一旦过了头，就像是那种上了发条的玩具鸭子，在地上就转开了圈儿。她在师傅们的工作台旁边转了几转，然后站住了，两眼出奇地亮，细看是有了泪水。但没人注意她，人们都在说小周的事。只有夏师傅在看着她。

"开心了。"夏师傅小声说，也不是对谁说，像是自言自语。

"少操人家黄花闺女的心。"姬师傅也像是自言自语，眼睛也没朝夏师傅那边看，不知怎么就来了这么一句，把一口烟慢慢吐出去。她正在给一张八寸大的照片上色，用水彩，把照片上的人的嘴唇先勾了，把腮部也勾了，然后再用油彩慢慢慢慢往照片上抹。姬师傅总是一边工作一边抽烟。

夏师傅站起来出去了，下午天热，小镇上来照相的人不多。卖蝈蝈的河北人从街上走过了，喳喳喳喳、喳喳喳喳，好热闹。

过不了几天呢，那个名叫张继唐的大夫果然来了，因为中医院离照相馆不远，他没事就会过来和人们坐坐说说话。那时候呢，这些个没有入过党，也没怎么受过苦的，而且都在店里边做事的人都被叫了私房人员，什么叫私房人员呢，也就是不红不黑，说他红吧，他们不是党员也不是什么贫下中农，说他们黑吧，他们也不是特务反革命之类，但小镇上的人们都知道他们要比一般人有钱，他们还要比一般人有那么点文化。所以人们又是用另一种眼光看着他们。而他们却是鱼找鱼虾找虾，一有时间就会碰碰面在一起说说话。那时候照相馆里总有好茶，茶是从旁边的积德珏茶庄里买的，高碎，味道很香，但价格却是同样的茶的一半儿，茶庄的人没事的时候就坐在那里挑茶，围着一张朱漆大八仙桌，用个筝，把茶先筛一筛，叶子完整的便是一等或二等的好茶，筛下来的碎叶子，味道其实一样，但就是不讲究了，不好看了，就卖了高碎。那时候公家可以买茶来给人们喝，好像又是一种福利。来了客人就沏壶很香的花茶，大家一边说话一边喝茶。狗心镇的日子是悠闲的，时光在这里总像是过得很慢。

张继唐人很斯文，是那种骨子里的斯文，走路很慢，一步一步，脚上总是穿着千层底的黑布鞋。以前人们都叫他张先生，现在不许叫先生了，就都叫他张大夫。张大夫的毛笔字写得很好，也只是写小楷，他开药方都用毛笔，人们去他那里看病都会注意到他的桌上有一个木头脉枕，元宝形的，中间凹，两头翘，据说是沉香木的，但谁也没闻到它是怎么个香。还有就是有笔筒，矾红彩金鱼笔筒，还有个很大的白铜墨盒，铜墨盒的盖子上是颐和园的风景。张大夫开药方总是用很工整的小楷。有人喜欢他的字，总在想方设法收集他的药方子。张大夫无论去什么地方都还带着一个小茶壶,扁扁的那种小扳壶,上边是矾红彩的太师少保,也就是一大一小的两个狮子,眼睛突出着,画得可真是好看。无论到了什么地方,张大夫总是用自己的这个小茶壶喝水。有人喜欢他那个矾红彩的壶,说:"张大夫您这可是古董啊。"

张大夫说:"什么古董,一把破壶。"

夏师傅也对张大夫的小壶感兴趣,但他对张大夫说:"您这是瓷的,小彩虹是一把紫砂的,玉把子玉嘴,出台进台都要喝那么几口,有专门给她拿茶壶的。"小彩虹是谁,就是夏师傅的老婆,比夏师傅大二十多岁,是十分有名的北路梆子演员,她老了,所以她很宠夏师傅,夏师傅要什么她就会给他买什么,但夏师傅最爱的是女人,只要他看准的女人他都想搞到手。他人又长得风流漂亮,原先在剧团跑龙套,后来小彩虹不让他在剧团待,让他到照相馆去上班。

有人跟着夏师傅说:"给你老婆拿壶的人可不能是一般人,要是有人在壶里放点哑药,嗓子就完了。"

"她干妈给她拿,她那把壶她干妈从来都没松过手。"

人们对小彩虹很感兴趣,谁让她是镇上最有名的演员,就问:"她喝什么水?不是白开水吧,肯定是咖啡吧?"小镇上的人们认为咖啡才是最高级的饮料。

"龙井茶。"夏师傅说,"最贵的龙井茶。"

"她干妈就给她管那么一把壶吗?"有人说。

夏师傅说:"她干妈比她还小两岁!"

"比她小还叫她干妈?"旁边的人说。

"剧团都这么叫嘛。"夏师傅说,又小声说,"角们都喜欢人们这么叫。这么一叫不就显得她们岁数小了嘛!"

张大夫踱着方步来了,一手端着他那把小茶壶,下午看中医的人不多,几乎是没人,这地方的规矩是上午才看郎中。张大夫没了事,也不愿远走，就到照相馆来了，来说说话，照相馆的师傅们该做什么还在做什么，下午的活其实也不多，新兵来照相的季节已经过了，去北京帮着冲洗相片的事现在也没有了。既然张大夫来了，人们就都忽然觉得自己是不是什么地方有病了，不舒服了，有的没的都想让张大夫把把脉。张大夫也习惯了，给人把脉又不影响说话，该说什么还说什么，这就是张大夫与常人不同之处。张大夫从不嫌烦，给这个把了给那个把，好像是，既然张大夫给人在那里把脉，要是谁不把就像是吃了亏似的，人人都伸出胳膊等着。姬师傅呢，肯定也是要让张大夫把一把脉的，但她不急，坐在旁边一边抽烟一边和张大夫说话，在镇上，人们都知道姬家和张家关系很好，姬师傅问张大夫爱人的事，张大夫的爱人不工作，嫁张大夫这样的好郎中还用工作吗？郎中家虽不是药房，但据说那几年从张大夫家里抄出来的犀牛角就有二十多顶，羚羊角藏红花人参就更不用说。后来倒是都归还了。说起爱人的事，张大夫好像是很生气，但他实际上也不生气。姬师傅问张大夫，家里的那么多字画呢？

"听说别人家的字画可是都退回来了。"姬师傅小声说。

姬师傅这么一说张大夫就像是来了气，说他爱人："她那个人，再值钱的东西也不看，坏个尿盆子倒会让锔盘锔碗的把它给锔起来。清波主的八尺大画让她给卖了二十块钱！"

人们不知道谁是清波主，你看看我，我看看你。

张大夫从口袋里掏出一根银子做的那种细牙签，张开嘴，在上边那排牙上横扫一下，唰啦啦，又在下边那排牙上横扫一下，唰啦啦。上边下边左左右右扫了那么十多下，然后把银牙签又收了起来。他习惯了，总是用银牙签在牙上每天扫那么几回，所以张大夫的牙特别结实。

姬师傅不说字画的事了，别人也都把完脉了，姬师傅坐过来，把胳膊伸过去，也要让张大夫把一下，看看身上有没有什么毛病，春天的时候人们容易犯病。

"这两天有一声没一声地咳嗽。"姬师傅对张大夫说。

"是不是应该吃点同仁堂的养阴清肺丸？"姬师傅又问。

"这几天少出去，多穿点。"张大夫说。

姬师傅让张大夫把脉，先给张大夫点了根烟，是用自己嘴里的烟给张大夫点一根新烟，然后再递给张大夫，这是礼貌。姬师傅抽的是恒大，这烟在小镇算是好烟。姬师傅坐在那里把脉，花枝也过来了，她托着下巴站在一旁看，花枝和姬师傅说得来，所以姬师傅现在走到哪里花枝就总爱跟到哪，上厕所，花枝也总是要拉姬师傅一块儿去。因为里边那个荒败的院子平时根本就没有人去，所以，人们去厕所就总是要拉个伴儿。那个院子啊，据说晚上会闹鬼，黑咕隆咚的有人蹲在那里拉屎，就听见有人说："有没有纸，给半张？"这人就扯半张纸递过去，却大大吓了一跳，周围没人。有时候白天也不安宁，也总有个人会在那里问："有纸没，给半张。""有纸没，给半张。"但光听见声音却看不见人，真是吓死人。有时候大中午的也会听见这个鬼在说这句话，所以，大中午太阳当顶也没人敢去厕所，因为没人去，厕所周围的草长得那么高，里边都可以藏个人。都说中午也是最凶的时辰。晚上就更没人去。连旁边院子里的人都不去，都使家里的马桶，那种很高的木马桶，有多高？正好和凳子一样高，人坐上去拉屎不费劲，早上倒马桶得两个人抬，但一般人家是不用亲自去倒马桶的，每天早上都有倒马桶的来，把一家一家的马桶都给倒光，然后拉走，近郊种菜离不开这些东西。一大桶尿卖十块钱，那种拉屎尿的车上是更大的木桶，真不知道他们是怎么往下搬那装满了屎尿的大木桶。"你们拉的，到后来还得你们吃。"有一次，来倒马桶的年轻人不知为了什么不高兴了，眼泪汪汪地说。恰好被旁边的人听到了，旁边的人就说："小伙子，你这话怎么说的，你嘴干净点。"

"庄稼和菜都是大粪变的。"拉粪的说。

"那你怎么不吃大粪？"

说这话的就是姬师傅，有时候姬师傅是很厉害的。

姬师傅坐下来，让张大夫给她把脉。

花枝托着个下巴在那里看。

一只苍蝇在屋子里绕着圈子飞，高主任举着个蝇拍子追着它打，却总是打不住总是打不住。

姬师傅和张大夫手里的烟都在冒着烟。别的师傅们在说话，有喝茶的声音，还有从外边传进来的市声，汽车喇叭声，是电车过来了，照相馆门前有个电车道。各种声音交织在一起，让人听上去感到是那样地安逸。突然，姬师傅一下子就尖叫了起来，人也跟着跳起来老高。这可把花枝吓了一跳，她可不知道发生了什么事情。怎么回事？姬师傅怎么了？怎么一下子跳那么高？

"按住按住快搂住。"张大夫说。

被吓得不轻的还有高主任，脸色都变了。花枝也不再用手托下巴了。她刚才只听见张大夫对姬师傅说了一声："你今天是双脉。"张大夫只说了这么一声，平时看起来文文静静慢条斯理的姬师傅就一下子发作了起来，跳了起来。跳得那么高。

"按住按住。"张大夫又说，"这会儿就在身上。"

旁边的师傅们都停了手里的活儿，他们都知道是怎么回事了，姬师傅这时已经不是平时那个姬师傅了，说话的声音也变了，不知道在说什么，力气也大了，几个人都按不住她一个。

"怎么啦？"花枝说。

"上身了，上身了。"有人说。

"什么是上身？"花枝问。

"上身就是上身。"说话的人哪有时间解释。

这时小朱和小苗已经从前边扑通扑通跑过来了，高主任要他们赶快过来，让他们一边一个把姬师傅抓小鸡样紧紧抓住，他们也不知道自己在做什么，要把姬师傅怎么样，高主任让他们怎么做他们就怎么做，但他们两个真不知道下一步怎么办。高主任把门哐当一声打开，说："快送出去，快送出去，送出去就好了。"姬师傅个子太小，几乎是被小朱和小苗架了起来，姬师傅被送出去的时候两只脚是一跳一跳，特别有劲，小朱和小苗几乎都按不住，但一送出门，在台阶前，花池边上，姬师傅忽然摔了一跤，是猛地一下子朝前扑出去，然后一屁股坐下来，两眼忽然睁开了，忽然又变回了原来的姬师傅。坐在地上的姬师傅好像是不知道刚才发生了什么，看看这个，再看看那个，她问紧紧跟在后边的花枝："怎么啦？"

"出什么事了？"姬师傅又问，声音弱弱的。

花枝什么也不知道，她愣在那里，用一只手托着下巴，她不知道什么是上身，是什么上了姬师傅的身，姬师傅怎么会一下子就变成了那样，怎么忽然会那么有力量，小朱和小苗都按不住她。

花枝手托着下巴转了一个圈，又转了一个圈。

"要是在家里摔那么一跤就坏事了。"有人小声对花枝说，"那东西就会留在屋里永远也出不去了，必须得在外边摔跤，这时候那东西也许上房了。"说话的人看了看房上，别人也跟上往那边看，但房顶上什么也没有，只有一排排的瓦松，说红不红、说绿不绿。

那一下午，姬师傅简直是一点点劲都没有，身上是软的，高主任让她躺在工作间旁边的那间小屋里，这间小屋是人们值夜班睡觉的地方。姬师傅在不停地喝水，话也不说。花枝不停地给她倒水，因为高主任安顿花枝了，说你照顾着点姬师傅小心别让她掉地上，让她多喝点水。高主任不知道在什么地方找了一张红纸，把红纸放在了炉子上。直到后来，花枝才知道姬师傅那天是狐仙上了身，但那狐仙有可能还会回来，它要回来就只能从烟囱里进来，那是它的通道，高主任把一张红纸压在炉子上，这样一来呢，那谁也看不见的狐仙就进不来了。

"为什么放红纸？"花枝问高主任。

"年轻人，不许乱问。"高主任说。

"啊呀，您刚才可吓死我了。"花枝对姬师傅说。

"唉，大白天跟到这儿来了。"姬师傅有气无力。

花枝坐在姬师傅身边，对姬师傅说："有什么办法不让它上身？它再要是上身你就打它两下。"花枝这么说着，忽然想起了什么，抬起手，猛地打了自己脸两下，打得很重，啪一声，啪又一声。

"你可别打自己。"姬师傅说，"你为什么打自己？"

"我不告诉你。"花枝说。

"还有自己打自己的？"姬师傅有气无力地又说。

"我每天想起来就打。"花枝说。

晚上姬师傅的男人来把姬师傅用自行车接走了，平时姬师傅都是自己走着上下班。人们都说她男人要是个军人就好了，晚上把手枪压在枕头下边，狐子大仙什么的都不敢来了。可姬师傅的男人不是军人，是机关里的一个会计，很文弱的样子，白白的，嘴里镶了一颗金牙，一笑亮闪闪的，可能因为那颗金牙，姬师傅的男人见人总是笑。

人们都看见姬师傅的男人用自行车把姬师傅接走了，但没人看到夏师傅用车子带着花枝，花枝的家和夏师傅家离得不远。那个地方有个好听的名字，叫"兰池"。兰池是狗心镇最热闹的地方，只是那里的地势比别处都低，一下雨就会聚满了水，到了夏天会生出不少蛤蟆，到了晚上呱呱呱呱好不热闹。夏师傅用自行车带着花枝，到了兰池，花枝就会从车座上跳下来，飞快地跑进那个红砖砌的圆门洞，回家了。

2

  花枝病了，病得还不轻。

  照相馆的师傅们背地里说花枝这也是邪病，跟姬师傅那个病也差不多，见了男的就走不动就往人家跟前靠，还想对着人家某个部位伸手，是花痴，花枝肯定是犯了花痴。师傅们说花痴分两种，文花痴与武花痴，文花痴只是笑只是盯着男的看，从脸一直盯到裆，是等着男的动手。而武花痴却是见了男的就要动手，摸人家，掐人家，爱人家，想跟人家睡觉，有时候还会不小心损坏人家男人们的器械。师傅们说花枝现在还处在文花痴阶段，还没有发展到武花痴，所以得赶紧治，这种病又不能吃药打针，治的办法也就是让她赶紧结婚，男人一上了身，使出力气夜夜不落空，一来二去，比吃什么药都好得快。可花枝得了这么个病，再加上脖子歪，事情可就不好办了，没人愿意找她。花枝这个毛病比姬师傅的还要麻烦。姬师傅因为身上总是跟着那么一个谁也看不见的狐仙，动不动就犯，已经有好长时间没来上班了。听说她男人会带她去趟终南山，让那里的道长给她好好看一看，给她身上挂一道符，那符不是用朱砂画，而是要用一百条黑狗的血来画，这就让人想不通了，一百条狗的血那该有多少啊？只用来画一张符？据说也只有用一百条黑狗的狗血画的符才会让那个狐仙不敢再来缠她，要是总跟着她，她还怎么上班？高主任因为上次在炉盖上压了一张红纸受到了批评，照相总店的一把手牛主任说："牛鬼蛇神那一套是不是又要复辟，谁看见那个狐仙了，把它逮过来给我看看。"

  牛主任在部队当了大半辈子兵，根本就不相信这一套。他说让高主任把那个狐仙逮来给他看看，他自己也觉着这么说好玩儿，因为觉着好玩儿开大会就一连说了好多次。这个牛主任，爱喝酒，二两下肚就管不住自己的嘴，除了爱开会讲话，还爱给自己办实事，他办的第一件事是把老婆的工作给解决了一下，让他从乡下来的老婆到总店下边的一个饭店做了管理。他办的第二件事是把他儿子的女朋友给调到了照相馆。牛主任的未来儿媳妇可真不好看,不但黑,而且个子低,还总努着个嘴,一说话一笑就露出前边那颗龅牙,那龅牙长得又真是奇巧,不是长在左边或右边,而是长在正中,就像是犀牛那个意思。就这么一个人调到照相馆,牛主任还指定要她学照相,说照相技术可以吃一辈子。高主任真是有点犯愁,照相馆的摄影师向来都是要模样好风度好的。高主任发愁,还没说什么,松香裤子窦师傅在一边开口说了话:"这是要出人命的,就那颗犀牛牙,一露出来吓不死大人小孩可保不定会怎么样。"窦师傅说完忍不住哈哈哈哈笑了起来,屋子里的师傅们也都跟着笑。这天窦师傅的雪花膏搽得似乎多了点,那个香啊,有点呛人,首先像是他自己都给呛得受不了,吭哧、吭哧不停。

高主任便去找牛主任,说学照相就学吧,学照相好。

"但是得让她先把那颗牙拔了,天天要见顾客,还是拔了好。"

牛主任想想,说:"她到你们照相馆上班就是你们的职工,你带她去拔。"高主任没做过这种事,拔牙和上班有什么关系?但还是决定带着牛主任的未来儿媳妇去一趟镶牙馆。但也只是这么想了想,第二天就变了主意,"管她犀牛不犀牛,管她吓人不吓人,要真吓死人到时候再说。"高主任几乎是对照相馆的所有人都这么说。她在心里对牛主任很有意见,又是把老婆调进来,又是把个还没结婚的儿媳妇调进来,还想让自己领着她去给她拔牙,算了吧。所以呢,牛主任的儿媳妇直到后来还那么"犀牛"着。长龅牙的人很多,不是在左就是在右,正好长在中间的还真少见。所以人们一见她就总是会先咦的一声。所以她直到了后来也总是努着个嘴,轻易不开口,也不笑,性格变得很不合群,总像是跟谁在生气。也许她总是为了那颗牙而生气,所以呢,那颗牙也横了心,像是比别的牙长得都快都长。牛主任的儿媳妇叫邹桂花,人们叫她小邹。小邹也曾自己悄悄找过牙医,也想把那颗牙给拔了,但小邹是个过敏体质,麻药才打下去人就一下子栽倒在地死过去了，吓得牙医满头冒汗，说什么也不敢再给她拔。到了后来，小邹自己也不敢去拔。而人们呢，在背后，也不叫她小邹，也不叫她邹桂花，只叫她"犀牛"。

"母犀牛！"窦师傅在那里修版，有时候会忽然把笔一摔，说："这就是母犀牛照的相，看这灯光打的，比鬼都难看！"

有好几次了，顾客开了票，但又不照了，非要等下一个班的师傅来了再照。他们不愿意让小邹给他们照，或者就把票退了干脆不照了。

这一年到了年底，照相馆也评先进，有二百块钱奖金。牛主任把高主任叫了去，说："小邹工作踏实又不乱说话，今年就她吧。你看人们都叫她母犀牛，你看人家说啥啦，什么都不说，今年就她吧。"

花枝病了，她的病一犯起来就真是热烈，谁都拦不住，又是说又是笑，只拣男女的事说，一个姑娘家，"尿""鸡巴"这样的字眼也时时在她的话里崭露锋芒，而大家又像是喜欢她说这些带脏字的话，都哈哈大笑，她一旦哪天忘了说，人们还会百般引导着她说，而花枝不犯病的时候就简直是一句话也没有，两眼直直的，只望着前方，一只手托着半个脸。以前她还有个说话的，是姬师傅，姬师傅终于去了终南山，一去就是一年，花枝就没个说话的人了。但花枝学会了抽烟，公开了，点一支，慢慢抽，歪脖子倒让她显出别一种的妩媚，身子朝前倾那么一点，当然这要从这边的角度来看，就好看，而要从另一个角度看就难看死了。花枝抽烟不久就教会了一个徒弟，就是在前边照相的小朱。小朱是东北人，生在东北，不到一岁就跟上父母来到了现在这个地方。

"小朱，来。"花枝在那里叫小朱了。

小朱就过来，小朱长得一般，细看还顺眼，个头也中不溜，不是帅，而是年轻让他显得帅。

"抽吧。"花枝说，"你个大男人还不敢抽根烟。"

"谁说我大，谁见过？"小朱坏笑着小声说，怕师傅们听到。

小朱就点上了，两眼笑眯眯地看着花枝，吸烟是不用学的。

"给根烟。"后来，小朱主动跟花枝要烟了。

"我给你点我给你点。"花枝放出大妖娆，乔张做致起来，眼啊说话啊就不一样了。小朱哪会不明白，小朱那天对小苗说："要不是她那歪脖我就把她透了。"小苗像是个高人，一句话就把小朱给点透了，小苗说："你是透她那个逼，又不是透她的脖子。"那几天，小朱的女朋友刚吹掉，有劲没处使了，情绪也很低落，正好花枝总是跟着他。小朱去暗室冲版，冲版是摄影师的事。小朱进了暗房，这天呢，花枝也就跟着进去了，冲版的那间暗室是独立的，在一进大门右手的仓库后边。花枝跟着小朱进了暗室，暗室里只有一盏暗到几乎看不清的绿灯，小朱把底版都冲完了，定了影，用水漂洗着，水哗哗流着，小朱有点抖，摸摸自己，也被吓一跳。

"我透你一下。"小朱突然说，把已经紧贴着自己的花枝一把抱住。

小朱就在暗房里把自己的东西插进了花枝的身体里。

花枝叫起来，小朱可不小，使足了劲好半天才进去。

花枝颤抖着连声说："这才是爱情。"

小朱把两个指头，一下子伸在了花枝的嘴里。

花枝呜呜呜呜，两手却把小朱抱得更紧。

他们是躺在暗室的药袋子上行的事，照相馆里冲洗放晒用的各种药，一袋一袋地摞在地上，正好让小朱和花枝用来当床。

隔一天，花枝又跟着小朱去暗房。

"先透完了再冲，我等不及了。"小朱说，已经进去了，又很困难，一次一次地努力，终于进去了。小朱去洗澡，每回都被别人盯得不敢往起站，小朱甚至想找个大夫问一问能不能去掉一截儿，直到后来有了女朋友才知道那原来是件好事。小朱一只手捂着花枝的嘴，花枝在叫，小朱是捂不住叫声的，小朱又倒了一下手，把两个手指塞到花枝的嘴里，手指在花枝的嘴里深入，再深入深入。

小朱把这事对小苗说了，说："去，你也去。"

"是的，不去白不去。"小苗说，下边顶起好大一堆。

这天轮着小苗去冲版，他兴冲冲抱着个暗盒子，那暗盒子用一大块遮光布包着，遮光布是一面黑一面红，小苗有意在花枝跟前来回走了几次，看见旁边没人才赶紧小声对花枝说："走，跟我去冲版。"

花枝笑嘻嘻跟了小苗去冲版了，因为是在一进大门的仓库那边，有个小房挡着，小房是临里加盖的，为的是挡住冬天的冷风，在北方这个小镇都是这么个做法，饭店本来有大门，但还要在大门外再加一个小房，很不好看，但到了冬天很实用，不会一开门就一股冷风吹进去。其他地方也这样，开会的大礼堂，大门外也要加这么一个小房，人们进了小房，然后再进大门，北方的冬天，西北风特别厉害，也只有这个方法可以挡得住。所以人们看不到这边有什么情况，也看不清他们是进了哪边的门。小苗摸黑冲完版，让清水漂洗着底片。那个冲洗底片的池子一共有三个，一个比一个高，水从最高的那个池子流起，一个池子接着一个池子地流下来。哗哗哗哗，无休无止。

小苗突然拉过花枝的手，手还湿着，小苗对花枝说："你摸摸。"

花枝就摸："唉呀唉呀唉呀。"

"再摸。"小苗说。

花枝说了一句话："你没小朱大。"什么是病人，这就是病人。

"让哥好好儿透透你。"小苗已经把花枝按在了门上，用一只手把花枝的腿抬起来，放在一边的凳子上。另一只手捂住花枝的嘴，自己的裤子已经褪了下来。小苗很容易就进入了。

做完事，花枝的脸色好看极了，滋润到像一朵桃花。小朱和小苗都对她说了又说："这种事千万不要告诉人，谁也不要对他们说。"

花枝在工作室外的地上转啊转啊，一只手托着脸，是心花怒放。

师傅们说,"别转了别转了,再转中午吃的东西都要吐出来了。"

花枝点了一支烟,一边抽烟还是一边接着转。

做过几次,小朱和小苗才发现自己错了,自己不该做了,花枝是个真正的病人,她到处问人:"是小朱好还是小苗好?"别人还没回答,她自己就先来了个总结,"他们两个人都好,要是相比,还是小朱好。"花枝坐在那里,抽着烟,说一阵小朱再说一阵小苗,像是评委在评比什么。花枝在那里不停地说,坐在旁边的夏师傅两眼瞪得老大,他明白了,心里一时好难过。

这天下班,花枝还想让夏师傅用自行车带她一段路。

"你对我已经没有一点意义了。"夏师傅骑了一辆日本的牛头把生茂牌车子,是倒蹬闸的那种。夏师傅蹬着车子猛地朝前一冲,又把脚往后猛地一倒,车子几乎要立起来,夏师傅转了个圈子,又把车子骑到花枝跟前,用很小的声音对花枝说:"你现在让我透你我也不会透了。"花枝像是没听懂,嘻嘻嘻嘻笑,手托着下巴在原地转了起来。

"你是不是让小朱小苗都透了?"夏师傅问花枝。

"他们都说喜欢我。"花枝说。

"他们说喜欢你?"夏师傅说。

"他们喜欢我。"花枝说。

"他们怎么会喜欢你?"夏师傅大声说。

"他们喜欢我。"花枝又说。

"猪才喜欢你。"夏师傅说。

"你喜欢不喜欢我?"花枝问夏师傅。

夏师傅看看花枝,看了好一会儿,说:"上来!"

这一次,夏师傅没有把车子骑到兰池,夏师傅直接带着花枝去了狗心镇的人民公园。公园的湖南边有个小树林,林子里有长条木椅,平时这里没人,但一般人都不知道小树林东边的那一道红墙上有两个小洞。这边做什么那边看得一清二楚,就像是看电影。也是夏师傅该着有事,他让花枝手扶着墙,他把花枝的衣服撩起来,他从后边进入花枝,这样两个人都不用脱衣服。夏师傅呼哧呼哧在后边做,花枝在前边忽然说一句:"还是小朱好。"夏师傅呼哧呼哧:"小朱怎么个好?"花枝说:"小朱那个大。"夏师傅不高兴了,拍一下花枝的屁股,说:"驴才大,你让驴日去。"也是该出事,是天快黑还没黑的时候,人们该吃晚饭了,公园里边人不多,但湖里边还有人在游泳,天还不太热,那些游泳的人都是些火气十分壮的年轻人。夏师傅用两只手搂住花枝的腰,动作像飞奔的火车一样越来越快,这时候忽然有一块砖头从墙那边抛了过来,是墙那边的人通过那个小圆洞看这边看得被刺激得过了头,把一块砖抛了过来,那块砖,真是准,抛过来,一个弧线,落下去,正好砸在了夏师傅的头上,花枝听见夏师傅呀了一声,觉得夏师傅的身子忽然一下子就全部压在了自己身上。她还不知道出了什么事,当夏师傅从她身上一头栽出去,花枝才看到了夏师傅头上的血。血很快盖住了夏师傅的那张脸。花枝又不懂得喊人。

天黑以后,夏师傅才被送到了医院。

是两个谈恋爱的人钻进小树林准备做事才发现了花枝和夏师傅。

但人们都忘了夏师傅骑的那辆著名的日本生茂牌自行车当时被什么人推走了,半年后夏师傅的老婆小彩虹才忽然想起了这事,那辆日本车值不少钱,却早就不知去了哪里。在狗心镇这个小镇里,骑那种车子的人没几个,也许就夏师傅一个。

因为受了刺激,花枝病得更厉害了,她和小朱小苗的事照相馆的人都知道了。小朱和小苗再也不敢拉花枝进暗房去冲版。花枝病了,说话更不知深浅。嫩玉米下来了,高主任按着人头买了热腾腾刚煮熟的嫩玉米分给大家吃,也分给花枝一根,刚煮熟的嫩玉米很烫手,花枝好不容易把玉米皮剥了,忽然嘻嘻嘻嘻笑了起来,"还没小朱大!"在一旁吃玉米的小朱赶紧掉转头去了另一间屋。花枝和小朱小苗还有夏师傅的事,很快就连总店的牛主任也知道了，是母犀牛在家里吃饭的时候把这件事说了出来，牛主任对这种事特别地感兴趣，他忽然停止了吃饭，把筷子往桌上一摔，居然像是生了气。牛主任停了吃饭，点了一支烟，就那么一边抽一边想了好半天，很快，他在心里做出了决定。

第二天，牛主任把办公室主任杨新球叫了过来，让他马上去办一件事，去通知高主任，让高主任通知小朱和小苗来总店，总店为此事快速地成立了一个专案调查组。用牛主任的话说就是："这还了得，这是阶级斗争新动向。"虽然这话现在很少有人再说了，但牛主任这么说也不能说他不对，人们也都马上觉到了这件事性质的严重，害怕了。照相总店在狗心镇东门外紫光饭店的楼上，那座楼都是照相总店的，其实是个旅店，照相总店占了二层西边的大部分房子，一楼是饭店和另一家照相馆，三楼四楼是旅馆。小朱和小苗很快就被带到了这里，两个人，分开，每人一间房，有人看守，看守他俩的人也是临时从照相馆抽调的两个年轻人。牛主任给他们谈了话，让他们把小朱和小苗看好了，一是不能让他们跑了，二是不能让他们出事，比如自杀什么的。被抽来看管小朱和小苗的年轻人和小朱小苗都几乎天天见，嘻嘻哈哈惯了，他们才不管他们有没有问题，他们是睡在一个屋里，是同吃同住，该说什么还是说什么，该做什么还是做什么，倒是喜欢听小朱和小苗讲他们和花枝的细节。他们都还年轻，都还没意识到事情的严重性。总店的牛主任做这种事向来是敢砍敢杀。他先把第一个任务布置了下去，就是要开一个批斗会。批斗会在东门外紫光饭店这边开，早上，把照相馆的门关了，暂时不营业，照相房和照相室本来是连着的，够大，把椅子凳子一排一排摆好，在应该是主席台的那地方摆了一张条凳，让小朱和小苗站了上去，这样一来，气氛便大不一样了，是个批斗会的样子了。小朱和小苗此时此刻是笑也不会笑了说也不会说了，只剩下哭，但他们两个大小伙子又不可能哭。也没人让他俩低头，一站到那卜边他俩的头就抬不起来了，要是可以的话，小朱和小苗几乎都愿意把自己的头塞到自己的裤裆里去，只可惜他们没那么好的功夫。既是批斗会就要有人发言。发言也是事先安排好的，高主任必须发言，而且要带头第一个发。

"咋说呢？"高主任问牛主任，是让他定性。

"还能咋说，是流氓罪，肯定是流氓罪。"牛主任也事先自己斟酌了一下，如果说小朱和小苗是轮奸罪，那事情就闹大了，赶上严打会被枪毙，如果这样他也不愿意，也只能说是流氓罪。

"流氓罪？"高主任已经被吓了一跳。

牛主任给小朱和小苗定了性，批斗会一开，事先安排的人都上去念手里的那张纸，口径都统一了，大家发言都是左一个流氓罪右一个流氓罪。小朱和小苗想不到会是这样：一是他们想不到现在还会开批斗会，早就没听说有什么地方开批斗会了；二是他们想不到自己被定作了流氓罪。小朱在那个条凳上站不稳了，晃了一下，一下子从条凳上摔了下来，小苗没事，但小朱一摔下去小苗就马上跟着蹲了下去，蹲着好像是要比站着好看一点。想不到只听见牛主任大喝一声，底气真是足：

"你给我站起来！"

小苗是蒙了，一时间还没反应过来牛主任是在喊自己，以为在喊别的什么人，还左看右看。

"站起来！"牛主任又大喝一声，底气足到虽不能气壮山河也是一声喊足以让屋瓦皆动，只可惜屋顶上没瓦。小苗只好站起来，而小朱也再次让人架到了条凳上。小朱和小苗站在那里，人们都觉得小朱十分可怜，因为小朱的父亲没了，家里有个老母亲还有一个生病的弟弟，三口人，只靠小朱一个人的工资。小朱长得不算漂亮，但是越看越让人喜欢，每年照相馆发困难补助，师傅们都愿意给小朱。

"站上去，拿出你透女人的力气！"牛主任继续大喝，这一声是喝给小朱的。

有些字眼是会议上不能说的，比如这个"透"字，在会议上也只能说"搞"，或者说"作风太烂"，而牛主任居然直接就把这个透字说了出来，会议的严肃性一下子就受到了破坏，有人在下边突然笑了起来。让所有的人想不到的是，笑的人居然是母犀牛，牛主任的儿媳妇，按说她最不应该笑，但人人都想不到偏偏是她率先笑了起来。她自己也忍不住，再忍也许就会憋坏了，她一笑，紧挨着她坐的高主任忍不住也捂着嘴笑了起来。高主任的脸总是油光光的，大鼻子红通通的，啊哈哈哈，啊哈哈哈，啊哈哈哈，这就让场面更加可笑，更让人们想不到的是，牛主任此刻也突然发出了笑声，不知道他想到了什么，他看了一眼自己的儿媳妇母犀牛便大笑起来。这便是一种默许，一种给大家都可以大笑的暗示，除了小朱和小苗实在是笑不起来，其他人都笑了起来。

"散会吧，散会吧。"事到如此，也不能让人总是笑，再说批斗稿也念完了。牛主任挥挥手说："别影响咱们为工农兵服务，开门上班吧。"

因为开这个会，市里三个照相馆的人都集中在一起了，这会儿又都忙忙地下楼，各自抓紧时间回自己的照相馆去。市里的三个照相馆分别是人民照相馆、红卫照相馆、工农兵照相馆。

高主任擤过鼻涕，她一笑就出鼻涕，而且会出很多，擤完再擤，擤完鼻涕，她过去，问牛主任，不，应该是请示："小朱和小苗是回照相馆上班还是继续在这边待着？"

"他们还想回去吗？"牛主任说，十分严厉了，看着高主任。

"那……"高主任不知道牛主任的意思，"什么安排？"

"等公安局来人吧。"牛主任说。

高主任直起身来，好像有点站不稳，朝后仰了一下，不知该说什么了，照相馆那边，一下子少了两个摄影师，已经很吃紧了，这两天是让窦师傅和白师傅在那里顶着。时间长了怎么办？

牛主任说："出了这么大的问题，是要好好整顿整顿。"

牛主任用手摸摸桌子，又说："还有那个夏立文呢，也要一块处理。"

夏立文就是夏师傅，虽然没有被那块从天而降的砖头砸死，但已经成植物人了。医院也不让他继续住院，说人已经成了这个样子了，再住下去也是白白地浪费公家的医疗费。那个名角小彩虹，夏师傅的老婆，对夏师傅和花枝的事居然也不生气，居然什么也不说。"人已如此还有什么好说？"小彩虹说。唱戏的人身上都有江湖气，江湖气就是让一个人讲义气，小彩虹便把人接了回来，夏师傅是只剩一口气，一点点意识都没有，但小彩虹认了，雇了个人在家里侍候夏师傅，每个月一百六十块钱的工资，这在当时已经不是个小数字。

"还有那个夏立文，也要一起处理。"牛主任又对高主任说。

这时候，店里开始上顾客了，说话不方便了，牛主任让高主任到自己的办公室里来一下。到了牛主任后边的办公室，关上门，牛主任让高主任坐下，又重点说了两件事，一件是又到了评比年终先进的时候。"你们工农兵出了这么多事，一下子就产生了五个坏典型。"这五个人里边，牛主任已经把姬师傅算上了。"我看这回还是把先进给小邹吧，你看她学得多好，现在能一个人独当一面了，又从不说三道四。"牛主任这么一说高主任马上同意。这也真没什么好说的，这个人情你不送也得送，还不如痛痛快快地送。再一件事就是牛主任要高主任马上带自己去看一下夏师傅，"看看他是不是在装，如果他醒了过来，也抓紧时间马上处理，一定要让他接受审判。"

"接受审判。"牛主任拍了一下桌子。

高主任被"审判"二字给吓了一跳，她想不到事情会闹到这种地步，她小声问牛主任："小朱和小苗会给什么处分？"

"会给什么？会给判刑！"牛主任严肃起来，脸颊上的肉突然抖了一下，又抖了一下，像是带上了电，好像还要抖，他赶忙自己用手在那地方捂了一下，暗暗使了劲，才不抖了。

牛主任又说:"公安下午就来人。"

"花枝呢?"高主任忽然又担心花枝,担心把花枝也拉上。

"花枝马上去精神病院。"牛主任说这可就便宜了花枝,谁让她是病人。牛主任说花枝的家里人也通知到了,她们家人屁话没有,同意把人先送精神病院,"要是再出点什么事就不好说了。"

"还是领导考虑得周到。"高主任马上说。

"想不到她出身也不好,出这种事也不出人们所料。"牛主任说。关于花枝的出身,高主任也知道,花枝的家里原来是开地毯厂的,解放前叫"毛铺",解放后才叫了"毛毯厂"。再后来,又改成了"地毯厂"。

"开地毯厂那得有多少羊毛,那得有多少钱。"牛主任好像忽然很来气,一说到别人有钱的事他总是很生气,他说这就是朴素的阶级感情。牛主任看着高主任,说:"我就是做这个工作的,我把他们的档案都看了,几乎没有一个好。"牛主任忽然又摆摆手,说:"不说了不说了,为了对组织负责,咱们去看一下夏立文。"

高主任带着牛主任还有总店的办公室主任杨新球去了夏师傅的家。

杨新球也是从部队上转业下来的,会写材料,会办板报,会说一口标准的普通话。领导安排的事他会做得一丝不苟,一般人他从不会放在眼里,连话也没有。

他们要去的夏师傅家在狗心镇五龙电影院那一带。说是夏师傅的家还不如说是小彩虹的家,就在电影院对面的教堂院子里。但由于住了居民,教堂的这部分房子就被分了出来,而且起了一道高墙和教堂隔开了,另外还在院子的西边开了个门,这个门正对着电影院。高主任带着牛主任从西边这个门进来。办公室主任杨新球指了一下,说小彩虹就住在最中间的那套房子,人们都还不知道小彩虹原来是天主教徒,因为教堂的房子不给一般人住,住教堂房子的人都是教民。夏师傅家的房子是又高又大,比旁边的都高都大，这很奇怪。办公室主任杨新球原来是在这一带长大的，他小声对牛主任说："小彩虹现在住的房子可不一般，宋庆龄都住过，刚解放那年宋庆龄来市里还没有宾馆，她就住在教堂现在夏立文住的房子。"

杨新球这么一说，牛主任马上就严肃起来了。

"那咱们还进不进？"牛主任说。

"来了还有不进的？"杨新球说。

"是不是有背景，他们怎么能住这种房子？"牛主任说。

"不会有背景，是教堂的房子，后来给他们住了。"杨新球说住教堂房子的人又不是他们一家。

牛主任高主任办公室杨主任，三个主任，一个跟着一个进到夏师傅的屋子里去了。他们进去看了一下夏师傅，半透明的大蚊帐里，几个苍蝇在飞，夏师傅人瘦成个人干儿，蜷缩在那里一点知觉都没有。小彩虹在另一个屋里，还在睡觉，多少年来她一直都是晚上演出白天睡大觉，因为吃了睡觉药，也叫不醒。三个人只看了一下，然后就出来。屋子里不太好闻，是猫尿味但又看不到猫。

"这一回算是便宜他了。"牛主任说。

高主任一时倒不知说什么好了，只觉得夏师傅还不如死了好。

"这样也好，工农兵照相馆一下出四个流氓传出去也不好听。"牛主任说，"这下就会只判两个了，花枝和夏立文不算了，还有你们那个狐仙也不算了。"

高主任的一颗心怦怦乱跳，紧跟着眼皮也在跳。

牛主任站住，看看高主任，再看看杨主任，他突然做出了决定，总店是有这个权力的，比如决定谁去当哪个照相馆的主任或副主任，谁去当旅店的主任或副主任，还有总店下边的那个红卫饭店谁来当头儿，这都是总店牛主任说了算，不用报到公司里去。牛主任想好了，觉得是把话说出来的时候了，他想好了，才又迈开了步子，一边走一边掉过脸，对高主任说:"出了这么大的事,三个男流氓加一个女流氓,这是阶级斗争新动向,虽然现在不像以前那样一抓就灵,但传出去也不好,这件事,怎么说也与你这个老主任分不开。"这几句话是牛主任做出决定的前提,说过这句话,下边的话就好说了,顺畅了,自然了,不生硬了。

"杨主任也在这里,就这么定了,我看你就别在工农兵照相馆待了,你到人民照相馆去接周太山,出了这样的事你也得回避回避。"

事情就这么突然定了,这就是牛主任的工作作风,原来是极其雷厉风行的。高主任想问一下周太山去什么地方,但她没问,她还想问问谁来当工农兵照相馆的主任,但她想了想也没问,她被"阶级斗争新动向"这个词唬住了,就像是耗子看到了耗子药,不敢动了。

"我服从领导安排。"高主任马上表态。

牛主任说:"这事先别向外人说,你回去先把今年的先进评完了再走。"

牛主任看上去是个老粗,但其实心比谁都细。他还有些不放心,又说了一句:"我看今年你们那里出了这么多事,也别上会评了,就小邹吧,你报上来就行。"

高主任此刻什么话都说不出来了,只觉得牛主任这个人,怎么说呢,真是有水平,也真是为了自己考虑,此时高主任才认识到事情的严重性。让谁都想不到,没过多久,小朱和小苗真给判了,这两个年轻人都给判了八年。据说这还是轻了,如果按着轮奸判,两个人也许要二十年。若赶上严打,命都会没了。

"便宜夏立文了。"牛主任再三地说,又掉过脸来对高主任说,"这话你还要告诉那个小彩虹,别看她是出了名的戏子,别看她现在住在宋庆龄住过的房子里,别看她大白天的睡觉,这是照顾了她,是从宽处理。但夏立文的工资要降几级,这个你们定,其他人就算了。"其他人指谁,就是花枝和姬师傅。姬师傅一走都快两年了。

"那个狐仙。"牛主任是这么说姬师傅的,直接叫狐仙。

牛主任想说说狐仙的事，但不知从何说起，以前每次见到姬师傅他都在心里有那么点惧怕，小时候，牛主任在村子里见到或听到过许多这种事情。说实话，他在内心里不敢惹姬师傅这样的人，他在心里还是有点信，当然表面上他肯定是不信，所以说，姬师傅一走就是两年，牛主任什么话都没有。

牛主任来照相总店后，把三个照相馆的年轻人的档案都一一看过，三个照相馆一批分下来的十二个年轻人竟然没有一个出身是好的，出身好就不会被分配到服务公司的照相馆里来了，这让他处理起这件事来特别放心。"他妈的，龙生龙，凤生凤，老鼠生儿会打洞。"牛主任吐口痰，狠狠地说。他把一切都想好了，照相总店的工作就像是一盘棋，但他的下一步棋怎么走别人是不会知道的。

高主任真是忧心忡忡，评完了本年度的先进，其实不是评，是报了一下，然后就去人民照相馆上班了，虽然人民照相馆小一些，人也比工农兵照相馆少，但毕竟是换了一个环境了，旧事也不再有人提起了。小朱和小苗已经被公安局关了起来。花枝去了精神病院，也就是人们常说的疯人院。人们原来想着她会闹，没想到她高高兴兴去了，那家小疯人院的院长刘建钢是花枝家的亲戚，按着辈分花枝应该叫人家堂哥，花枝的堂哥和花枝的堂嫂都在疯人院里上班，吃住都在那里。是花枝的父母找到了人家，花枝的父母现在担心花枝会从文花痴转变成武花痴，文花痴怎么说还不会动手，一旦转变成武花痴那就让人不敢想了，见人就打谁也受不了。花枝的父母又怕花枝去了别的地方吃苦受罪，恰好花枝的堂哥就在疯人院。花枝的堂哥刘建钢亲自来接花枝，花枝的父母教给刘建钢怎么说才不至于刺激花枝。

"就说是去相对象，一说找对象她就什么都愿意了。"

刘建钢就对花枝说那年轻人长得可真够好看的，在那边等着呢。

花枝临上车，还换了一身衣服，口袋里，还放着一盒烟。

花枝对她母亲说过许多次了，也想要那么一把小壶，端手里，没事喝那么一口，张大夫的那种做派给花枝的印象可是太深了，所以，上车的时候花枝手里还有一把小紫砂壶，几块钱一把的那种。

再说照相馆这边，过了不长时间，让所有的人都想不到的是，接高主任班的那个人竟然不是当过三年兵的窦师傅，而是母犀牛。连高主任都以为会是窦师傅接自己，想不到决定宣布下来是母犀牛先来当代主任。这一回，母犀牛去拔了牙，在镶牙期间她一直戴着那么一个口罩，天很热，捂一头一脸的汗，口罩就那么戴着。

宣布母犀牛正式当主任是她当代主任两个月后的事。

这期间，窦师傅给商业局写过信反映牛主任的问题，但均无下文。窦师傅又给财贸部写信反映，上边过不久有批文下来却直接交到了牛主任手里。牛主任这天把窦师傅叫到办公室，说："你反映问题的信在我这里，上级要我处理，我不知道怎么处理，你说怎么处理？"

"我倒是想听听你有什么好办法。"牛主任说。

窦师傅说不出话来了，脸一会儿红一会儿紫。后来他才知道，财贸部的周部长是牛主任以前的老上级，牛主任转业回来的工作就是周部长替他安排的，要他来商业部门工作。

"小邹。"牛主任在会上这么叫他的儿媳妇，"小邹的父亲是九里半河村的村支部书记，十五岁就入党了，从小就有不少工作经验，小邹的妈是村里的妇联主任，小邹根红苗正！大家鼓掌！"

人们在下边你看看我，我看看你，噼里啪啦鼓了几下，窦师傅突然站起身，噗噗擤两下鼻子，一拧脖子，转身走人。从这天开始，母犀牛的磨难也就开始了。她毕竟来照相馆没几天，她毕竟年轻，她毕竟什么都还不太懂。她甚至都没有见过姬师傅。

"没见过吧，狐仙，她回来你就会见到了，她能一下就跳这么高。"窦师傅黑着脸，比画了一下，指了一下母犀牛的头顶：

"迟早会蹲在你这地方,你就等着吧。"

3

花枝去了光明疯人院。

人们都叫那个疯人院"光明疯人院",而其正式的名字应该是"光明精神疗养院"。刚上任的市长还给这里题了一块牌子,只不过把光明的光字几乎写成了"小儿",远看就是"小儿明精神疗养院"。这个市长是研究生毕业,他的研究生文凭是他当科长的时候一边工作一边学习拿到手的,所以人家当市长谁也没脾气。只是这个牌子写得太差了,不少人看了都说:"字挺好,就是应该横了写,竖着这么写难免出错,七个字写成了八个字,没写成十个字算是牛逼!"人们又研究,说市长要是再深入地好好练几年,有可能把那个"养"字写成三个字或四个字,这也是对汉字的"贡献"。但其他字是左右结构就没有这个可能了。

光明疯人院不大,但离市区可太远了,花枝像是从来都没出过这么远的门,车顺着公路开了又开。开出了城,开到了郊外,一开始,路边的建筑还不少,还有正方形或长方形的厂房和一根又一根粗大的烟囱,到后来出现了桥梁,再后来建筑就少了,田野和树林多了起来。上车的时候,花枝就先抢了一个左边的位置,只有坐在左边花枝才会让人看上去舒服点。其实她不必抢,也没人跟她争,车上就她和她堂哥两个人。自从她被小朱和小苗三番五次精心耕作过,花枝有点发胖了,皮肤光泽滋润,像是要放出光来。但花枝实在是不能发胖,她的脸本来就小,因为脖子歪,下巴往里缩,脸就显得更小。花枝现在最怕的事情就是有人提起夏师傅,只要一提起夏师傅她会尖叫或者是不再说话。她被吓坏了,但她还是会用极小的声音一遍一遍地述说那天的情形,血是怎样从夏师傅的头上流下来淹没了夏师傅的那张脸。如果有人问，夏师傅为什么会出那样的事，你们当时在做什么。花枝便马上会把一个手指放在嘴边，而且还会嘘一声，说以后会悄悄告诉你，那事情可有意思了。你要是再问她怎么个有意思，花枝会说，"太有意思了，没有比那更有意思的事了。"

"透，有意思的事还在后边呢。"刘建钢看一眼花枝，在心里说。关于花枝，关于她得的这个病，关于她出的种种烂事，他早就知道了，也已经有主意了。这个病要想好，要想不让她闹腾，药方只有一个，那就是要有男人，一个男人也许还不行，还要动用更多的男人，花痴这种病也没个好，她整天想的事就是和男人在一起，要想让她安生也必须天天都有个男人在她身上精耕细作。照相馆的事，刘建钢在心里倒有些同情小朱和小苗，母狗不撩尾巴公狗是上不去的，要是在民间，花枝家里还得感谢人家小朱和小苗呢，起码得给人家买几斤鸡蛋补补，怎么就给判了呢？刘建钢从小就不怎么喜欢花枝这个堂妹，现在她又得了个花痴病，他就更看不上她了。一开始他并不想让她来自己的疯人院，但有个主意在心里诱惑着他，他已经吃过那个甜头了，他也认真想过了，这是一件双赢互利的事，花枝这边也舒服了解决了，自己手头也宽裕了。虽说是花枝叫刘建钢堂哥，但他们离得可远了，早出了五服了，不是因为这事，也许花枝的父亲这辈子都不会想起他这个侄子。

"操，想得美。"刘建钢在心里说。

刘建钢看着花枝手里端着个小壶的样子就更不舒服。

"你那是端的什么，里边是中药汤子吗？"刘建钢是故意气花枝。

"你喝你喝。"花枝把壶递过来。

刘建钢把花枝的手一下推开，说我从来都不喝茶。

"我教你。"花枝说。

"你教我什么我都不会学。"刘建钢说。

花枝很顺当地就到了疯人院,这出乎人们的想象,人们怕她闹,但花枝没闹,这都得归功于花枝的堂哥会编,说有小伙在那边等着呢,那小伙长得要人有人要个头有个头。

到了疯人院,花枝从车上下来,问刘建钢:"人呢?"

刘建钢说:"人家等了好半天没等上又回去了,过阵子才能再来。"

因为疯人院里的那些女人不是老的就是丑的,所以花枝一出现便像是美女,这应了那句话,那就是"货怕比货人怕比人",和那些人一比,花枝可不就是显得有那么点漂亮。

"你在这里就是美人,你出去就不是美人。"刘建钢又说。

"那我就不出去。"花枝说,一只手托着脸。

花枝忽然开心起来,手托着半边脸在原地转开了,转了一圈又一圈子。刘建钢说别转了,再转我晕。

疯人院的病人有"散养"和"圈养"一说,你听听这话,就像是养猪养羊,但疯人院的人都这么说,还说这不过是个术语。花枝这种病人,病情还算稳定,又是刘建钢的亲戚,所以暂时"散养"着,但就是不能走出那个大门,花枝也走不出去,那个大门平时总锁着,有人进出都得门房把门先开了,然后马上再锁好。但紧靠着疯人院的西边有个药铺,里边主要是卖刘建钢做的狗皮膏药,还可以给人们打打针输输液。那个药铺有个门可以进到院子里来,但那个门近似于暗道机关一般人不知道。这边的人拍两下巴掌,里边的人不知怎么鼓捣一下,墙上就会出现个门,进了这个门,里边是一间暗室,没窗子,但有灯,这间屋子还有一个门通向疯人院。也就是说,这间暗室既可以从这边进到疯人院又可以从疯人院那边进到这边然后再出去,两个门都做得很隐蔽。

就花枝去的这个光明疯人院,是说大不大说小也不小,院子很大,被分割成了好几个分院,走廊里有好几重门,门都是那种铁门,平时都上着锁,是怕病人从里边跑出来。一开始,刚办这个疯人院时,可以说是疯人院元年的时候吧，人们一点点经验都没有，让男病人和女病人混住着，人的头脑有问题，但生理上的需求一般不会有问题。他们是，有需要，但是没有羞耻感，居然，呵呵呵呵，那天疯人院的管理人员发现院子里十多个疯子围在一起做什么，都不说话都不动都好像被施了定身法，一个个满脸的皮肉皆紧，原来一个男疯子和一个女疯子干得正欢。现在呢，疯人院的格局变了，男疯子和女疯子被分开了，住的屋子和活动的院子都不在一起。他们只能互相张望或者是互相挤眉弄眼但就是不可能待在一起。这些疯子，没事的时候就到院子里去晒太阳，或者，被组织上去南边的空地上洗瓶子，为什么去那里洗瓶子，因为那里接着几个水龙头，那些精神病要做的事就是给制药厂洗那种瓶子，地上堆了一地的瓶子，在太阳下闪闪烁烁。

花枝也去那里洗过一次瓶子，但因为她话太多，刘建钢只让她去了一次。花枝这种文疯子，平时看上去和正常人没有什么区别，但有一点，花枝不能看到男人，一旦看到她喜欢的男人，她那个病就马上犯了。花枝刚来疯人院的时候是一心想着那个相亲小伙儿，小伙儿一直没出现，花枝的注意力也跟着转移了，她现在饱受着近似于恋爱的煎熬，她看上了一个人，那个人不是别人就是她的堂哥。她有时候会一手托着半个脸笑着绕上刘建钢走，转了一个圈又一个圈，刘建钢正在做他的膏药呢，那间屋子里的味道也不难闻，还可以说得上好闻。一排溜五口大铜锅，做膏药不能用铁锅。大铜锅这边紧挨着墙是一排溜架子，架子上密密麻麻晾着一片一片的膏药，都说狗皮膏药，现在哪有狗皮，都是尼龙布，剪成四四方方的，每一块尼龙布上都摊那么一小片黏糊糊的膏药，得等它们凉凉、干干，然后再对折起来，尼龙布的反面印着四个红字"光明膏药"。这种膏药哪都能贴，男女通用，男的贴在肚脐眼儿那里可以壮阳，女的要是贴在肚脐眼儿那里一般来说都会生男孩儿。

"别转了，再转我就栽锅里了。"刘建钢对花枝说。

花枝不但转，还会猛地伸出两只手做出抓的动作。

"哇！"花枝猛地停下，一顿脚，一伸手，两只手同时出击，直冲着堂哥的裆部来。

刘建钢给吓得忙往后一跳，这事晚上就对媳妇说了。

刘建钢的媳妇笑了老半天，说："给你把家伙抓出来才好呢。"又说："花枝是想男人了，是想让你这个堂哥给她来一下子了。"

"马上就给她解决。"刘建钢说她哪天要真把我抓火了我忍不住怎么办，传出去可太难听了，说我刘建钢没事找事把妹妹给透了！离得再远也是妹妹，人们才不管你出没出五服。

刘建钢这么一说他老婆就不高兴了，这两口子晚上睡觉才不会像电影电视剧那样都穿着件衣服，那简直都是胡扯，刘建钢和他老婆睡觉都脱得精光，不这样他们就睡不好也休息不过来，刘建钢老婆一伸手，把刘建钢那活就一把抓住了，说："我给你鸡巴上粘块热膏药你信不信？"

"快睡吧快睡吧，明天还要弄膏药呢。"刘建钢挣脱了，翻过身，一条腿一抬一放，把自己给夹好了，要睡了，但一翻身又爬了起来，他还要去一趟厕所。

疯人院到了夜里是一片的虫子叫，好听极了，这在城里是没有的事。疯人院的院子里还种着一畦一畦的花，凤仙、老少年、晚饭花，这些个花里最数夜来香好了，一到晚上就开了，黄黄的小花朵，那个香啊，就没人不喜欢闻的。花枝采了一把夜来香插在一个空酒瓶子里，又采了一把凤仙花插在另一个空瓶子里。这些个花都是她去厕所的时候经过花畦子时采的。

晚上睡觉之前花枝也总是要去蹲一下厕所。

花枝蹲在疯人院的厕所里，抬头可以看见星星，这在镇里也是没有的事，她给自己点了一支烟，蹲着，抽着烟，心里忽然很想念姬师傅。她不知道姬师傅去了什么地方。花枝还忽然有些想念照相馆的人，想念那个破烂院子，想念在暗室里跟着小朱和小苗冲版的事。一想起和小朱小苗进暗房冲版的事她就忍不住只想小朱了，小朱那个也真是太特殊，花枝这一辈子也许都忘不了，这也许就是"曾经沧海难为水"。花枝想小朱了，一只手拿着那支烟，另一只手慢慢慢慢伸到了自己的下边，先是慢，后是猛地一抓。在那一刻，她好像是清醒了，她很恨自己，太恨了，但紧接着她呻吟了起来。呻吟过后是她用手猛地打击自己的脸，从左边用劲打，只打左边，用劲抽，啪啪的声音传得很远。

"这么用劲打能把脸打正吗？能吗？"花枝问自己。

花枝这样折磨自己已经很久了，也可以说这是她自己想出来的一种特殊疗法，她总认为自己能够用力把自己的歪脖子打正，她从很小就打了，啪啪啪啪，动不动就是一阵子，也不嫌疼。她还用两个手指拉自己的鼻子，她认为她的鼻梁有点低，就总那么用两个手指拉，她认为经常这么拉拉，鼻梁就会起来了，高耸了，好看了。

"这么用劲能把脸打正吗？"有人在说话了。

花枝被吓了一跳，眼前站着一个人。

是花枝的堂哥，他不知什么时候已经站在花枝的面前，花枝蹲着，花枝的堂哥站着，所以花枝的堂哥刘建钢要比花枝高出一大截子，花枝堂哥的那地方正对着花枝的脸。女厕所和男厕所里都有个很小的灯泡子，光线很暗，光线要是太亮了会招各种飞虫。花枝的堂哥刘建钢刚才也去了一下厕所，听见声音就过到女厕所这边了，他知道是花枝，除了她，不会再有别人在这个时候上女厕所。

"这么用劲打能把脸打正吗？"刘建钢一边系裤子一边又说。因为他正站在花枝的对面，想跳开也已经来不及了，自己的那活已经被花枝一把攥住。

"我是你堂哥，我不能透你。"刘建钢说。

"不行！"花枝说。

"我是你堂哥我真不能透你。"刘建钢又说。

"不行。"花枝又说。

"不行那怎么办？"刘建钢说。

"不行。"花枝还是这两个字。

"那你把嘴张开。"刘建钢想了想，小声说。花枝的手才慢慢慢慢松开。刘建钢那地方的体积，已经猛地增加了不知多少倍。

花枝被噎了一下，花枝从来都没这么大口大口吃过东西。

"怎么说我这都不能算是和你发生关系，因为我没进到你那里。"刘建钢一边动一边在心里说，他越动越快，猛地一停顿，仰起脸来，喉咙深处唔了一声。天上的星斗，一片闪烁。

从厕所回到家，刘建钢把刚才发生的事对老婆说了："我这不能算是和她发生关系，我没进到她下边去。"刘建钢对老婆说。

刘建钢的老婆有点蒙逼，想了好一会儿，才好像是同意刘建钢的说法，她只说了一句："赶快找人吧，看样子不行了，这种事她也管不住自己，得赶快找人。"

"让军矿周太明先来吧。"刘建钢说。

"对，他有的是时间。"花枝的堂嫂，刘建钢的老婆说。

"周太明钱挣得花都花不完，几辈子都花不完。"刘建钢说先让他来，他透剩下再叫别人来。刘建钢睡不着，反正时间还不算太晚，刘建钢就给周太明打了电话。这个周太明，就是个煤矿的技术员，部队办煤矿需要人，就给了他个连长，他来搞煤矿了。刘建钢打过了电话，对老婆说："周太明明天就来，明天他和花枝做事的时候你千万别忘了把外边那个门先锁了，然后你再到别处去转转，别再出什么事。"

周太明第二天来了，周太明人长得很精神，看上去很年轻，白白的。花枝早早就给带到了那间暗房子里，说是看对象，屋里开了灯，亮堂堂的，但周太明进来的时候一闪身顺手把灯给关了，这就把花枝给吓了一跳,花枝喊了一声,马上就不喊了,因为周太明已经压在了她的身上。花枝也算是过来人,但凡得了花痴这个病的,只要男人的手在身上一摸,就像是通了电,马上酥掉。

周太明很快就做完了事,这是第一回,是先尝个鲜,他觉得还不错,他给了花枝五百块钱,说:"买点好吃的,算是见面礼。"然后出去该给刘建钢多少再给多少,他有的是钱,根本就不把钱当回事。

周太明穿衣服,一边穿一边和花枝说话,问花枝是从哪里来的,怎么这么好,其实也未必好,起码花枝的技术没那么好,她又不是小姐,但也不差,是年轻,是姿质还好,虽然歪着个脖子,但看上去别有一种妩媚。

花枝也在穿衣服,回答了,说自己是照相馆的。

周太明停顿了下来,好一会儿才问花枝认识不认识周太山。

花枝怎么会不认识周太山呢?都是照相馆里的人,经常在一起开会。花枝说:"你说的不就是人民照相馆的周主任吗?"

周太明笑了起来,说:"这真是处处有亲人。"

周太明把自己收拾好了,从那间屋里出来了,刘建钢的老婆早就算计好了,知道该结束了,已经把门开了在那里等了,刘建钢也在。

周太明笑着对刘建钢说:"歪把子手枪啊。"

"你没使过吧?"刘建钢说还新着呢。

"倒是,没怎么用过,还可以。"周太明说。

第二天,周太明又来了。"歪把子手枪呢?我再打几下子。"周太明说。

刘建钢去喊花枝了,让她过来帮着抹膏药。

"快,过来抹膏药。"刘建钢说。

到了后来,这句"过来抹膏药"几乎成了暗语。

周太明做完了事,出来,到刘建钢的办公室里喝水,把钱给了刘建钢,忽然笑了,说:"她倒是动了心了,问我什么时候娶她,操他妈的。"

"这地方,哪有个明白人,其实她这样挺幸福,花痴整天想的事就是有个男人透她。"刘建钢叹了口气,不知想起什么来了。

"她是你的摇钱树。"周太明对着墙上的那面镜子把脖子转了一下,又转了一下,说,"不是这边是这边,你看给歪把子手枪用嘴嘬的。"

刘建钢就笑起来,周太明的右边脖子上有一片红红的印子。

"你不说你使了多大的劲。"刘建钢说。

"这是技术,再加上本钱好,不是使劲不使劲的事。"周太明说这得想想怎么回去和老婆交代。

"就说刮痧了。"刘建钢已经把那个刮痧的牛角板拿了过来,"我再给你刮几下就什么都看不出来了。"这种事,刘建钢见多了。

"我明天让乔东也过来尝尝鲜。"周太明把脖子伸给刘建钢。

刘建钢想起了什么,哈哈哈哈大笑了起来。

"你笑什么笑?"周太明说。

"花枝也只能嘬右边,她还不好去嘬左边,你信不信明天乔东来了也会是右边。"

第二天,乔东来了,乔东是周太明的好朋友,和刘建钢的关系也不错,他来尝鲜了,他也特别喜欢这一口,也特别能干,足足干了有两个钟头,然后才和刘建钢周太明一起去吃中午饭。他们去的饭店离疯人院不远,是路边饭店,来这里吃饭的大部分都是跑长途的司机。路边的店里照例还供应那种女人,如果有需要就可以到后边的屋子里去。因为这条公路靠近湖,所以这里的路边饭店主要是做东北锅炖鱼,鱼总是在锅里咕嘟着,所以味道特别香。因为离市里老远,不怕碰到熟人,他们把花枝也带上了。

花枝呢,怎么说呢,像是有点迷上乔东了,吃饭菜的时候两眼很迷离地看着乔东。花枝的饭量很小,但她现在特别能抽烟。周太明给花枝带来了两条红盒云烟。因为花枝在,刘建钢的话倒是不多,但他也不能不说。他对堂妹花枝说:"花枝啊,他们两个都不错吧,你到底准备挑哪个做女婿？"这本是一句玩笑话，想不到花枝真是花痴到家了。

"我要乔东，他的大。"花枝说。

"看看你看看你，我是你堂哥，你怎么说话。"刘建钢说。

周太明不说什么，捂上嘴笑，用筷子慢慢夹一粒花生米。

花枝伸出手去，马上要抓乔东了。

乔东说等等，忙一仰脖子把杯里的酒清了，腾开了手，把身子往后退了退，自己把裤带三下两下给解了，让花枝款款把手伸进去，说："我们吃我们的，你玩你的，你喜欢玩你就好好玩儿个够。"

路边的饭店，已经过了吃饭的时间，几乎没人，老板阅人无数而且知道各种事，你不喊他他永远也不会过来。

"好家伙。"周太明说。

"好家伙。"刘建钢也说。

"好家伙。"乔东低头看看，自己也不免赞叹一回。

窗玻璃上忽然有了响动，是下雨了。

刘建钢忽然想起了什么，用手扳了扳乔东的脖子，看他脖子的右边，又让周太明看，两个人就都笑了起来。

"明天我给你把王院长找来，让他来尝鲜。"乔东说有什么美食我们不能独吃，不能吃独食。

外边的雨下大了，铺天盖地的雨，地上起白烟了，远山看不见了，那个湖也看不见了。这才是喝酒的好天气，这样的天气，照相馆肯定没什么顾客，那个张大夫，肯定又托着他那个小茶壶过去闲坐了，花枝突然有点困了，她到了中午总是要睡一会儿的。花枝有些想念照相馆了，想念姬师傅了，还想念那把红油纸伞，照相馆里有公用伞，那种红油的纸伞，雨打上去那个响，嘭嘭嘭嘭的。这样的天气里谁要是去后院的厕所就必须打着那红纸伞，嘭嘭嘭嘭、嘭嘭嘭嘭、嘭嘭嘭嘭，张大夫打的伞可是那种黑布伞，是黑洋布，那种黑洋布伞只有上海才有的卖，一般人还打不起。

花枝想起这些事来了，忽然眼泪汪汪的，她松开了乔东，人忽然像是换了一个人。花痴有时候特别容易动感情，是乱动感情，动不到正经地方上去。花枝突然说她要去找姬师傅，花枝是对她堂哥刘建钢说的这话，刘建钢根本就不知道谁是姬师傅。花枝说她要上终南山去找姬师傅，她一说终南山刘建钢就知道那是个什么地方了。终南山在陕西，山上听说终年都有雪。

"我要去终南山。"花枝说。

"那你不跟乔东结婚了？"周太明笑着问花枝。

4

花枝突然失踪了，不见了，但她肯定不是去了终南山。

光明疯人院的动静这下闹得大了，外面都传说那天疯人院来了不少警察，把疯人院给里三层外三层地围起来了，但这都是传说中的说法。人们确实是都知道花枝的事了，也知道有不少的男人从大老远过来就是为了找花枝，然后就那个那个了。还有一种说法是说这事是那些来过疯人院的男人们传开的，所以才招来了警察。这么分析也有道理，那些个尝过鲜的男人总是想着也让他们的朋友尝尝鲜，这就给尝出毛病来了，事情败露了，但究竟是怎么败露的谁也说不清。要真说清了问题可就大了，刘建钢吃不了得兜着走，但花枝不见了，失踪了，人们都说，找不着人刘建钢就没事了，那些过来尝过鲜的人就更没事了。警察确实是来了，来了三个，并不是传说中的来了一百多，那可能吗？但警察来了也无济于事，花枝确实是不见了，人一下子就消失了。好像压根就没有过这么个人，好像压根这就只是一种传说。

刘建钢还在做他的膏药，膏药这东西一旦做开就不能停，膏药已经熬好了，是又黏又稠，一看就知道是好东西，还很香，只要你愿意闻的话。刘建钢把熬好的膏药放到一个又粗又长的筒子里，那个筒子的尖端有个小洞，膏药就是通过这个小洞给挤到那一块一块的尼龙布上。刘建钢一边做这事一边跟那三个站在自己身边的警察说话。那三个警察真是好同志，就很有耐性地站在那间屋里跟刘建钢说话。刘建钢说那天花枝就是帮自己挤膏药来着，可能是在挤膏药的时候拿了自己的钥匙，然后把大门打开走了。

"我到晚上才发现自己的钥匙没了。"刘建钢说，在用力，一头汗。

"那大门是什么时候开的？"警察问。

"后来才发现的，天都黑了才发现大铁门是开着的，只不过虚掩着。"刘建钢说好在别的病人没发现大门开着，要是一下子跑七个八个就麻烦了。"他们精神都有问题，又都不认识路，他们去什么地方？他们要跑出去就麻烦了，花枝现在肯定是有麻烦了，现在人贩子很多，谁知道会出什么事。"

"花枝还是我堂妹呢。"刘建钢又说，"我碰上麻烦了，她父亲我叫叔，这下我不好交代了。"

刘建钢把那凉好的膏药给那三个警察每人拿了十来贴，然后就又说起膏药的事来了。刘建钢说他们的光明牌膏药是非常好的产品，腰疼什么的一贴就好。刘建钢又找来一把剪子，把膏药剪成一小块一小块，说："别以为贴膏药没学问，学问可大了，剪成小片小片的更方便使用，肾脏不好的可以贴在这地方。"刘建钢把袖子挽起来，指指手腕，"要贴这地方，这地方有个穴位直通肾脏，想壮阳也贴这地方，贴肚脐眼儿是不对的。"刘建钢还告诉这三个警察，贴膏药期间千万不能吃盐，吃了盐就没有药效了。

"一吃盐就什么都完了。"刘建钢说。

那三个警察，简直就是参加了一次膏药学习班。

寻找花枝的工作还在进行，但谁都不知道花枝去了什么地方。那时候人们用的是大哥大,就像是半块砖头,还不是人人都有,如果是现在,花枝手里点点戳戳一个手机,也许马上就会知道她在什么地方了。

"花枝去了哪?她能去哪?"刘建钢对花枝的父母说。

对一般人,刘建钢避而不谈花枝的事,更不会谈有过不少男人来找花枝的事,他只对花枝的父母说实话:"给花枝找对象,确实来了不少人,看了一个又一个,不是花枝看不上人家,是人家看不上咱们花枝,根本就看不上咱们花枝。"

"唉,她可受了不少苦,她打自己,就这么打,噼里啪啦。"花枝的父亲抬起一只手比画着,两个眼圈红了起来,"她以为能把自己的脖子打正呢。"

"男人跟她做那事,根本就没有一点点错。"花枝的母亲这样说,但也只说了一半,下边的话不能说了,人家小朱和小苗都在监狱里,还能说什么呢,其实她心里明白,是应该埋怨花枝。

"不,是应该埋怨那个病。"花枝的母亲这是在做总结了。

很快就到了年底,很快就过了春节,过了春节,花枝的父母听到了一个消息,说是照相馆的姬师傅回来了,姬师傅现在已经是这个城市里的头牌顶大神之人。请神送神十分传奇,关于这一点,照相馆的人们都相信。但因为请神请得好,姬师傅现在的知名度特别高,也特别不好请,一般不给人看,也不给一般人看,想看必须预约。但是,花枝这件事是照相馆的事,姬师傅特别念旧,也特别喜欢花枝,用她的话说,花枝是她的香烟徒弟。要问花枝的事,姬师傅立马就答应了下来,也说好了不拿一分钱,也不收礼。

到了这天,花枝的父母亲还有照相馆的高主任和窦师傅都去了姬师傅的家,姬师傅的家在狗心镇的人民公园北边,站在姬师傅家的院子里可以看到西山。去姬师傅的家是为了让姬师傅给花枝好好算算,当然刘建钢也跟了去。花枝的父母亲还是给姬师傅买了两条好烟。

姬师傅在家里等着他们，沏了壶好茶。

姬师傅确实是从终南山回来的，人稍微胖了一点，脸颊上的小肉瘤比以前有了更大的发展，像流苏般，这就让姬师傅更加有了与众不同的狐仙风度，是更像了。姬师傅上了香，点了烟，盘腿坐在大椅上，很快，那个谁也看不到的狐仙就上了身。神请过，姬师傅已经流了满脸的清鼻涕，这是正常的，仙家们把鼻涕都叫作"玉筋"，玉筋越多就说明这个仙家的功力越好。送完神，姬师傅一切都归了正常，才把从仙家那里得到的消息告诉了花枝的父母和照相馆的来人。

"在英国。"姬师傅说。

"怎么就去了英国？"花枝的父母一下就急了，想知道花枝在英国什么地方，怎么就去了英国，伦敦还是利物浦。这可真是让人急，花枝的父母你看我我看你都急出了眼泪。想不到姬师傅坐在那里，徐徐吐出一口烟，莞尔一笑，这个笑才是姬师傅。姬师傅刚才去洗了脸，脸上的玉筋都洗干净了，还搽了一点雪花膏，挺香。

"你听错了。"姬师傅对花枝的父母亲说，忽然又不说了，要旁边的人拿笔来。窦师傅的口袋里插着一支笔，当即掏出来递给姬师傅，姬师傅上过女师，文化原是好的，写几个字又算什么。

"阴国。"姬师傅在纸上写了这么两个字。

花枝的母亲还没什么事，花枝的父亲只大叫一声，人已经晕了过去。周围的人慌忙扶住花枝的父亲，掐人中，解裤带，窝脖子。刘建钢从后边抱住花枝父亲的后腰，刘建钢的眉头突然开始突突突突地跳，突突突突地跳，这一跳就止不住了，突突突突、突突突突，就好像有个什么活物钻在了刘建钢的眉头里。

姬师傅看了一眼刘建钢，慢慢伸出一个手指，在空中画几个圈，又吐口唾沫在手指上，猛地在刘建钢的眉头一戳。

"就是你！你给我定住。"姬师傅说。

但刘建钢的眉头是定不住的，姬师傅想定也定不住，刘建钢的眉头突突突突得更厉害。旁边的人眼看着刘建钢的脸在变，只一会儿工夫，刘建钢的半个嘴已经吊在了耳朵旁边。

"我不行，我定不住他。"姬师傅说。

"赶快出去，赶快送医院，别在我这里。"姬师傅又说。

窦师傅懂得一点医学，在部队学过几招，那时候在部队什么都学，他用手按了一下刘建钢的那半边脸，说这是急性中风，得赶快去医院，去晚了更坏。再看看花枝的父亲，人已经过来了，脸色死白死白，在大口喘气，又看看左右，嘴咧了咧，是想哭的那个意思，看看不是地方又强行忍住，但又憋得不行，只张大了嘴哈、哈、哈、哈。

"快去医院快去医院。"窦师傅拍拍刘建钢的肩膀。

"我还不如死了好，去阴国找我的花枝。"花枝的父亲说。

"别说了，先去医院先去医院。"花枝的母亲此刻倒没什么事，她一手挽了花枝的父亲，一手挽了刘建钢和姬师傅道别。

"快去吧，快去吧。"姬师傅抬起手，手心朝里手背朝外。

"记住坐4路公共汽车。"窦师傅说。

花枝的父母亲和刘建钢先走，照相馆的人留下和姬师傅继续说话。屋子里不乱了，人们都坐下，姬师傅遂端上水果来。"姬师，"人们现在叫姬师傅"姬师"，去掉了一个"傅"字，姬师傅的身份像是一下子尊贵了十分。

"姬师，"高主任说，"我问你，花枝真不在了？"

"她也害了不少人。"姬师傅说。

"她让谁害的？能不能算出来？"高主任说。

"她让自己害的，谁也害不了谁，人都是自己害自己。"姬师傅说。

"对，自己害自己，我们都在害自己。"高主任想了想，说。

"对，自己害自己。"窦师傅也说。

马上就到了吃中午饭的时候，姬师傅执意要请高主任他们几个去饭店吃饭，又给张继唐张大夫打了电话。等张大夫的时候，姬师傅掏出她的烟来抽，把烟递给窦师傅一支，自己也点了一支，然后把烟盒往桌上一搁。时光过得真快，但那个绣花烟盒套还是那个绣花烟盒套，很硬的，上边一边绣着《西厢记》张生戏莺莺，一边绣着《白蛇传》许仙断桥见白娘子。四边绣的是宝蓝色的西番莲，那上边的花枝绣得真是婉转好看……

"唉，人活着能不害自己就成佛了。"

姬师傅欠欠身，从口袋里掏出一根银子做的那种细牙签，张开嘴，在上边那排牙上横扫一下，唰啦啦，又在下边那排牙上横扫一下，唰啦啦。上边下边左左右右扫了那么十多下，然后把银牙签又收了起来。姬师傅也学会了。

"还是姬师傅会活，我也要搞这么一个，牙好才能长寿。"窦师傅说。

"人生在世，先把自己活好是第一。"姬师傅又说了一句。

人们突然都没了话，外边突然响起了鞭炮，人们都朝窗外看去，窗外，是狗心镇的中心，一条街，刚刚加宽过，街两边都是新建起来的大楼，这是南北街，从前边过去，往左右拐都可以，是东西街，街两边也都是新起来的大楼，狗心镇变了，县政府最近还下了文件，不许人们再叫"狗心镇"，太不文明。

人们这才知道是当地的口音出了错，狗心镇其实是叫"高兴镇"，这原本是一个极好听的名字。

花样年华

1

金米是在这个小县城长大的。

也可以说,她从小是在二店里边跑来跑去长大的。

金米的母亲就是齐秀珍,在这个小县城不认识齐秀珍的人可能不多。

怎么说呢,在这个小县城,人们都把这家商店叫作"百货二店",那么"百货一店"在什么地方呢?许多人都不知道。这个二店就在西门外的十字路口西北角,是这个小县城里最大的百货店,有大橱窗,六个大橱窗,这很气派,而别家就没有,那时候的大橱窗到了夜里还会被漆成绿色的折叠式木板护窗拉住,白天再哗啦哗啦拉开。因为百货二店是新店,所以货也全,有什么新货会先在橱窗里展出来,所以橱窗外经常站满了人在那里看。飞鸽牌自行车,凤凰牌自行车,永久牌自行车,还有蜜蜂牌缝纫机,熊猫牌十二灯收音机,这收音机可真是太牛逼了,也只是摆在那里让人们参观参观,一般人家的收音机有个三灯五灯就足够了,谁敢用十二个灯的收音机?恐怕市长家也没有这种十二个灯的。摆在橱窗里的货都是些抢手货,不是人人都能买到手的,是需要供应证和特批的。二店既是这个小县城最大的百货商店,能来这里上班的人好像是,怎么说呢,都不是一般人,都很牛逼。女孩子,个头要好,又要模样说得过去才可以来这里。所以,她们的眉目之间就时不时地会流露出一种优越感,看人的眼光是飘忽的,好像是又在看你又不在看你,而是看你身后的什么东西。这样一来呢,她们就好像是高人一等,但即使是这样,许多人还是很喜欢和她们套近乎,因为她们会把店里的小道消息告诉别人,"我们店",她们动不动就会这样说,有点自豪,又像是有那么点居高临下,是"我们""你们"

而不是"咱们"。她们会告诉关系好的人店里最近来了什么抢手货,还比如最近要处理什么货,快过年的时候这种消息十分诱人,再比如,店里来了连在上海都十分时髦的某种鞋子或某种布,华达呢,斜纹的那种,的确良,深灰的那种,都是时髦货,还有那种牛毛黄的宽道条绒也来了,给孩子们过年做条裤子最好不过了,耐磨,到裤子穿破了还能裁出几个鞋面。还有小碎花的上海花布,还有进口的长绒印度棉花,这些都是抢手货,去迟了就买不上,但是呢,去早了你也许还是买不上,服务员都会给自己留一手,会把朋友们托她们买的早早裁好一卷一卷放在柜台下边。店里来了新货的消息一般人不会知道,知道的人就会早早赶了去,那时候买什么东西都要排长队。收款找零都是总台的事,也就是,你在这边卖货的柜台上交了钱,这边柜台的服务员会把你的钱通过头上边蜘蛛网一样的铁丝用夹子连发票夹好用力那么一送,哗啦一声送到总台那里,那边会很快算好,找了零,再用夹子夹好找好的零钱用力往过一送,哗啦一声,又送到了柜台这边。那个总台要比所有的柜台都高那么些,因为高,才能把夹了零钱和发票的夹子哗啦哗啦地送到四面八方的柜台。就像是一张蜘蛛网,怎么说呢,坐在上边的人就像是一只大蜘蛛,上边的铁丝绷得很紧,十多根吧,每一根都通向店里各个柜台,齐秀珍就是站总台的,就这个齐秀珍,是这个小县城里出了名的人物,一是她漂亮,二是她手脚麻利。当会计容易,但当个能站这种总台的会计可不容易,那年商业系统大比武,可了不得了,什么都要比一比,比裁布,六尺八尺或几丈几丈,参加比赛的只用两只手,就像是手上有尺子,就那么要多麻利就有多麻利地一拉一拉,嘶拉一声拉下来,量一下,是分毫不差。卖糖果的,一斤二斤糖果,或六斤八斤,就全凭手抓,一把一把地抓到秤上,一过秤,几乎是分两不差。而齐秀珍呢,是在一分钟内就把十多个收钱找零的活儿做得麻麻利利清清爽爽。十多个柜台的服务员发一声喊,几乎是同时,一个接一个把要找的钱用发票卷了通过头顶的铁丝哗啦一声哗啦一声又哗啦一声打过来,齐秀珍这边真是麻利，是两只手左右开弓，是一刻不停在心里加减乘除，把纸卷取下来，核实钱数找零再卷在纸卷里再把纸卷打出去，十多个收钱找零只用了一分钟。这一来，齐秀珍可就出了大名，一是快，二是一点差错都没有。那个姓白的副市长还接见了她。白市长还对她说要她做好准备去北京参加比武，这消息一下子就传遍了全县城，但是后来不知道为什么又搁了下来。齐秀珍呢，都想好了去北京穿什么衣服，头发呢，也要重新做一做，往短了剪一点，再往里卷一卷，人就会显得特别精神。齐秀珍还特意准备了全国粮票，那时候吃饭要粮票，但一般人手里只有地方粮票，地方粮票就只能在你待的那个地方吃，要是去北京，你必须得有全国粮票，齐秀珍是个有心人，她把粮票都准备好了，但去北京的事后来黄了，没人再提去北京参加比武的事了，这多少让齐秀珍有些失望。齐秀珍长得也漂亮，是白白净净，她那张脸是民间喜欢说的银盘大脸。远看是白白的，近看也是白白的，人们常说的"一白遮百丑"可能就是在说齐秀珍。齐秀珍在商业比武上拿了第一，接下来呢，劳模当然要给她，因为她做的是这种工作，去二店买东西的人没人没见过她，因为她坐在高处，人们就说，这就是齐秀珍这就是齐秀珍。久而久之，她是这个小县城的名人了，走到哪里人们几乎都认识她。日子过得真是快，齐秀珍只有一个姑娘，不知不觉也大了，长得跟齐秀珍几乎一模一样，白白的，也是那种大脸盘，好像是，要比齐秀珍更清秀一点。人们都奇怪，齐秀珍的姑娘怎么突然就大了呢，怎么一下子就长成了个大姑娘。再往后呢，不知是从什么时候开始，齐秀珍的姑娘也上班了，居然也在二店。齐秀珍的姑娘名叫金米。

"这就是齐秀珍的姑娘。"有人见着金米，会说这么一句。

"看人家那肉皮儿。"有人说，这几近于赞叹了。

金米长得可是真白净，个头也好。

"比她妈还漂亮。"有人又说了，人长得这么漂亮就应该去宾馆工作，怎么不去宾馆呢？在这个小县城里，人们都认为漂亮的女孩子就应该去宾馆工作，能住宾馆的人都不是一般人，而且，在那地方还能见到许多外国人，弄不好还会换到外汇券，所以，在这个小县城，漂亮的姑娘也都向往着宾馆。

"谁去那地方，倒马桶刷马桶有什么好？"金米说。

金米好像是和别人不一样，那个宾馆前几天她还去过，她有个同学在那个宾馆上班，快过春节了，打来电话要金米去她那里洗澡。这好像是一种特权，在宾馆工作的那些人可以悄悄让朋友们到宾馆来洗一下澡，这时候客人不多，开个房间进去洗就行。金米去宾馆洗了澡，身上的那种宾馆专用浴液真是喷香喷香的。第二天，上班的时候，同事们闻到金米身上的香味了，说："咦，你怎么这么香啊？"金米对旁边的人说："我洗过澡了，在宾馆洗的。"快过春节的时候百货店里甭提有多忙。为了让人们有时间忙年货，下班的时间都往后推了一个钟头，店里还要抽出一些人帮助旁边的新华书店去卖年画，快过年了，买年画的人可真是多，乡下的人也都来了。店里的人们都说："这连洗个澡的时间都没有了，有钱没钱洗澡过年，总得让人们洗个澡啊。"金米在旁边马上又接了话："我洗了，刚在宾馆洗过了。"

晚上，吃过饭，金米对她母亲说："王丽华怎么就进了宾馆呢，就她那样？"

金米宾馆的那个同学叫王丽华，父亲是自来水公司的主任。

"有几个自来水公司主任？"齐秀珍说话了。

金米对着镜子正梳头，她把梳子朝镜子上使劲一摔，砰的一声。"我还不去呢，她带皮吃鸡蛋，从小就是个傻子。"

"你说谁，谁？"齐秀珍看着金米。

"就这个王丽华啊，带皮吃鸡蛋。"金米说。

"怎么会？带皮吃鸡蛋？那怎么吃？"齐秀珍说。

"把煮熟的鸡蛋拿过来就是一口，连皮带壳嚼了吃。"金米说。

"什么时候的事？我怎么不知道？"齐秀珍说。

"我们上小学时候的事。"金米说。

"不会吧，她爸还是自来水公司的主任呢。"齐秀珍说。

"这跟自来水公司主任有什么关系？"金米说。

"怎么回事？不会连鸡蛋都没吃过吧？"齐秀珍出神了。

"不过，二店也不是谁想来就能来得了的。"金米又自己把话说了回来。

"你明白这个就好。"齐秀珍说，"这得感谢于主任。"

就这个百货二店，在这个县城，可了不得，谁家乡下来了亲戚，买东西不买东西先不说，是一定要领着先去二店转转，谁家要办什么事，红事也好白事也好，也都要去二店。二店是一座红色的三层建筑，那时候还时兴红砖，红红的。它的北边是一家新华书店，也是红砖建筑，红红的，紧靠着书店是图书馆，图书馆是个二层老楼，通过细细的一道木楼梯上去，咯吱咯吱、咯吱咯吱一路响。图书馆的下边很小很窄，上去就大了，里边很安静，都是读书的人在那里看书。因为天热，看书的在看书，不看书的在那里打瞌睡，那个胖胖的图书管理员就整天坐在那里打瞌睡，他是个印尼华侨，说话有点怪，他用一本书遮着脸，猛看像是在那里读书，其实早已经睡着了。一只苍蝇，飞过来，飞过去，这就让图书馆显得更安静。过了图书馆，再往北，就是这个小县城的公园了，公园不大，里边却有两个湖，一个在西边，叫西湖，一个在东边，当然就叫了东湖。这个公园不大，动静却不小，因为里头养着一头狮子和一头狼，狮子是天天一到时间就要叫，是十分地有规律，白天叫无所谓，到了夜里它也叫，就传得很远，它的叫声像是有几分愤愤不平，一声一声地传到人们的耳朵里，人们在睡梦里听着它的叫声，同时呢，还能听到这个小县城西边铁道上驶过的火车的叫声。那头狼，当然也要叫，狼叫好像是没有什么规律，但不好听，鬼哭狼嚎这个词原是说它的难听。狮子和狼的饲养员是个女的，名叫刘桂芬，人可真是瘦，却总是说脏话，她一边把一块一块的肉扔给笼子里的狼一边在嘴里说："操你个妈的，人还吃不上呢，你倒好，上顿下顿都是肉！"她去喂狮子，把一块又一块的肉扔给狮子，嘴里也是这话："操你个妈的，人还吃不上呢，你倒天天都是肉！"就这个刘桂芬，她男人是个片警，姓吴，人们就叫他吴片警。吴片警的工作就是整天在他负责的那片地方走来走去，他几乎谁都认识，几乎和谁都相处得很好，整天笑眯眯的，从来都不见他和谁发脾气，说话总是和和气气的，又喜欢帮助人。刘桂芬和她男人吴片警，两个人长得都不怎么样，生下一子一女却长得出奇地漂亮，后来他们的女孩儿去了省电视台做主播——先是上了艺校，艺校老师说这可是个好苗子，个头好人样好嗓子也好，以后会是个角儿，想不到她学校毕业后去了电视台，一下子就红了。"看，我姑娘。"有时候吴片警会突然停下手里的事，比如他正在和别人打扑克，他会停一下，看那边的电视，别人也会跟上看，那时候还没有彩色电视，黑白的，他对人们说："这声音怎么会这么好听呢？"久而久之，人们都知道了著名电视主持人吴继红是刘桂芬和吴片警的女儿，这在小县城也算是件大事，到了后来，县里有什么活动，总是想让吴继红回来给捧捧场，但吴继红总是回不来。吴片警的老婆刘桂芬早已经不喂狮子和狼了，人也发福了，胖胖的，坐在那里晒太阳，有时候会突然说："听，叫呢。"她在说什么，什么在叫？人们不知道，但她知道，她听到公园的狮子叫了，虽然她的家离公园有好一段距离，但她能听到。有时候晚上睡觉她会突然说："听，叫呢。"虽然退休了，她有时候还会回去看看那头狮子和狼，她站在笼子外一说"操你个妈的，人还吃不上呢，你倒好，上顿下顿都是肉"这句话，那狮子马上就不转圈了，停住了，直看她，她站在那里，也一动不动，也看它。狮子和人一样，也老了，但叫声还很洪亮。狮子的叫声说难听也不难听，但狮子叫的时候还是会有人说："又叫又叫，难听死了！"公园里最最难听的叫声其实是孔雀的叫声，真是难听死了，一声声大惊小怪，像是受了什么惊吓，很像是那种动辄大惊小怪的女人发出的惊叫。这是百货二店的北边。百货二店的西边呢，紧靠着二店西边的就是这个县城的红会堂，县城里有什么重要的会都会在这里召开，那时候人们特别热衷于开会，开会可以改善生活，敲锣打鼓，红旗招展，因为这种激烈的声音和一片红的色彩，就好像这个小县城真有了什么喜事，而且，一有什么会议，还会把花红柳绿的标语贴得到处都是，每到这种时候文化馆的老柴就有了事，因为他的毛笔字写得特别好，所以，一有什么事就让他来写，还会有两个人给他打下手，一个裁纸研墨，另一个把老柴写好的字拿到一边去晾着，再把没有写过的梅红纸拿过来，两手都是红的。老柴脸白白的，人好像是有什么病，说话一急了就喘，再急了就结巴。老柴看上去岁数不小了，其实他岁数不大。老柴在小县城里是个吃香的人物，因为他字写得好，就总是在那里写字，地上、桌子上都是写好的标语，墨是黑的，但写在彩色纸上，一大片地铺在那里，那墨看上去就是绿的，这可真是怪。文化馆离红会堂不远，标语写好了，被人们拿出去到处贴。红会堂是这个小县城的中心，像样的会一般都要在这里开。就这个小县城，那时候的热闹几乎天天都有，但几乎没有一件事能和人们有关系，是一种与人们没有什么关系的热闹，虽然没有关系但又不让人们讨厌。连开会也是这样，几乎是所有的会都和人们没什么关系，虽然没关系，但人们还是爱去，因为开会，一天三顿吃得就好，人们可以趁此改善一下生活，早上是炸油饼儿稀饭还有两三个小菜，芥菜丝一个，拌土豆丝一个，还有一个是红腐乳，每人还会有一个鸡蛋，这就很好了。因为开会，到了晚上一般还会有演出。开会的人们又都住在红会堂西边的那幢招待所里，吃了饭，然后慢悠悠一边剔牙一边晃到礼堂去看戏，这真不是一般人能够有的待遇。礼堂里边的节目一个接着一个演着，丝竹阵阵口号声声地从里边传出来，而礼堂外边还有不少人在等着，等什么呢？在等看了半场不想再看的那种人手里的票。礼堂门口还有卖瓜子的，还有卖香烟的，虽然是晚上，还有卖五分钱一瓶的汽水的，可真够热闹。但这一切都随着时代在变，不知从什么时候开始，这一切忽然就又都没了，会也少了，演出也没有了，卖烟的没了卖瓜子的也没了，也冷清了。齐秀珍的姑娘金米也到了该找对象的时候了。二店很重用她，比如，缺少团干部，让她去，比如，开什么会缺少个会务服务的，让她去，总之是，有什么事人们都好像首先会想到她。这一天，二店的主任于花玉，这名字可真像是个女人的名字，但其实他是个男人，而且是个转业军人，而且而且呢，他还是个远近闻名的大比武神枪手，他怎么神呢？一排五个点着的烟头，啪啪啪啪啪，他一连五枪，烟头就都灭了，这就是传说中的晚上用枪打烟头，一打一个准，真是太神了。就这么个五大三粗的大男人，却叫了个女人名字——于花玉。

于主任把齐秀珍叫了去，说有事。有什么事呢，其实也没什么事。

"你过来一下。"于主任说。

齐秀珍就放下了手里的活去了于主任的办公室。

于主任的办公室在二楼顶里边，办公室的对面和旁边都是仓库，一间挨着一间的仓库。紧挨着仓库是厕所，厕所当然是两个，一个男厕所，一个女厕所，厕所的门上都挂着门帘，那种半截子的白布门帘，门帘上是五个红彤彤的字"为人民服务"，字下边是一颗五星，也红红的，五星旁边还有几道光芒。

于花玉于主任对齐秀珍说："金米可是咱们二店的尖子。"

这就是于主任话里有话了，这谁听不出来？

齐秀珍就说："是不是她有什么做得不对的地方？"

于主任就笑了，说金米找对象可是咱们全二店的事，要找就好好儿找个工农兵家庭的。接着于主任就说起剧团的弹琵琶的小郭来了。

"一个弹琵琶的，嘚哩啪，嘚哩啪，能弹出个什么名堂，出身也不好。"

"这事我怎么不知道？"齐秀珍吃了一惊，这事她还真不知道。虽然她跟着女儿去看过两次戏，但金米对她说票是剧团里的朋友给的。

"你说他出身能好吗？要是出身好能被从西安赶出来吗？"于主任说这个小郭是西安人，和他妈从西安到咱们这儿有五六年了，是被赶出来的。

"像垃圾似的被从西安扫到咱们这儿了。"于主任说。

"谢谢主任关心。"齐秀珍站起身，一转身，又坐到床上去了，那是张单人床，床上铺着蓝格子布的床单，洗得干干净净，被子叠得齐齐整整，枕头放在被子上，枕头上苫着一块枕巾，也洗得干干净净，枕巾上又苫着一块方手帕，于主任是个爱干净的人，这爱干净的好习惯是他在部队养成的。

"千万不能找这种人做朋友，噼哩啪，噼哩啪，可不能。"于主任说。

"对。"齐秀珍说。

"不能找垃圾。"于主任又说，忽然笑了，他觉得自己说话还怪幽默的。

齐秀珍觉得心里真是很温暖，这说明于主任直到现在还关心着自己，这都多少年了，这让她心里很温暖，让她觉得更温暖的是紧接着于主任又告诉了她一件好事，那就是白玉日化厂要在县里选一个推销员，推销它的增白系列产品。

"我也想过了，就让咱们金米去，对这边就说是借调，这边工资不会停，那边她还可以再领一份。"于主任说。

"这能行吗？"齐秀珍一下子就兴奋了起来，她一兴奋鼻子尖那地方就是汗，是汹涌而至，不一会儿脑门上也会全是。

"怎么不行？"于主任说这事是我一个人说了算。

"谢谢于主任。"齐秀珍说，"这可是大好事。"

"还可以到处走，北京上海到处走，每天还都有出差补助。"于主任说。

"谢谢于主任。"齐秀珍简直是激动了,脑门儿那地方也马上水汪汪的了。

"金米形象好,搞推销形象最重要。"于主任转过身,把门轻轻上了插销。

"还不是你事事都想着她,这要感谢你。"齐秀珍说。

"谢什么谢。"于主任转过身,"这几天晚上我真是没有一点点时间。"

于主任忽然又想起了什么,他对齐秀珍说:"这次户口普查,我把名字改过来了,以后叫'于化玉',这下好听了。"

"这下是个男人的名字了。"齐秀珍忽然笑起来。

"以前也不是女人,这你知道。"于主任也笑起来。

"于化玉于化玉。"齐秀珍还在笑,又小声说,"改得好改得好。"

"来吧,来!"于主任挺过来了。

2

金米去了白玉日化厂,步走去的。

金米兴奋得可以,几乎是一夜都没睡。

去之前,金米还专门到大西街的晨光理发店做了回头发,给她做头发的小马师傅比金米大不了几岁,人真是聪明,手风琴拉得极好,还会写诗,冬天在冰场上滑冰也滑得十分好看,所以女孩子们都很喜欢他。理发的时候,金米把他们前几天在公园用海鸥牌120照相机拍的照片拿出来给小马看。小马把照片拿在手里左看看右看看,往理发的那个台子上一扔,说:"你给我说这是不是你,怎么拍得这么黑,不好不好。"又说:"我拍得也不好,像个犯人,不好不好。"小马又把手摆摆。金米只好把照片收起来。"昨天早上你怎么没去公园打羽毛球?"小马说。金米说这几天很忙,忙正事呢。小马又说:"正事?什么正事?你不是已经入团了吗?入党暂时又轮不上你。"小马嘴很直,从来说话都是口无遮拦。金米原想说说日化厂的事,但把到了嘴边的话又咽回肚子里去了。理完发,金米步行回家。金米家离理发店不远,从书院街穿过来往西一拐就到。回到家,金米先对着镜子照了照,把身子转一下再转一下,看前边,再看后边,又找了一面小镜子,镜子对镜子看,金米对小马给理的头发很满意,然后开始找衣服,挑了几件衣服,但都不怎么满意,她对着镜子把衣服试了又试,最终挑了件上海碎花布的那种尖领衬衫,这样的领子可以让人的脖子显得修长一点,人就显得特别挺拔。裤子是一条军绿色的的确良裤,和王丽华穿的那条一模一样,那次她看见王丽华穿了这么条裤子,就在心里暗暗记住了,裤腿窄一点,而且短,穿在身上就显得特别洋气,她就请二店的裁缝老师傅给自己做了一条。换好衣服,金米收拾好了自己,再照照镜子,然后才出门去了日化厂。

走在街上的金米真是有那么点光彩照人。

金米明白自己这是二店派去的,她一边走一边在心里一次次地问自己:二店那么多年轻人,为什么不派别人单单就派了自己,为什么呢?为什么呢?所以她在心里感到特别地自豪,自豪自己与众不同,这么一来呢,她既算是二店的人,又可以说是白玉日化的人。她妈齐秀珍已经告诉过她了,出去搞推销,她就是代表日化厂,说话千万要注意,不要对不认识的人说自己是百货二店的。日化厂那边,也已经向她交代过了,她的工作就是给人们示范,往脸上抹抹新产品,介绍介绍产品的好处,多拿点订单回来。金米的皮肤特别好,又白又嫩,所以说让她来搞增白系列化妆品的推销可真是找对人了,她的皮肤,她的模样也真有说服力,如果找个皮肤又黑又糙的,那就是另一说了。日化厂对金米非常满意,还专门派人到二店对过的照相馆橱窗边看了又看,因为照相馆的大橱窗里有一张金米的大照片，那张照片不知被多少人看过。看久了，连金米自己都觉得自己有几分像明星。

金米到了白玉日化厂，厂子在一个高坡上，上了坡进了大门就是厂子。

厂子的办公楼朝南，门口两边种了两棵树，一棵是槐树，另一棵还是槐树。

日化厂的章厂长，名叫章新文，正在门口和几个人比比画画说什么事，因为大门外的那个坡，运货的车上来下去很不方便，厂里准备把大门重开一下，开到东边去，但东边是一个四合院，厂里准备把那个四合院拆了，正说着，章厂长一眼就看到金米了。

"于主任介绍的人。"章厂长对旁边的人说，他已经见过金米了，很喜欢。

"先参观一下吧，怎么样？"章厂长对金米说。

"真香。"金米说。

"这就是咱们厂。"厂长章新文先带着金米参观了一下。

"真香。"金米找不出别的什么话，日化厂确实也香，到处是香精的味道。

章厂长又带着金米去厂子西边参观了下新车间，那是个生产香水的车间。

"虽然是香水，但也是增白产品。"章厂长对金米说。

"真香。"金米又说，忽然捂着嘴笑了，这个车间还没生产呢。

"好好儿干，你以后就是日化厂的一员了。"章厂长又对金米说。

赶上中午吃饭，章厂长没让金米走，让金米去小食堂吃饭，厂里一共有两个食堂，大食堂是工人们就餐的地方，小食堂是领导们吃饭的地方，一进门有个脸盆架，脸盆架旁边又是一个衣服架，窗台上有两盆花，红红地开着，细看才让人明白那是假花。

"你这工作再简单不过,只往脸上涂涂化妆品就行。"章厂长一边吃一边对金米说。

"去一个地方涂一回吗?"金米知道自己这是明知故问,要不这样她也找不出话来。

"是啊,抹完就洗掉,到了下一个地方再抹,也不累。"章厂长说。

"这不难。"金米说。

"你漂亮嘛,漂亮就不难,换个丑的你试试。"章厂长笑着说。

金米忽然对章厂长很有好感,说话也就放松了。

"你回去再去照张相。"章厂长说。

金米又不懂了,她看着章厂长,不知道是什么意思。

"你想办法把脸弄黑照张相,就说你以前的皮肤很黑,现在呢,怎么说你也明白,不用我教你。"章厂长是在教她了,虽然嘴上说不教。

金米马上就明白了,是心领神会,知道是怎么回事了。

"不管谁问,你只说你使用增白产品已经有半年多了,别说太长,也别说太短。"章厂长又说,不知道想起了什么,忽然捂着嘴笑了起来,旁边那两个办公室的干事也跟上笑。

"别说太长也别说太短。"章厂长又嘱咐一句,又笑起来。

临走,章厂长给了金米一张表,让她回去看看,表格刚打出来,一摸一手蓝印油。那时候的打字机都是油印的,蓝汪汪的印油,不小心就沾一手。

金米是步走回的家,她从日化厂出来,往右手一拐,走不远就到了西门外那条大街,再往右拐,就上了新建路,风吹得路边的树哗啦哗啦的,像是要下雨,但预报又没有雨。一直走下去,就是互助里,再过去就是团结里,听听这名字,多少有点土,过了团结里就到了花园里,花园里旁边就是县医院,院子里晾了不少洗衣房洗出来的被单,白花花的。金米家就住在县医院旁边的花园里。金米是慢慢慢慢走回的家,她把章厂长给她的那张表格看了,一边走一边看,为了打开销路,日化厂已经给金米做了个计划,那就是要金米把上海北京天津南京的市场给拿下来,让他们厂的增白系列化妆品铺天盖地把市场都给占领了。这对金米来说并不难,她只要随身带好厂里的产品就行,那产品一共三种:白玉增白露,白玉增白乳,白玉增白雪花膏。关于怎么做推销,金米也清楚了,每到一个地方,只要简单做一下示范就行,这示范也太简单了,其实是不用学的。就是往脸上一遍一遍地涂抹各种增白产品,说自己以前很黑现在很白就行,这个谁不会?

"资本就是你这张脸,太有说服力了。"连琵琶郭这天都对金米说。

"我才知道我有资本。"金米摸摸自己的脸,她很喜欢琵琶郭这么说。

"我要是厂长我也会第一个用你,你的脸太有说服力了。"琵琶郭又说。

"我把你说服了吗?"金米对琵琶郭说。

"来来来,来来来。"琵琶郭张开两只胳膊,过来了。

"干什么,你想干什么?"金米跳起来。

"我给你爆炸个原子弹看看。"琵琶郭说。

金米不知道说什么好了,她现在已经知道了原子弹是什么。

"来人了来人了。"金米说。

琵琶郭看看左边再看看右边,他们是坐在公园的小道上的长条椅子上,这地方哪会有什么人。"我就亲一下,原子弹就算了。"琵琶郭说。

金米假装不让亲,推几推,还是让了,琵琶郭的舌头很硬,不知怎么搞的,他会把舌头硬成一根棍,在金米的嘴里搅来搅去。

亲完金米,琵琶郭说:"我可是太不放心了,你又白又漂亮,哪个男人看了都会动心的。"

金米说:"那得我动心才行。"

金米一边往回走一边想起这事了,说心里话,她心里还是喜欢琵琶郭的,但让她嫁给他,她好像又不是那么太愿意。金米已经见过琵琶郭的母亲了,烟不离嘴的那么一个老太婆。虽然这样,金米只要一想起琵琶郭,脑子里满满都是他,鼻子,嘴,上唇的小胡子,眉毛,细眼睛,都那么好看,好像谁也不能和他相比。让她心跳的不止是这些,他那天,啊呀,他胆子可真大,还把他的那件东西掏出来让她看,颜色是深紫色的,闪烁着。金米当下心就乱了。她对自己说别想别想别想,可越这么对自己说心里就越乱。

"我恨死你了。"金米对琵琶郭说。

"你恨,你过来恨,你好好把我恨上一恨。"琵琶郭又张着两手过来了。

金米现在是什么事都要想到琵琶郭,她想好了,明天去照相馆照相要让他陪着。她现在倒是有点不放心他,总在想他,他现在在做什么?是不是在跟哪个女孩子说话?这么一想,金米心里真是很痛苦。

晚上吃饭,在灯下,金米咬一口饼子,夹一筷子炒山药丝,喝一口小米粥,突然忍不住笑了起来。齐秀珍看一眼金米,说你笑什么笑,是不是又去见那个弹琵琶的了?

"什么琵琶?什么琵琶?"金米马上装着不高兴了,说,"你这几天怎么老说琵琶?"

"那你笑什么?"齐秀珍说。

金米就又笑起来,说好笑死人了,日化厂要我去拍张照片,我得把自己化妆成个黑人。

齐秀珍是什么人,马上就明白了,并不需要金米说明。

齐秀珍又夹一筷子小咸菜喝一口粥。

"去吧,拍个快照,别误了事。"齐秀珍说。

"以前黑,现在白,是最最好的说明。"齐秀珍又说。

"这是不是有点骗人？"金米说。

"现在做什么事不骗人？"齐秀珍说上次店里卖的那批罐头过期都五年了。

金米不知道说什么好了，喝口小米粥，夹一筷子咸菜丝。

"无论什么事，骗人不怕，只要对你自己有好处就行。"齐秀珍说。

金米不说话了，心里像是很不好受，为了母亲的这句话。

"看什么看，就怕你骗了人对自己也没什么好处。"齐秀珍又说。

灯下，齐秀珍的鼻子显得特别尖，金米摸了一下自己的鼻子。

"换个灯泡吧，这灯泡也太暗了。"金米说。

"平时二十瓦，过年换个四十瓦的就够了，要那么亮干什么？"齐秀珍说。

"别人家早都换日光灯了。"金米说。

"过些时候再说。"齐秀珍说。

"二十瓦，什么也看不清。"金米把前几天在公园拍的照片取出来放在灯下。

"谁拍的？"齐秀珍问。

"其实拍得挺好，小马非说不好。"金米说。

照片是琵琶郭拍的，所以金米看哪张哪张好。

"小马那孩子不错，但一个理发的有什么出息。"齐秀珍说。

"我也没说他有出息。"金米马上说。

"男人有两种，一种是真铁真钢，另一种是垃圾！"齐秀珍说。

"谁是真铁真钢谁是垃圾？"金米问。

齐秀珍很想说于主任就是真铁真钢你爸就是垃圾，但她没说。

第二天，金米去拍了照。

二店的对面就是全市最好的红卫照相馆。

金米和照相馆的人很熟,照相馆的大橱窗里金米的那张大照片摆了都有好几年了,因为拍得好,彩也上得好,是技师张师傅上的,张师傅是全照相馆上彩上得最好的师傅,所以几次更换橱窗,照相馆都没舍得把它给换下来。虽然金米和照相馆的人很熟,但金米还是让弹琵琶的小郭陪着她一起去,因为琵琶郭和照相馆的小王师傅关系很好,他们几乎每天早上都要一起去公园的湖里游泳,游完泳还要脱个精光用自己带去的水把身上冲一冲,这么一来呢,两个人的关系就像是越来越好。小王师傅也知道金米和琵琶郭的关系,知道他俩正在火候上,虽然还没上床正式开过火,但别的程序差不多都已经完成了。琵琶郭还经常去照相馆小王师傅家里玩,因为他们住得不远,晚了就不走了,和小王师傅挤在一个被窝里,他有什么话都会对小王师傅说。他对小王师傅说他其实不喜欢弹琵琶,他喜欢的事是画油画儿,他想做个画家。

琵琶郭陪着金米去了照相馆,因为刚开门,照相馆里没什么人。在楼下先开票,琵琶郭掏的钱,也没几个钱,一份三寸的也就两块多钱,琵琶郭已经和小王师傅说好了,开一份三寸的票,照四个底版,哪张好用哪张。

金米和琵琶郭两个人笑着,不停地笑,一边上楼一边笑。

"不化妆是白牡丹,化了妆是黑牡丹。"琵琶郭对金米说。

"那你喜欢什么牡丹?"金米说。

"我是既喜欢黑牡丹又喜欢白牡丹,问题必须是牡丹。"琵琶郭说。

上楼拐弯的时候,琵琶郭一把就把金米搂住了,小王师傅早在楼梯口等着了,他看到了,拍了一下手。

琵琶郭和金米就分开了,金米有点不好意思了。

上了楼,金米先去了一下洗手间。

小王师傅趁机小声问琵琶郭:"原子弹试验成功了吗?"

琵琶郭朝那边做了个鬼脸,说上午十点还要彩排,你快点。

"我先化一下妆。"金米洗了一下手，已经过来了，她探头看了一下化妆间，里边没人，"这真跟演戏一样。"

"推销产品可不就跟演戏一样。"琵琶郭说。

"找了个需要化妆的工作，真了不起。"小王师傅笑着对金米说。

"好在只化一次，要张照片就行。"琵琶郭说。

金米进了化妆间，里边镜子梳子什么都有，但金米还是用自己的梳子。

"我以为昨天你原子弹爆炸成功了呢。"小王师傅又小声对琵琶郭说。

"小心我晚上弹你个轮指。"琵琶郭说，张开手，握住，又张开，手指一个一个弹开，"就怕到时你受不了，我这手指不是一般手指。"

"去吧去吧，看你什么都说。"小王师傅对琵琶郭说。

琵琶郭去了化妆间。琵琶郭在剧团工作，找一点化妆油彩是小事。那一段剧团正在上演一个话剧叫作《非洲战鼓》，小郭给金米找好了黑人化妆的油彩。摄影室旁边的化妆室很小，只放了一张小桌子，桌子右手是个小窗子，可以从窗子里看到下边街上的人来人往。金米把那油彩用凡士林兑淡了，对着镜子慢慢往脸上涂，然后用粉定了妆，停停，再用刷子把脸上的粉扫干净。金米在里边化妆，琵琶郭时不时进去看一下。琵琶郭皮肤很黑，他把脸贴在金米脸上一起照镜子，说你这下可比我都黑了，一边说一边把手放在了金米身上，那手一放在金米身上马上就不老实了，开始游行，游到某个地方就停了下来。

"这是在照相馆，你干什么？"金米小声说。

琵琶郭的手不游行了，要钻探了，要往一个地方钻探，虽然他前不久已经钻探过了。

"你干什么？"金米又小声说。

"我看看什么地方可以试验原子弹。"琵琶郭笑着说。

"不行。"金米说。

"就找一下。"琵琶郭说。

"不行不行。"金米说。

"就找一下嘛，又不用别的什么，就用手。"琵琶郭说。

金米站起来了，被琵琶郭抱紧了。

琵琶郭抱着金米退退退，退到门上了，身子把门顶住了。

金米用力又挣开了琵琶郭："你别误了彩排。"

琵琶郭不闹了，从化妆间出来了，去和小王师傅说话。

金米化完妆，一下子就变成了半个黑人，不能不说，金米在化妆方面真有一下子，她化的那个妆啊，不但黑，而且还化出了青春痘。

"你都可以到电影制片厂去当化妆师了。"小王师傅说，这么看看金米，又那么看看金米，再在照相机取景器里看看金米，取景器里的金米是倒着的，头朝下，但不影响看。小王师傅把灯光布了又布，挪了又挪，后边又加了一个灯，布了好一阵灯光，最后满意了。他用那块外边是黑的里子是红的遮头布把自己遮了起来，把焦距调了又调——小王师傅的眼睛有点近视，但他又不戴眼镜。这时候琵琶郭把头也钻进来了，这样一来呢，他的脸就紧贴着小王师傅的脸，两个人忽然都不动了，那块大遮光布遮着他们两个。

"你们干什么呢，还不赶紧照？"金米坐在那里不耐烦了，灯很热。

"好了好了。"小王师傅把蒙头布撩开了。

"完了完了。"琵琶郭也不看了。

也不知道是遮光布捂的还是怎么的，小王师傅和琵琶郭的脸都红红的。

"准备照了啊。"小王师傅对金米说。

小王师傅让金米用舌头把嘴唇湿一湿。

金米用舌头把嘴唇湿了湿。

"要不我来吧，我给你湿。"琵琶郭又来了。

"去啊你去啊，你去给她湿湿。"小王师傅笑着说。

这时候哗啦哗啦上来人了，是一群军人，够三十多个人，是来拍合影照的。这时候是新兵入伍的季节，也是老兵复员的时候，照相馆挺忙的。金米的相也照完了。"明天上午过来取，我多给你洗几张。"小王师傅对金米说。小王师傅说完就去招呼那些军人去了，拉凳子，长条凳子，摆凳子，后边的高凳子，人要站三排，然后再把人按着个子大小调一下。"谁是首长？"小王师傅还要问一句，然后安排这里边最重要的那个人坐在最中间。有时候不用他问，早有人把应该坐在最中间的人请到了中间的那个位置。

第二天，金米和琵琶郭去照相馆取照片，照片已经洗了出来，小王师傅在暗室里给金米洗了许多，十张三寸布纹纸的，二十张四寸大光纸的。有了这些照片，金米的推销就好搞了。这个不用人教，金米知道怎么做，在往后的日子里，每到一处，金米就会把这张照片拿出来让人们看，这几张照片都放在金米的一个女式皮夹子里，里边还有一张琵琶郭用120胶卷拍的小照片，琵琶郭在照片里笑嘻嘻的。

金米去搞推销了，现在早上洗完脸她什么也不往脸上抹了，抹了也白抹，到了要推销产品的地方她不抹还不行。所以，她的女式皮夹子里还有一面小镜子，她对着那些人，也就是她的客户，一边照镜子一边抹。"我以前是这样的，见不得人的。"把脸抹好，金米真是容光焕发，然后她会把照片从女式皮夹子里取出来给那些人看，"看我那时多黑。"

金米把照片传给他们，人们看看照片再看看金米，看看金米再看看照片。

"好家伙，啧啧啧。"看的人会发出惊叹。

有人认出她来了，说："你不是二店的金米吗？"

"是啊。"金米说这些化妆品在二店卖得可好了。

然后，接下来的程序就是，金米马上会再去一个地方，去之前，她会找个地方把刚才涂在脸上的增白产品从脸上擦下去，然后，她就到了下一站，会再对着那些人把化妆品从口袋里掏出来，慢慢慢慢再往脸上涂。

金米说："我就是一直用这种，用了有半年了，你们看我现在，还黑吗？"

那些人正在看金米的照片，嘴里啧啧啧啧。

"脖子呢？"有人问，问脖子。

金米把头朝一边歪，给那人看脖子，说："没关系，脖子也抹点。"

"真白。"这人说了。

金米又朝另一边把头歪了一下，给那人看另一边。

"这东西简直是在改变世界。"金米不知道从什么地方学到的这句话，想一想，这是章厂长的话。

"白玉日化厂就是让石头变成白玉。"金米说，这也不是她的话，还是章厂长的话。

"我这句话是不是说得太好了。"章厂长很得意自己能说出一句这样的话。

"太有文化了。"金米说。

"你信不信，再过几年，世界上的人们不会知道咱们县城，但会知道白玉日化！"章厂长两眼看着金米，眼里满满是笑意，那笑意让人分不出是长辈的笑意还是同辈才会有的笑意。但是没过几年，这个章厂长忽然不见了，他和原配离了婚，卷了厂里一大笔钱，人不见了，不过这是后话，几年后的后话了。

"没有我，就没有白玉日化。"章厂长说。

"可不是。"金米说。

"可不是。"别人也说。

在这个小县城，要是说起白玉日化厂，就像是人们在大庆说油田，在大寨说庄稼，白玉日化厂原来主要是生产那种洗涤剂，家庭用的那种，当然这种产品用得更多的是大饭店，东西便宜又好用，所以产品销得很远，一直销到东北，一火车皮一火车皮地往那边拉。这种洗涤剂是大路货，白玉日化厂近几年的高级产品是增白洗衣粉，这种洗衣粉可以给衣服增白，白衬衣穿旧了，用这种洗衣粉洗一洗，你说怪不怪，就白了。所以人们特别喜欢这种洗衣粉，有时候市面上缺货，还得托人走后门去厂里买，厂里也是为了方便人们，在厂门口开了个销售点，所以经常可以看到人们提了各种大瓶子在那里排队。那时候，怎么说呢，好像是什么都可以零买。瓶子里的雪花膏用光了，可以拿着空瓶子去百货店买零的，卖化妆品的柜台那里就放着几个大广口瓶子，里边全是抹脸的雪花膏，粉的、淡绿的、白的、淡黄的，随你要哪一种。服务员会用一个两指宽的竹片儿指指那放雪花膏的广口瓶子，"这个吗？这个挺香。""这个吗，这个味道是上海最时兴的。"然后给你用竹片往你的小瓶子里一下一下抹，抹满了，还会把放雪花膏的瓶子在柜台上蹾几蹾，再用竹片往里边加一点，好了，然后过秤，几两几钱，然后算钱。卖酒，也是卖零，人们拿了空瓶子去，要一斤或半斤二两，或者是三斤四斤。酒都放在那种黑釉大缸里，缸上边是个红布头盖子，打开盖子就是一股子酒香，然后用提拔往上提，熟人来打酒，提拔快下快上，不停的，这样一来大家心里都清楚，提拔可以把酒带上来，一下子就带到酒瓶子里去了，要是生人来打酒，提拔下去，提上来的时候会停一停，提拔上就无法带酒了。有人拿一个碗去，就在柜台上要二两酒，再要几块豆腐干，就在柜台边把酒喝了。这样喝酒的人一般是给店里送货的蹬三轮车的那些人，二店的酒缸旁边总是有豆腐干和花生米，有时候还会有猪头肉。

"人家上海北京就没有这种事，百货店里居然可以喝酒。"于主任这话说过好几次了，他的意思好像是这么做不雅，百货店又不是酒馆。说虽这么说，但人们照样过来喝，拿一个碗，来二两，要两块豆腐干或一捧花生米就那么喝,喝完了走人。天大冷的时候,于主任有时候也会下来喝几口,他照样交钱,来二两,用他的搪瓷缸子,再要两块豆腐干,如果有猪头肉,当然就是猪头肉,而且肯定是猪拱嘴上的肉,整个猪头,最数那地方的肉好吃。

"这就是体验生活,天既然这么冷。"于主任说。

喝完了酒,于主任又会把那句话再说上一遍。

"人家北京就没有这种事,百货店里居然可以喝二两。"

于主任去过不少次北京,去参加射击大比武。他还给首长表演,在一个很暗的场地表演用手枪射烟头,每次都会获得热烈的掌声。

"就你这枪法,早就赶超了英美!"有一个首长还这么说。

既然首长都这么说了,县城的小报能不登吗?于主任把那张报纸装在一个镜框子里挂在他的办公室。熟人去了,都会装作刚刚看到这张报纸,而且,马上就会又说到打烟头的事。这是于主任的骄傲,这骄傲也许可以延续一百年!

小县城的日子其实变化不大,所以人们对新鲜事物特别能接受。白玉日化厂的增白系列一下子就吃香起来,先是那种增白洗衣粉,好家伙,盖了几年的旧被里被增白粉一洗一下子就像是新的了,穿旧了的白衬衫,用增白洗衣粉洗洗一下子又像是新的了,这一切简直就像是在变魔术。金米是最近才知道章厂长并不像她想的那么简单,只是个厂长而已,金米听白玉日化厂办公室的人对她讲,章厂长是老牌清华大学毕业生,专业学的就是化学。这简直是吓了金米一大跳,这么一来呢,章厂长在金米心里就有那么几分神秘了。这么说也许不对,不是几分神秘,而是特别神秘,再看到章厂长的时候,金米好像是看到了一个全新的人,章厂长在金米的眼里也像是一下子年轻了几岁,他说话也像是分外好听了,他走路的样子,包括他点烟的动作,也像是分外好看了。他把打火机拿过来,那是个铜壳子打火机,金黄金黄的,放手里甩几甩,大拇指往上一跷再轻轻往下一按,噗的一声，蓝色的火苗就冒了出来，章厂长不是把手里的打火机抬起来送到嘴边，而是，把脸凑过去，就像是很客气地对待别人给他点烟一样。这一切在金米看来真是有几分迷人。还有一次，金米去章厂长的办公室，正碰到章厂长在给自己用指甲刀剪指甲，章厂长剪指甲的样子居然也很好看，他把指甲碎屑都剪到办公桌上的一张报纸上，然后，再把报纸拿到外边去，金米从窗里看到章厂长居然把报纸拿到办公室门口的那个垃圾箱边去抖，金米想笑又不敢笑。她想不到章厂长会是这么一个可爱的男人。这样一来呢，金米在心里，就总是拿琵琶郭和章厂长比。怎么能比呢？金米听见心里一个声音在说，一个大学生，既发明了增白洗衣粉又发明了增白护肤品，另一个呢，现在是整天在剧团里弹琵琶。在这里，金米在心里用了"发明"这两个字。这就是金米不懂，对一个学化学的人来说，搞点增白的小玩意儿简直是太小菜了。但在一般人的眼里，起码是在金米的眼里，这简直就是一场革命，现在是这样的，几乎是家家户户都在用章厂长发明的增白洗衣粉，凡是白的东西恨不得都拿来白那么一白。这简直就是一场革命。更让金米觉得神奇的是她现在在推销的增白化妆品，简直是神了，往脸上抹抹，怎么说呢，皮肤就真的白了，也更细腻了。

金米现在没事就去照镜子，发现自己真是比以前更好看了。

"还真顶用，你以前就够白了，现在更白了。"连琵琶郭那天也对金米这么说，他把一个手指轻轻放在金米的脸上，先是食指，然后是中指，然后是五个指头，然后是十个指头，金米的脸被琵琶郭捧在手里了，琵琶郭的嘴压在金米的嘴上了，琵琶郭的舌头在金米的嘴里了，这是一种多么好玩的游戏，两个人的舌头恨不能打个结。两个人越抱越紧，琵琶郭在金米的耳边说："就是不知道你身上的皮肤会不会有脸上的这么白？"

"突突突。"琵琶郭说，把舌头就硬成一根棍，在金米的嘴里搅动。

金米的心怦怦乱跳，她不知道自己是想让琵琶郭继续做下去还是马上停手。

"你身上有多白？"琵琶郭说哪天真给我看看。

金米的心又怦怦怦怦乱跳起来。

但金米现在对琵琶郭的这种话不那么感兴趣了，因为她刚刚从北京回来，是去搞推销，见过世面了。

"你就不会说点新鲜的？"金米对琵琶郭说。

琵琶郭一下子愣在那里，他不知道金米想让自己说什么新鲜的。

"北京人都很迷我们厂的增白产品。"金米现在是一口一个"我们厂"。

"怎么说？"琵琶郭说。

"连王府井大街的百货公司都要卖我们的产品了。"金米说到这个就很开心。

"那当然好。"琵琶郭说。

金米还想告诉琵琶郭什么，但她忍住了，因为章厂长对她说这件事先不要对外讲，无论什么事情在没办成之前都不要乱讲。金米记住了章厂长的这句话，其实那算句什么话，也就是章厂长在火车上坐着的时候对她说："下一步，日化厂最好不要叫日化厂，要改叫日化研究院。"这事章厂长想了好久了，要成立一个日化研究院。章厂长为自己这个想法激动着，可以说激动好久了，这话他没对别人说，但他对金米说了，那天他喝了一点酒，天特别冷，下了点雪，这样的天气人们都喜欢喝那么一点。金米在他的眼里是特别可爱，但一个人光可爱不行，金米还特别可信。章厂长看人还是可以的，关于成立研究院这件事，金米忍住了，就是没有对琵琶郭说。

金米是个容易激动容易动感情的人，章厂长在她的眼里现在简直就是个神，这简直差点就害了她。在去北京的火车上，她和章厂长坐面对面，也是一时激动，或者是她神智出了什么问题，她突然对章厂长说："你怎么不小几岁，你怎么要比我大？"说完这句话，章厂长像是愣了愣，然后就站起身去了车厢另一边。这让金米心里好一阵打鼓,心里是七上八下,坐不住了,不知道接下去该找个地方下车还是怎么办。当时是没有镜子,要是有镜子的话金米肯定可以看到自己的脸是青一阵红一阵。过了好一会儿,章厂长又从车厢另一头过来了,笑眯眯的,手里拿了两个杯子,是两杯咖啡。原来章厂长是去餐车那边买了两杯咖啡。

"吓死我了,我以为我说错了什么。"金米对章厂长说。

"什么错不错。"章厂长说你说什么我都喜欢听。

金米这下更勇敢了,金米接过咖啡,先说了一句真好喝,喝一口,又喝一口,金米才把要说的话又说了一句。

金米说:"章厂长,你要是比现在小十岁就好了。"

"我现在也这么想呢。"章厂长也笑着说。

"咱们想到一块儿了。"金米的胆子是太大了。

章厂长笑了,也不看金米,只看着车窗外一闪一闪远去的树、房屋、田地,还有几头牛,花奶牛,那些从车窗外闪过去的牛像是在飞,一下子就飞走了。

"人要是想让自己多大就多大就好了。"金米说。

章厂长笑出了声:"再小十岁嘛,那个……"

章厂长用两只手捂住了脸,笑,下边的话没有说出来。

金米没让章厂长接着往下说,她也没问,她站了起来,把两个空杯子拿在了手里。金米又去要了两杯咖啡,慢慢慢慢走了回来,杯里的咖啡早晃出了一半儿。

"我去嘛。"章厂长说。

"还是我去吧。"金米说。

金米把咖啡递到章厂长的手里,又说了一句:"我恨不得你是我的小弟弟。"

"我也想比你小,可我不小。"章厂长笑着说。

金米从北京回来了,人也像是一下子变了,首先是看什么都有那么点不顺眼了,做什么也都像是有那么点没意思了。这种感觉一共持续了好几天,一直到北京那边把订单发了过来。北京王府井百货公司的订单,这可不是开玩笑。

章厂长对日化厂的人说:"这可全凭了金米的那张脸。"

紧接着,章厂长又马上安排了一下,要金米去上海。这一次,是那边有一个订货会,章厂长也一起去。

"你没去过上海吧?"章厂长问金米。

金米当然没去过,但她却说小时候去过,随母亲去,去看外婆。

金米的心怦怦跳,她哪有什么外婆,她只在照片上看到过那个老太婆。

"你没住过金门饭店吧?"章厂长又说,说那个金门饭店是上海很老的饭店,饭店后边有一家饭馆上海本帮菜做得最最好。"门面不大,但菜做得非常非常好,葱油面真好,好吃,一点汤都没有。"

"你回去准备准备。"章厂长对金米说。

"没什么准备的。"金米说。

"穿得好看点儿,我喜欢你穿得好看。"章厂长说,"我就喜欢和你一起出差,和你一起出差我就觉得我自己一下子又小了十多岁。"金米的话用到这里了。

金米捂着嘴笑起来,心里有几分甜蜜。

章厂长也笑,吸一口烟,憋好一会儿,突然大笑起来,烟也被喷出来了。

金米要去上海了,这让她既兴奋又慌乱,她慌乱不是为了别的,是为了穿什么衣服才好,她把几乎所有的衣服都翻了出来,在床上堆了一大堆,但好像是,哪一件都不合适。那可是上海啊,那可是上海啊,那可是上海啊。金米听见一个声音在心里不停地说。这个晚上,金米就不停地把衣服穿了脱脱了穿，对着镜子照过来照过去。是，没一件衣服对，是，没一双鞋子对。后来她困了，又换了件上海小碎花布做的上衣，人却忽然靠在床上的衣服堆上睡着了。对面不知道谁家在拉二胡，声音是过来一下再过去一下，过来一下再过去一下，像是很不真实，而这种声音实实在在是催眠的，金米睡着了。齐秀珍此刻正在邻居家看电视，那时候电视还不普及，是黑白电视，一吃过饭，邻居就会招呼齐秀珍过去看电视，就好像是请客，关系好的邻居都会过去看。电视屏幕不大，一闪一闪，演的是《射雕英雄传》。齐秀珍是顶顶喜欢里边的演员黄日华，他一出来，齐秀珍的两眼就是亮的。齐秀珍连连说的一句话是"黄蓉不配他，黄蓉不配他"。说这话时，齐秀珍心里有万分的感慨。她想起了金米的父亲，那个王八蛋负心郎，抛下她和金米一走了之。

"王八蛋！王八蛋！"齐秀珍一边看嘴里一边小声骂。

齐秀珍看完电视回来已经很晚了，她目光闪闪，激动着。

金米在床上一大堆的衣服上睡着了，手脚摊成个大字。

齐秀珍把金米推推醒："你要开估衣铺吗？"

"我要去上海，你让我穿什么？"

金米已经睡了一阵，此刻一下子又来了精神，又开始翻衣服。这次是翻齐秀珍的衣服，翻出一件米色派立斯料子的，对着镜子穿上，颜色不错，金米又把自己的小包拿过来，衣服颜色居然跟小包很配。金米又拉开包，想把里边的一个胸针找出来戴一下试试，那胸针是琵琶郭送的，是一只粉钻石做的小鸟，亮晶晶很好看。

琵琶郭还对金米说："先送你一只小小鸟，然后再给你一只大大鸟。"

金米找包里的胸针，包里却一下子掉出来不少用过的卫生纸，一团一团，都掉在了地上。

齐秀珍瞪大了眼睛，看着地上的卫生纸，卫生纸都用过了，一团一团的。

"怎么回事？"齐秀珍几乎是吓了一跳，想到什么上边去了。

"这东西还放在包里？"齐秀珍又说。

金米用右手手指点着左手，开始数数儿："一二三四五六七八九。"

"你好意思啊。"齐秀珍要发火了。

"我今天在脸上抹了九次增白乳，抹了擦抹了擦。"金米说。

齐秀珍忽然松了口气，心里马上明白了。

金米又对她妈说："当这个推销员让人烦死。"

"抹一次擦一次。"金米说

"抹一次擦一次。"金米说。

"抹一次擦一次。"金米说。

"抹一次擦一次。"金米说。

"抹一次擦一次。"金米说。

"我说了几次了？"金米都想不起来自己说了几次了。

"抹了九次。"齐秀珍说，"这算什么，又不累，就是浪费卫生纸，你也不应该把这种纸放在包里边啊，一个女孩子，包里都是用过的卫生纸，像什么话。"

"那也不能到处扔啊。"金米说。

"是别扔，还能当手纸用。"齐秀珍说。

齐秀珍去扫地了，把地上的纸团扫到墙角，然后把纸团放在凳子上一张一张抹抹平，"还能当手纸呢。"弄完纸，齐秀珍又把那把壶提了过来。

金米已经习惯她妈这样了，也不说什么，对着镜子把胸针放在胸口看来看去。

"唉，黄蓉就不应该找郭靖，迟早会被郭靖害死的。"

齐秀珍突然说了这么一句，人整个还在那个电视剧里。

金米还在照镜子，她准备睡了，她洗了一下，在镜子里看自己的脸，金米发现自己的皮肤真的是更白了，又细腻又白。她转过身，对她妈说："再这么下去我也许就会变成白种人了。"

"白点好，南方人都白，白了显年轻。"齐秀珍说。

"真要谢谢于主任，"金米说，"不是他，我还得不到这份好差事。"

"谢他做什么。"齐秀珍说，"这是他应该做的。"

"要不是这份工作我能去北京上海吗？"金米说，这倒是实话。

齐秀珍在擦那把壶了，她吃完饭的时候先在壶上涂了一层去污粉，然后去看的电视，这会儿壶上的去污粉估计已经起作用了，齐秀珍把壶拿到灯下擦，使劲擦，她忽然心里很气闷，壶很快被擦好了，亮闪闪的，她把它放在水龙头下冲了冲。

"唉，女人就得找个好男人，要是找不到好男人就跟死差不多。"齐秀珍说。

金米知道母亲接下来要说什么了，金米从小到大几乎都没见过父亲。

"这回章厂长也一起去。"金米对母亲说。

"北京他不是也去了吗？这有什么新鲜？"齐秀珍停下手，看着金米。

"想不到增白产品都是他一手发明的。"金米说。

"经常跟领导在一起没错。"齐秀珍说。

金米就又说起章厂长在火车上给她买咖啡的事。

"要多个心眼，别太相信男人。"齐秀珍说。

"整天出差也不好。"金米不知道要说什么了，是没话找话。

"多出去走走好，省得整天噼哩啪、噼哩啪。"齐秀珍又来了。

金米不说话了，钻进了被窝，把被子一下子拉到下巴上。

"听说'噼哩啪、噼哩啪'的妈整天抽烟？"齐秀珍又说。

"你管这么多干什么，你想给她买条烟是不是？"金米把身子朝里侧了一下。

"跟你说，你还小，男人有两种……"齐秀珍又来了。

"一种是真铁真钢,一种是垃圾。"金米替她妈把这话讲出来了。

"你知道就好。"齐秀珍自己也忍不住笑了起来。

齐秀珍不再说什么,她睡觉前也有洗脸的习惯,她把脸洗过,也坐在了那里,对着镜子把金米给她的增白乳一点一点往脸上抹,她不多抹,只抹一点点。抹完脸,她去洗脚,洗脚盆里只放一点点水,连脚面都没不了,齐秀珍就是这样,也太节约了。

"我真看不上你这样,倒那么点点热水来洗脚。"金米在床上说。

"十分就是一毛,十毛就是一块,钱都是一分一分攒起来的!"齐秀珍说。

"我迟早要把你一辈子挣的钱一天就挣回来。"金米说。

3

金米有点怯场,到了上海,觉得自己有点不适应。

在别处,金米是随随便便给人们示范,想不到到了上海就不一样了,这边是一下子来了几乎一个会场的人。章厂长当然是见过世面,事先早安排好了,先把产品,就是增白系列给到会的人每人发了一套,是一套三瓶,这真够大方的,其实许多人也就是冲这个才来的,大家你传我我传你,所以一下子来了那么多人。领完礼品大家就座,然后金米才上到台上做示范,这次来上海,章厂长的准备做得特别充分,他让厂办的人跟金米要了照片底版去照相馆洗了许多照片,发产品的时候金米的那张照片也发给了大家,会场的人是一边看手里的照片一边看台上的金米,会场上是一片惊叹声。那时候的人们是多么地纯朴,谁都不会相信眼前的这个皮肤白嫩的美人儿和照片上的美人儿不一样是做了手脚,那时候的人是什么都相信,这和现在正相反,现在的人是什么也不相信。金米站在台上一边说自己使用增白产品的感受一边往脸上慢慢涂增白乳。上海人毕竟是上海人，他们看得更仔细一些，他们过来把金米的脸细细看了又看。有的人还把金米的手拉起来看，金米的皮肤真是争气，不但白，而且好像是要从里边放出光来。但又不那么亮，如果是抹了别的什么化妆品，人的一张脸油乎乎的会像一颗油鸡蛋。

"我以前可不是这样，我以前的皮肤是又黑又粗糙。"金米对那些人说。

"你大概用了多长时间就变成这样了？"有人问，是个男的，年轻人，这人长得可真像是理发馆的小马。

"半年多了。"金米说，看着这个像小马的人，"早上抹一次晚上睡觉前抹一次。"

"有没有什么反应？"这个"小马"又问。

"没有啊。"金米说增白系列的化妆品里边有专门营养皮肤的维生素E。

"维生素E？""小马"又问。

"对，维生素E。"金米想笑了。

"不是维生素C吗？""小马"还问。

"也有。"金米笑着说，这个人怎么那么像小马啊。

因为金米的形象和她的皮肤，白玉日化厂的产品推销几乎是每次都很成功。再加上日化厂和那些百货公司都是老关系，订货的自然不会少。这次来上海，章厂长对金米说了，有两个内容，一是推销宣传，二是产品要重新包装一下。所以上午是金米在台上做示范，下午是上海的一家玻璃制品厂要来人谈增白系列产品的重新包装问题。中午饭是上海百货公司这边请，去席家花园。晚饭是上海玻璃制品厂这边安排。金米和章厂长住的宾馆是早订下来的，就是章厂长说过的那家金门大饭店。章厂长一间，金米一间。金门大饭店好气派，里边光线不是多么亮但处处显得金碧辉煌，总台上一左一右有两个大理石花瓶，里边是粉色的百合花，真香。

金米看看那瓶里的粉百合，低头再看看自己胸前别的那只粉色小鸟胸针。

金米这次来上海，衣服穿得是极其成功，居然是，怎么说呢，是章厂长给她的意见，要她上衣穿那件水红的薄玻璃绸上衣，这件衣服是在北京买的，买这件衣服的时候章厂长就在旁边，章厂长在这方面特别有耐心，一直陪着金米，给她出主意，看她试衣服。一开始，金米是没看准这件水红色的玻璃绸上衣，想不到穿在身上真是好看极了，水红颜色特别娇气，正好能把金米的皮肤给衬托一下，下边的裤子呢，章厂长建议金米穿那条黑色的细纹的确良窄腿裤，黑颜色这种颜色其实是最好的颜色，最好搭配衣服，把水红色的上衣衬托得更加好看。如果上身是一件橘黄色的衣服呢，也照样会衬托得很好，如果上身是苹果绿的呢，黑裤子照样会把苹果绿衬托得很好。这条黑细纹的确良裤子，也是金米在章厂长的陪同下在北京买的。现在是，金米总是在心里拿琵琶郭来和章厂长比，这么一比呢，琵琶郭就被章厂长比下去了。现在是，章厂长什么都好。金米穿了这一身衣服自己照照大镜子，简直是自己也不敢相信自己会有这么漂亮。女人是什么呢，女人其实就是衣服动物，女人的勇气和自信往往是衣服给的，衣服穿对了，人的自信就有了，起码金米是这样，自信的后边紧跟着的是什么？就是勇气。金米是在进会场前跑到洗手间照了一下镜子，她发现洗手间那边有大镜子，金米的自信就是在那一刹那给大镜子照出来的，虽然刚刚上台的时候还有点慌。

金米对着大镜子这么照照那么照照，把身子转过来，再照照。

"慌什么慌？"金米坐在台上了，听见自己在心里对自己说，她看了一眼下边，把化妆品从包里慢慢取了出来，那一刹那她心里已经不慌了，她从包里又取出那面小镜子，开始一边说一边往脸上涂增白乳。人总是这样子的，那就是，一个漂亮的人，她做什么都漂亮。一个漂亮的人一旦和化妆品扯到一起，人们怎么会不相信那化妆品呢？在那个年代，增白真是每一个女人的梦，不但是女人的梦，许多男人也在偷偷做这个梦。他们也希望自己能够变得白白净净。

"真有那么玄吗？"那天琵琶郭对金米说他不妨也试试。

"什么玄不玄，你不会看我的脸？"金米对琵琶郭说。

让金米想不到的是，琵琶郭真要试一下增白乳。

"我的皮肤从小就黑，我试试好不好？"琵琶郭对金米说。

"好啊。"金米说，把一瓶增白乳给了琵琶郭，反正那也不用花她的钱。

"不过男人生来就要比女人黑。"琵琶郭说他会认真试一下，从此变白也是好事，不变白呢，还是原来的他，又不会损失什么。

"抹完好好揉一揉。"金米对琵琶郭说。

"那恐怕就要揉出毛病了。"琵琶郭又坏笑起来，金米就知道他接下来又要说什么了，那几天，琵琶郭一开口就要把话往那边引。

金米在台上往脸上抹增白乳的时候发现下边有人也在打开他们赠送的增白乳往脸上抹，而且不止一个，人这种动物最喜欢的就是模仿。

"抹完好好揉一揉。"金米对下边的人说，说这样会增强增白的效果。

上午的活动也就这些，到了下午，活动其实安排得更简单，就是看样品，三组一套的玻璃瓶样品一共摆了七八种在那里，让章厂长和金米过目。那些玻璃样品都是按照化妆品规格设计的，为了好看，玻璃外面都起了棱角，这样一来呢，就有了水晶折光的效果，就显得珠光宝气。这样的设计是既新颖又好看，让谁都没话说。而金米却有了她的意见，在大家都没有意见和看法的情况下，金米的意见就显得她是个有脑子的人。

金米说："这三种款的瓶口是不是都太小了？"

玻璃制品厂那边的人看看章厂长，然后才又问金米："请问什么意思？"

章厂长也不知道金米是什么意思，看着金米。

金米拿起一个瓶子，又拿起一个瓶子，说："应该有那种广口的才好，不要三种都是这么小的口。"金米又说："那种广口的瓶子其实才最实用，人们用完了里边的化妆品还可以拿上瓶子去百货公司打零。"金米就说起那种曾经在市面上特别流行的葡萄瓶，她这么一说人们就马上想起了那种放化妆品的瓶子，圆圆的一堆葡萄，有盖子，拧上盖子后这个瓶子是要倒扣着放在那里，瓶子上就是一粒一粒的葡萄，看上去就像是一件工艺品，瓶口又很大，既好往出取化妆品又好拿着它去百货公司打零。

"好的好的，这个主意好。"章厂长马上拍拍手，"瓶子也是工人们的劳动果实，用完一个扔一个也怪可惜的。"

"可以打零最好，怎么没想到这一点呢？"玻璃制品厂那边的人说，茅塞顿开的样子。

事情就这么定了下来，日化厂定制的瓶子两种是小口的，一种是广口的，玻璃颜色选了那种粉紫色，如果是白色和无色的瓶子倒显不出增白产品的那种细腻白洁。订完货，大家去吃饭，原说去静安寺那边，章厂长说就到附近吧，金门大饭店后边有一家小店很好，我来请大家。这就是章厂长的客气话，怎么会让他请呢？这顿饭一直吃到晚上十点多，金米喝了一点酒，章厂长喝得更多一点，但思路清晰，说话一点都不乱。

玻璃制品厂的人把章厂长和金米一直送回宾馆。

"好了好了，大家都累了，都回去歇着吧，早点睡。"章厂长对那些人说。

上海人个个聪明透顶，把人送到饭店门口后，他们就告辞了。

有一点点雨飘下来，像是有，又像是没有。

章厂长和金米是先各自回了一下自己的房间，没过多一会儿，章厂长过来敲金米的房门。

"睡不着，喝一会儿茶再说。"章厂长在门外对金米说。

金米心怦怦跳，她把门打开，请章厂长进来，然后把屋里的灯也都打开。金门大饭店因为是近百年的老饭店，房间的格局都要小那么一点，但设计得真是精致高级，写字台是有的，老橡木的，上边有雕花，化妆台也有的，上边也有雕花。衣橱在靠窗子那边，打开，可以把衣服挂进去，关上，衣橱门和墙壁是一个平面，只不过衣橱门上也有古典风格的橡木雕花，让人知道那是衣橱，靠着衣橱旁边凹进去的那一块是放行李箱的地方，里边有很考究的衣服架子，可以把西服款款搭在上边，不是挂，是搭。窗子在南边，小而窄，但光线足够。窗下是一个茶几两只沙发，沙发后边是一个地灯。写字台那边又是一个绿玻璃壳子台灯，整个屋子里，灯光是这边一簇那边一簇，显得特别玲珑。床是那种老式的，床头上各有一个橡木雕的大花球，橡树子形状的那种，结实硕大好看，特别地有洋味，又特别地让人想入非非，让人想到男人的勃起物，总之有人是这样解释的，不这么解释你还不觉得什么，一有人这么解释，你就不会再想别的，所以说老洋房老宾馆处处都有某种暗示，你可以接受也可以不接受，但你不能不想。

章厂长抬起手，用手摸摸床头柱子上的橡树子大花球，说："这个花球是有故事的。"

金米问："有什么故事？"

章厂长又不说了，笑着，"待会儿再讲给你。"

金米说："现在就讲嘛，我要你现在讲。"

"刚分手我就又来了。"章厂长像是有点晃，转过身，在靠衣橱的那张沙发上坐下来。

"我以为你还要出去跟他们看夜景。"金米也坐下来，坐在靠这边的床上。

"咱们说话，比看什么夜景都好。"章厂长说。

"好的，好。"金米能感觉出自己的声音在抖，起码是有那么一点抖。

章厂长看着金米，两眼里满满都是笑意。

"再说外面下雨呢。"章厂长说。

"对,下雨呢。"金米说。

"我先抽支烟吧。"章厂长说,他把那个亮闪闪的铜壳子打火机从衣服口袋里取出来,金米看着章厂长,看他把打火机放手里甩了几甩,大拇指往上一跷再轻轻往下一按,噗的一声蓝色的火苗就冒了出来,章厂长把脸凑过去,就像是很客气地对待别人给他点烟一样。这一切在金米看来真是很好看。

"灯不要这么亮,关一个吧。"章厂长抽着烟,像是随口说。

金米想了想,把自己这边的灯关了,屋子里就暗了下来,金米心里又开始怦怦跳,她知道要发生的一定会发生了,这么一想呢,金米觉得自己浑身软到了没一点力气,好像被施了魔法。在金米的眼里,章厂长是有魔法的男人,面对琵琶郭她可以拒绝,但面对章厂长这样的男人,金米明白自己是碰到了天敌,是连一点挣扎都不会有,是连一点反抗都不会有。金米看着坐在那里的章厂长,因为她这边的灯已经关了,所以只有章厂长那边亮着,章厂长就坐在那一束亮光里,这真好像是一种陈列艺术,在这样的灯光下,章厂长显得特别有看头,那张脸是有棱有角,嘴唇的线条特别有味道。他吸一口烟,脸就会随着朦胧一下,当烟散开,章厂长那张脸便会渐次清晰。金米此刻像是已被施了魔法,她的两只眼一眨不眨地盯着章厂长,这倒让章厂长有点不好意思。

"我有点害羞了。"章厂长毕竟是老手,来了这么一句。

"害羞什么?"金米其实是被章厂长引导着。

"我真有点害羞了。"章厂长笑了一下,又说了一句。

金米不知道该说什么了,她在心里想自己该说什么,但嘴上的话已经说了出来。

"那你就不要害羞。"金米说。

"好的,我争取让自己别害羞。"章厂长说,他已经抽完了一支烟,他把烟头拧了，轻轻放在茶几上的玻璃烟灰缸里。做这些动作的时候章厂长的两眼一直看着金米。

金米坐在那里一动不动，其实她已经不会动了，浑身已经没了一点点知觉，好像是，她不知道自己的身子在哪里，又好像是一场梦魇，心里明明白白，但身子却一点都不听使唤。金米还是处女，此刻她忽然觉得自己很想要，章厂长在她的心目中是太不一般了。

金米看着那一束灯光里的章厂长，章厂长看着暗中的金米。

"关了这个灯我就可以让自己不害羞了。"章厂长来了这么一句，这一句真是精彩华章，虽然只是一句，但这一句真正顶一万句，戏要开幕了。

窗帘，在金米进来的时候已经拉严了，外面的光不会打进来。

"我真要关了啊。"章厂长又说了一句，像是在征求金米的意见。

金米看着章厂长把身子往旁边探过来探过去，他找着开关了，在把开关关掉的那一瞬间，章厂长又看了一眼金米，金米还是一动不动地坐在那里，这让章厂长觉得有点奇怪，奇怪金米一直一动不动，但他根本就不会知道金米是动不了，是被他施了魔法。

"我关了啊。"章厂长又说。

"你关嘛，你关嘛。"金米说，声音是细若游丝，虽然是说话，虽然只是几个字，但她使不上劲了，说话原来也是要使劲的。金米软到没一点点劲了。此刻的金米就像是一座香艳的城池，等待着章厂长的长驱直入。

"关了灯我就不害羞了。"章厂长又来了一句，其实他能感觉到自己的身体已经势不可当，男人的身体里原是有洪水猛兽的，到了一定时候谁都管不住它们。章厂长把灯关掉了，啪的一声，很微弱。屋子里马上黑到伸手不见五指。这种黑，是什么也看不到，章厂长在黑暗中站了起来，他开始迫不及待地脱他的衣服。手有点抖，脚也有点抖，是手忙脚乱的那个意思，屋子里实在是太黑了，章厂长想，是不是待会应该把卫生间的灯开一下，把卫生间的灯开了，然后再把门掩一下，让灯光出来一点，既不那么亮又什么都能看到。

灯被关掉后，金米忽然觉得魔法一下子就消失了，她马上坐了起来，她知道自己想了好久的那个就要来了，这让她又激动又有那么点害怕，是说不出的那种害怕。但她又不知道自己接下去应该做什么，脱还是不脱？还是等章厂长过来给她脱，因为屋子里一片漆黑，金米刚才从身体里飞出去的三魂七魄现在又各归各位飞了回来。金米明白自己应该做什么，明白自己应该把前期工作做好，她开始慢慢慢慢解自己的上衣扣子，解一个，停一停，解一个，停一停。而章厂长那边却忽然一下子没了一点点声音，窸窸窣窣的声音突然消失了，声音忽然又响起来，却变成了踢踏踢踏，章厂长的脚步声分明不是冲着她这边过来，因为屋子里黑得什么也看不到，可以听得出章厂长是跌跌撞撞的，屋子里实在是太黑了。门忽然被打开了，外边走廊里的灯光一下子照了进来。

"你歇着吧，你歇着吧。"这是章厂长的话，然后是人一闪。

章厂长已经一步迈了出去，走廊里一阵脚步声，章厂长回自己的房间去了。

发生了什么，发生了什么？金米愣在那里。刚才，她身上的每一个细胞都在焕发着活力，都在呼喊尖叫，现在，突然一下子，一下子都停了下来，这让她有点受不了，她不明白，怎么回事？金米在想，是不是刚才自己应该冲上去，是不是自己错了。

金米没开灯，整个人木在那里，是一段木头。

金米就那么一直坐着，她甚至想，自己此刻是不是应该去敲章厂长的门。

"怎么回事？"金米问自己。

"怎么回事？"金米问自己。

"怎么回事？"金米问自己。

一直到天快亮，金米才坐起来去喝了一点水，她轻轻站起来，轻轻走过去，让自己轻轻坐在章厂长坐过的那张沙发上，她摸到了烟灰缸里的那个烟头，她先是把烟头放在鼻子边闻，后来她便把烟头放在了嘴里，就那么含着。烟头可以放在嘴里吗？章厂长抽过的烟头此刻就是金米的糖果，被金米含在嘴里。

金米此刻的嘴里全都是烟的味道，全都是章厂长这个大男人的味道。

"怎么回事？"金米问自己。

"怎么回事？"金米问自己。

"怎么回事？"金米问自己。

金米摸进了卫生间，没开灯，就那么坐在马桶上。

章厂长是被吓坏了，他可真是被吓坏了，他跌跌撞撞回到了自己的房间，胸口那地方紧得厉害，心也跳得是那么厉害。他问自己，是不是真喝多了？他问自己，刚才自己看到了什么？金米的屋子那么黑，是漆黑，他确信自己看到了金米的屋子里突然浮动着一张绿色的脸。章厂长从小是在山村里长大的，山村里有许多鬼怪的传说或者是干脆有许多鬼怪在那里跟人们一起生活着，章厂长是相信这些的。章厂长知道金门大酒店是百年老店，每间屋子都不知道曾经住过多少死鬼。在章厂长脱衣服的那一刹那，怎么说呢，他可真是要被吓死了，他看到金米坐的那地方突然有一张绿色的脸浮着，眼睛的地方是两个黑洞。这可把章厂长吓坏了。

章厂长回到了自己的房间，他惊魂甫定，他捂着胸口。

章厂长不信佛，但他在念"阿弥陀佛，阿弥陀佛"。

章厂长把屋子里的所有灯都打开了，他检查了一下卫生间，又检查了一下壁橱和床两边，一边检查一边在嘴里不停地念："阿弥陀佛，阿弥陀佛。"

章厂长躺在被子里，"阿弥陀佛，阿弥陀佛。"

章厂长坐了起来，"阿弥陀佛，阿弥陀佛。"

早上起来，怎么说呢，其实章厂长一直就没有睡，只不过是，脱了衣服钻到了被窝里，屋子里的灯大亮着，然后再穿了衣服从被窝里爬出来，外面，天已亮了。章厂长一直在想：金米在那边会不会有什么事？金米在那边会不会有什么事？这可真是老宾馆住不得！昨晚他和金米说好了的，一早要去后边的饭店吃早餐，一早就要吃上海的葱油面，他太喜欢上海的葱油面了，还要每人再加一颗茶叶蛋。但章厂长现在哪里会有胃口？他放水给自己洗了一个澡，水很热，他喜欢洗热水澡，他的身体被烫红了，洗澡的时候，章厂长的心里其实还是在想着金米。那间屋子，那个东西，怕死人了，那个东西和金米待在一个屋子里金米会不会有事？章厂长把那个浮在那里的绿脸叫那个东西。此刻天还没有大亮，上海却已经醒过来了，如果城市也会睡觉的话，上海这个城市的觉可真是睡得太少了，只睡一会儿，只一会儿，所以上海虽然看上去欣欣向荣，但骨子里却是特别疲惫，市声，上海的市声早早响了起来，有人走，车在响，有人说话，什么地方的卷闸门哗啦啦啦一路响到底，闷闷之中的那一种清亮，肯定是哪家小店要出早点了，油条呢还是豆浆呢？面条呢还是小笼包子或者是那种冒着热气的茶叶蛋呢？这些声音一一传进章厂长的耳朵里，他的心里却在想着金米。

"阿弥陀佛，阿弥陀佛。"章厂长在心里不停地念阿弥陀佛。

穿好衣服，章厂长去敲金米的门了，轻轻两下，里边马上就有了声音。

"你醒来了？"章厂长在外面低低问了一声，他很怕自己说的话被别人听到，其实这真正是多虑，在宾馆，是不分白天黑夜的，虽然服务员看不到你在做什么，但他们可以从你的一个眼神里就知道你在做什么或者是已经做了什么。一个男人和一个女人还能做什么呢？他们对这个是太不感兴趣了，没什么意思。

金米在里边答应了一声，好像是，走过来了。

"你没事吧？你快开开门！"章厂长在外边说。

门从里边打开了，屋子里是亮的，金米已经把窗帘拉开了。

章厂长不管那么多，他一步跨进去，随手就把门关了，因为此刻是太早了，这么早，让人看到实在是不好，而实际上，谁看呢？没人认识他们，也没人会注意他们。章厂长进到金米的房间里了，他朝金米的床那边看了一眼，那边什么也没有。有的只是床单、被子，金米脱下来的衣服，还有，一本书，还有，一个小圆镜子。

让章厂长想不到的是，金米已经一下子扑到了自己的怀里。

"没事吧？"章厂长听见自己说。

"我以为你喝多了。"这是金米的话。

"我是喝多了。"章厂长说。

"现在没事了吧？"金米说。

"你没事就好。"章厂长说，又朝床那边看了一眼，那边什么也没有。

金米在章厂长的怀里，是烟味，还有别的什么味。她一夜没睡，此刻章厂长又来了，但她不知道下一步该怎么办，她毕竟还是个姑娘，她还没有经历过。她忽然觉得自己有些委屈，有些想哭，她忽然想让章厂长马上进到自己的身体里来，把自己的身子胀得满满的，让自己不要再空空落落。

金米把章厂长抱紧了，章厂长又把金米的房间环视了一下，屋子里明明亮亮，他的眼睛一亮，是那件水红的衣服，搭在床头。

"你没看到什么吗？"章厂长问了一声金米，但他没有多说，他怕把金米吓着。

金米把章厂长越抱越紧，两个人就那么紧紧抱在一起挪到了床边，是在走，又不像是在走，好像是，演员在舞台上练习新舞步，然后，两个人同时倒在床上。

"来吧。"章厂长说。

"来吧。"金米说。

章厂长让自己进入了金米,他迫不及待但小心翼翼,他马上就知道了金米还是个处女,所以他更加小心,那是很慢的,像是一辆车在出车库,从车库出来的时候很慢很慢,怕碰着什么,一旦出了库,马上飞快起来。金米叫了一声,又叫一声,不知道她是疼还是怎么。金米又叫了一声,章厂长停了一下,但他没看金米,他只用他的一只手捂在金米的嘴上,但马上把手又轻轻挪了一下,金米张了一下嘴,章厂长的一个手指已经被金米含在了嘴里。章厂长马上又大动了起来。在那一刹那,章厂长分明觉得自己很年轻,分明觉得自己才二十多。第一次很快,像是试车,只开了一截短程,试车是不能开太远的,马上就结束了。紧接着章厂长又来了一次,这一次才是正式开车行驶。两个人有了刚才的经验,默契了一些。这一次,用行车来做比可以说是不对了,而更像是两个人在一起唱歌,说唱歌也不对,更应该说是两个人在一起合奏一支曲子。金米的声音,就说她的声音吧,太像是小提琴,而且加了弱音器,而章厂长的声音,却是浑厚的大提琴,一声一声,下足了力气,一拉一个满弓,一拉一个满弓,嗡嗡然。就这样,在这家金门大饭店里,金米的小提琴和章厂长的大提琴合奏着,窗外边的上海大亮了起来,多么好的阳光,是真正的真金白银,满地的真金白银。

演奏终是要有结束的时候,他们两个都不再响了,演奏的最后几个音符是章厂长从喉部发出的无法遏止的唔唔唔唔声,然后他一翻身从金米身上下来,人马上就睡着了。他一夜没睡,太累了,是,一从金米身上下来就马上睡着了。

睡不着的是金米,她坐起来,看着章厂长。

金米慢慢慢慢伸出手轻轻轻轻地摸章厂长。

躺在那里的章厂长是一个巨大的婴儿,肌肉婴儿。

"你已经不是了,你已经不是了。"金米听见一个声音在自己的心里说,忽然,有眼泪从金米的眼里流出来,但不是伤心,也不是难过,这个泪的内容相当复杂,连金米自己也说不清它的内容,又好像是,没一点内容。

金米坐着,章厂长躺着。

章厂长是累了,实实在在睡着了,好男人其实都是睡出来的,而他也只睡了一会儿,然后,突然醒了。章厂长突然醒来了,他觉得自己的一个手指不知被插在哪里了,感觉是热热的,是这么一种感觉,这让他吓了一跳。章厂长睁开眼,自己的一根手指被金米含着。章厂长想把手指从金米的嘴里拉出来,轻轻这么一拉呢,把金米又给拉到了自己的怀里了。

"该吃饭了。"章厂长说。

是该吃早饭的时候了,金米和章厂长出了金门大饭店的门。

金门大饭店的大厅真是香,那种百合的香,花瓶里的百合在这个早上又换上了新的,粉色的百合,颜色很热烈,热烈到有几分淫荡。金门大饭店的外面,路面上刚刚洒过水,清爽得很,清爽到有几分肮脏。

吃饭的时候,章厂长没说什么,笑着,看着金米。

金米也没说什么,也笑着,看着章厂长。

章厂长是怕吓着金米,他没说昨晚的事,他吃了两颗茶叶蛋,一碗半葱油面。

金米此刻完全成了一个女人了,她把自己碗里的葱油面又给章厂长拨了一少半,其实她自己也能吃完,但她也不知道自己为什么非要这样做,章厂长其实已经吃不下去了,但他也不知道自己为什么会把金米给他的面条再乖乖吃掉。

吃完饭他们又都回了金米的屋子,又马上开始。

"我觉得我才二十多。"章厂长小声在金米耳朵旁边说。

"小哥哥。"金米说,"我的小哥哥。"

"小妹妹。"章厂长说，他说这三个字的时候多少有点别扭。

金米听到自己的心里有一个声音在不停地说："你已经不是你了已经不是了。"

"我是不是很疯狂？"金米突然问了章厂长一句。

"一切都很好。"章厂长说。

"我一点都不后悔。"金米说。

"厂里缺个业务副厂长，干脆你过来好了。"

完事了，章厂长一边抬腿穿裤子一边说，不像是开玩笑。

金米看着章厂长，不知说什么好了，心怦怦跳。

"当业务副厂长出去也好做事。"章厂长又跳下地，把鞋子也穿好。

这天晚上，章厂长让金米住到自己的房间里来。他还是没把看到一张大绿脸的事对金米说，他怕吓着了金米。他们又接着来了几次。章厂长对金米说："住这种老宾馆，睡觉的时候一定要把灯开着。"章厂长让屋子里的灯都开着，房灯、写字台灯，还有落地灯，还有廊灯，都开着，屋子里亮堂堂的，章厂长心里才不那么紧张了。

"我什么都敢，我有时候很疯狂。"金米对章厂长说。

"这就对了，我喜欢你疯狂。"章厂长说。

"哪有喜欢疯狂的。"金米笑着说。

"不过你不要乱疯狂，别对我疯狂。"章厂长也笑了起来，是话里有话。

第二天，他们离开了上海，在火车卧铺上，章厂长竟然又马上睡着了，而且睡得很死，他可是出了大力流了大汗，车窗外的光亮一闪一闪照在他的脸上，他那张脸真是有棱有角十分好看，是男人的那种好看。他的手搭在那里，手也是很好看的，指甲剪得干干净净。金米看看旁边没人，慢慢把章厂长的手拿起来。

"你也睡会儿，你也累了。"章厂长忽然睁开了眼，说。

"我不累，我要看你睡。"金米说。

"能看到我睡觉的人并不多。"章厂长闭着眼说。

"是吗？"金米心里很甜蜜。

"只有我自己的人才能看到我睡觉的样子。"章厂长又说。

金米心花怒放了，她站起来，去给章厂长打了一杯水，想了想，又把水倒掉，去餐车那边要了两杯咖啡。这一次，她走得很稳，咖啡没有洒出来。

虽然金米不是日化厂的正式职工，但很快，日化厂宣布了一个任命，任命金米为日化厂的业务副厂长。章厂长在会上对人们说："这跟工作调动没什么关系，这跟推销咱们的产品打开更多的市场有十分重要的关系。"

章厂长让金米也讲几句话，"你是业务副厂长了，你讲几句话。"

金米什么时候对着这么多人讲过话？但金米必须讲，不讲不行，金米说："日化厂的产品是中国最好的，日化厂的产品会让石头变成白玉，我争取好好工作，争取让全国人民都用上咱们日化厂的增白产品，争取让中国人都变得白白净净，比美国人都白都净。"再想接着说什么，金米就想不出来了，一个字也想不出来了，金米此刻的兴奋简直是深不见底的，这让她好像是浮在了水中，上边是水下边也是水，上边，她摸不着什么，下边，她又蹚不到什么，有些舒服，更多的是不适应，飘飘忽忽的。

"想不到我现在是日化厂的业务副厂长了。"

这天晚上，金米兴冲冲地对母亲齐秀珍说。

齐秀珍像是吃了一惊，用那种眼神看着金米，说不清是什么意思，是复杂？很复杂？说不出的复杂？

"好笑不好笑？"金米对母亲齐秀珍说。

"这有什么好笑，这很正常，说明我姑娘有这个能力。"齐秀珍说。

"人们都说我像你。"金米说。

"当然你像我。"齐秀珍说。

金米对她母亲齐秀珍说日化厂的那个厂门也重新开了，南边上了坡才能进去的厂门被堵死了，新厂门开在东边，这一下子不用上坡了，一进大门是个很大的照壁，照壁上漆着红漆，正面是五个金光闪闪的大字"为人民服务"，背面是章厂长写的那篇《日化厂赋》。

"章厂长的赋是请文化馆老柴亲自过来写的。"金米对母亲说，"字写得真好。"

"你们厂长还会写文章？"齐秀珍马上就想到于主任了，于主任会打枪，一打一个准，啪啪啪啪啪，五枪五个烟头。

"就这个老柴，现在一般人还请不动。"金米说。

"有什么了不起，他以前是个理发的。"齐秀珍不烫衣服了，把熨斗立好。

"理发的？"金米想不到老柴会是个理发的。

"不过人家的名气可是靠自己一笔一笔写出来的。"齐秀珍说。

"是挺有才的。"金米说。

"我们年轻的时候还在一起跳过舞，在文化馆，他个子就是有点低。"齐秀珍笑起来，说那时候也就是跳跳慢三慢四，再快一点的就是"步步高"。

"什么'步步高'？"金米的眼睛瞪大了，说，"真想不到你们那时候还跳舞。"

"我们也是从年轻时候过来的，想不到他现在是个书法家了。"齐秀珍说。

"写一手好字不容易。"金米说。

"现在连省里有什么事都请他去写。"齐秀珍说。

"晚上去不去看马戏？"金米问。

"我不去，到时候又是一脸土一身土。"齐秀珍说蛋厂老李给搞了一个内供票，可以去取五斤蛋黄，明天咱们吃鸡蛋韭菜馅儿包子，庆祝庆祝。

金米一直搞不清楚蛋厂怎么只要蛋清不要蛋黄，那么多的蛋清都拿去做了什么？蛋黄韭菜馅儿金米倒是很喜欢吃，颜色也好看，碧绿金黄。

"我不喜欢吃包子。"金米说。

"这还不好说，那咱们就吃饺子。"齐秀珍说。

"是给我庆祝吗？"金米说。

"明天吃饺子。"齐秀珍的心情很振奋。

4

晚上，金米约了琵琶郭，其实不能说是金米约，是金米答应了琵琶郭去公园看马戏。晚上去公园是多少有那么点浪漫气息，而且，也容易那个那个那个。

武汉的马戏团又来了，在公园里搭了棚子演出，很热闹，人们拖家带口去了。这时的公园牡丹开过了，芍药正在开，玫瑰也跟着开了，公园里现在可真是香。许多人去看马戏实际上只是想看看那头五条腿的牛，那牛长了五条腿，它也不表演，就站在那里让人们看。人们看这样一头牛有什么意思呢？是没一点点意思。有人说了，其实人们吃饭睡觉又有什么意思？难道就别吃别睡了？日子其实就是这样很没意思地一天一天过下去，但人们还是要过。人们看那头牛，牛被牵到场子里来，从它被牵到场子上来，它就一直在那里吃草，地上有草的时候它低着头吃，地上没草的时候它把肚子里的草吐出来在嘴里慢慢嚼着吃。它活着有草吃就是因为它长了五条腿，第五条腿是长在后边两条腿之间，不好好看还会以为那是它的巨大生殖器，其实它是头母牛。马戏团几乎每年都有一些新鲜的东西给人们看，比如那一年是生了三只眼的狗，两只眼之间又长着一只。这条三只眼的狗也不会表演什么，只是被人拉着在场子上转圈儿给人们看。人们这次是看牛，看完牛再接着看那些老节目。马戏团是每年都会来一次，哪有那么多新节目。人们都奇怪表演空中飞人的那个男的怎么牙齿会有那么大的劲，他只用牙齿，就把那个女的叼着在空中打转。看马戏是没人鼓掌的，再热闹也没人鼓，人们都是吹口哨，口哨声是此起彼伏，更热闹。今年人们又来看空中飞人了，都想看看那男的牙掉了没，怎么就那么结实，怎么就不掉。

琵琶郭不知是从什么地方弄到了两张马戏票，马戏团每到一个地方一般都是一天演两场，白天一场晚上一场，晚上的那场要比白天的好看，因为有灯，各种的灯，大灯、小灯、彩灯、追光灯和不停旋转的灯，特别地华丽斑斓。跑马的时候有灯，空中飞人的时候也有灯。可金米和琵琶郭也没怎么看，只在里边坐了一会儿，马跑的时候尘土飞起来，真是呛人。金米和琵琶郭就忙从里边出来了，不看了。公园到了晚上，这里那里的灯也都亮了，琵琶郭忽然从衣服口袋里掏出来一颗很大的牙齿在灯下给金米看，牙齿的根部是黑褐色的，牙的牙尖是黄色的。金米不知道这是什么牙，怎么会这么大，琵琶郭告诉金米这是公园那只狮子的牙，那头狮子不叫了，前不久死了，公园想把它拿去做标本，做动物标本的说毛不行了，都脱成这样了还做什么标本，是饿的，还是太老了，总之不能做了。那头狮子死了，琵琶郭得到了一颗狮子的牙，他想把它镶一下戴在脖子上。

琵琶郭比画着，问金米怎么样。

"哪来的？"金米说。

"我姐夫给的。"琵琶郭说。

金米知道琵琶郭的姐夫在园林处当主任。

"那你怎么还不去园林处工作？"金米忽然又想起了这事，问琵琶郭，以她的主意，她想让琵琶郭去园林处工作，人们都很羡慕园林处的工作。

"不去。"琵琶郭说自己其实也不喜欢弹琵琶，是没办法，从小家里让学的。

"你还说我，那你怎么不去宾馆上班？"琵琶郭反过来问金米。

"不是倒马桶就是刷马桶！"金米说。

"漂亮女孩子都去宾馆了。"琵琶郭说。

"我不漂亮啊。"金米说。只有漂亮的女孩子敢说自己不漂亮。

"那你说谁漂亮？还有谁漂亮？"琵琶郭说。

"谁去宾馆工作谁漂亮。"金米说，"但我不想要那种漂亮。"

"宾馆其实最不干净。"琵琶郭说有人用宾馆的枕巾擦皮鞋，你说脏不脏？

琵琶郭搂了金米朝没有灯的地方走，他和金米要躲开灯，躲开亮，到黑的地方去，越黑越没人看到才好。金米被琵琶郭搂着，还是忍不住把前不久发生的那件事告诉了琵琶郭，这件事她早就想对琵琶郭说了。就是她的那个同学，过年把她叫到宾馆洗澡的王丽华，也没结婚，也没个男朋友，春节后突然生了，但让谁都想不到的是生下的小孩居然是个混血儿，白不白黄不黄那么一个，这种事是既藏不住也捂不住，为了这事，听说公安局都介入了，要让王丽华交代那个男的是哪个国家的，还要王丽华交代，是不是把国家秘密都泄露出去了。

"这是八十年代，要是在七十年代，人们说都够上枪毙了。"金米说。

"哪会那么厉害。"琵琶郭说。

"跟外国人生孩子，最起码也是流氓罪，女流氓。"金米说。

"她知道个什么？她能知道国家秘密？我就不信。"琵琶郭说。

"听说从她家里搜出了好多好多宾馆里用的那种卫生纸，还搜出了好多好多宾馆里用的那种洗浴液，听人们说那些东西多得十几年都用不完。"金米又对琵琶郭说,"听说她爸这回也当不成自来水公司的主任了。"

"太傻了!"琵琶郭说,"洗浴液时间长了就不能用了。"

"是偷?"金米说。

"可以这么说。"琵琶郭说。

"肚子肯定是被哪个外国人搞的。"金米说。

"我姐夫就不是什么好东西。"琵琶郭忽然想起什么了,站住。

"怎么了?"金米看着琵琶郭,借着公园散漫的灯光。

"我姐就是早早被他把肚子搞大了才嫁给他的。"琵琶郭说。

"这话你也说。"金米说小心点,这边没灯了,小心踩到什么。到了黑处,金米不知道自己该说什么了。琵琶郭和金米走到林子那边去了,那边很黑,林子里有那种漆成绿色的长条木凳子,可以坐三个人的那种,但就是不知道那椅子此刻是不是已经被人占了,到了晚上,搞对象的都特别喜欢到这种很黑很暗谁都看不到的地方来,他们做什么没人知道,但他们会留下一团一团的卫生纸,有时候还会丢下条花手绢什么的。走到了这么暗的地方,金米却突然想起问琵琶郭:"我穿的这件水红的上衣配着下边这条黑裤子好看吗?"这是傻问,是没话找话,金米觉得今天晚上也许会发生什么,她是既害怕发生什么,又渴望着发生什么。金米已经不是去上海之前的金米了。"当然好看,特别醒目。"琵琶郭是随口说,这你让他怎么说,他什么都看不着,再往里边走就更黑了,他想看看那里边的长条椅上会不会有人。"这条裤子配什么都好看。"金米说她还有一件橘黄的上衣。"这种黑裤子配什么上衣都不错。"琵琶郭的心哪会在这上边,又随口答道。"你们怎么都这么说?"金米又说,她手拉着琵琶郭。"还有谁?"琵琶郭说。"章厂长也这么说。"金米说。"你怎么总说这个章厂长?"琵琶郭看清了,虽然很黑,可他还是看清了,树下边的那个长条椅子上好像没有人。金米还在说,说章厂长去德国了,是瓶厂请他一起去的。瓶厂知道了上海玻璃制品厂那边的事，想把生意搞过来，他们趁着去德国的机会把章厂长也请去了。金米不知道章厂长会不会答应，上海那边的合同已经签了，再跟这边怎么签？金米在这边说，琵琶郭那边是有一句没一句地答，其实他们的心现在都不在这上边。也是琵琶郭的眼神不好，走近了，才发现那个椅子上居然有人，两个，在一起摞着，还在动，那男的喘息声让人都能听到了，琵琶郭马上拉了金米又退回来，再去另一个地方，琵琶郭和金米知道公园都哪里有那种可以躺人的长条椅子。琵琶郭拉着金米又去了另一个地方，一边摸着走，琵琶郭一边说："你知道不知道就那个刘桂芬，人都昏迷了，你知道她躺在那里还在说什么？""说什么？"金米问，手拉着琵琶郭。"她能说什么？她躺在那里不停地说'操你个妈的，人还吃不上呢，你倒好，上顿下顿都是肉；操你个妈的，人还吃不上呢，你倒好，上顿下顿都是肉'。"琵琶郭说就这个刘桂芬都谁也认不出来了，嘴里还会说这句话，是一遍一遍不停地说。琵琶郭又问金米，你相信不相信真是有鬼？人们说那头狮子一咽气，刘桂芬就大叫了一声，说狮子死了。

"你说奇怪不奇怪，她怎么知道的，她又不在公园。"琵琶郭说。

金米紧紧拉着琵琶郭，他们走到另一个地方的长条木椅边上了，这里可真黑，太黑了，干什么人们都看不到，他们就是希望这里这么黑。如果说有光，也只有依稀的星光，从遥远的天际照下来，是似有似无，你眼睛再好，在这地方也需要停上好半天才会看到一点点什么。

他们站住了，这真是个好地方，谁也看不到。

琵琶郭把身子转过来，他要抱住金米。

而金米，我们的金米，却忽然听到了琵琶郭的一声大叫。

琵琶郭的这声大叫真是太怕人了。

琵琶郭一屁股坐在了那黑暗之中的长条椅子上。

金米不知道发生了什么事，不知道琵琶郭看到了什么，琵琶郭的叫声让她害怕。金米想抱住琵琶郭。

琵琶郭却一下子跳起来，从树丛里跑了出去。

琵琶郭跑了两步，停下，朝这边看了一下，他看到了什么？他看到了一张绿脸，一张大绿脸，在那里一动不动浮着，上边是两个黑洞。琵琶郭什么都不顾地跑起来，从树林这边跑到了有灯光的地方才停下来，他用手摸自己的胸口，那里在狂跳，像是有什么东西要跳出来。

琵琶郭又跑了起来，因为那张大绿脸正朝这边浮动过来，只一张脸，在空中浮着，直到此刻，琵琶郭还没有回过神来，不知道那张浮动的大绿脸正是金米。

"郭胜利。"金米喊。

琵琶郭跑得更远了。

"郭胜利。"金米又喊了一声，在后边。

琵琶郭这才知道那张大绿脸是谁了，是金米。

"郭胜利。"金米又喊。

"你别过来，别跟着我。"琵琶郭大声说，他是吓坏了。

那些日子，电影院里正在上映香港电影《画皮》。

这好像是第一次，也是最后的一次，琵琶郭把金米远远甩在了后边，一个人不管不顾地跑了。他一直跑出了公园，马戏团那边的洋号吹得真是响，嘀嘀嗒，嘀嘀嗒，嘀嘀嘀嘀嘀嘀嗒，还有洋鼓，打得咚咚咚咚，咚咚咚咚，咚咚咚咚咚咚。琵琶郭跑出了公园，往左拐，再一直朝北跑，他一直在跑，如果一直跑下去的话就到火车站了，琵琶郭的家就在那边，照相馆的小王师傅的家也在那边，过了医院就是。

"吓死我了。"琵琶郭对小王师傅说。

小王师傅问："出什么事了？"琵琶郭又不说。

"真吓死我了。"琵琶郭说。

小王师傅说："你还有个怕？你怕什么？"

153

这天晚上，琵琶郭住在小王师傅家，他和小王师傅钻在一个被窝里，他什么也没对小王师傅说。小王师傅的屋子里是两张床，这边是小王师傅的床，床头是个很小的写字台，上边都是书，床的另一头靠着窗子那边的墙。另一边是小王师傅弟弟的床，小王师傅的弟弟是个残废，不会走路，床边放着一个黑漆马桶，还有一个很高很高的细钢管焊的下大上小的高凳子，小王师傅的弟弟靠着这个凳子走路。和小王师傅睡在一个被子里，琵琶郭才不那么害怕了，拉灭灯后，他紧紧抱着小王师傅。

后半夜，他听到对面屋子小王师傅的母亲去洗手间，窸窸窣窣。

小王师傅睡着了，琵琶郭却一夜没睡，他一直在想金米。

"金米是个什么，是人吗？"琵琶郭问自己。

此刻天在一点一点亮起来，外面的公鸡叫了起来。

小王师傅的母亲在笼子里养了一只公鸡，这只公鸡都六年了，两只鸡爪后边的距趾都快有两寸多长了，据说要是那两个距趾长到三寸，这鸡就成仙了。

金米一个人从公园回到了自己的家，她不知道出了什么事，不知道琵琶郭是怎么了。齐秀珍又去邻居家看电视了，《射雕英雄传》还没演完。金米早早睡了，一开始睡不着，她翻来覆去地想到底出了什么事，后来她不再想，因为她把自己给想累了，也困极了，很快就睡着了。晚上，是后半夜，金米起来了，去洗手间。金米的家是一进门就是一个细长的走廊，走廊旁是厨房，厨房过去是洗手间，洗手间过去是一南一北的两间房。从洗手间出来往屋里走，迎面就是一面挂在走廊尽头的长方形大镜子，这面镜子还是金米的母亲和父亲结婚的时候朋友们送的，镜子上有艘大轮船，下边是海波，很汹涌。金米的那间屋就在镜子旁边，朝北的那间，她母亲齐秀珍的屋子在南边，能多晒到点太阳。因为是半夜，屋里都黑着，金米从洗手间出来往屋里走的时候，突然在镜子里看到了什么，是一张绿脸，脸上有两个黑洞。这可把她自己吓了一大跳，一下子就把她吓醒了。她站住，那张绿脸就也停下来不动，她往前走，那张脸也开始动，她一步一步走向镜子，那张绿脸也一点一点变大，靠近了靠近了，金米终于在镜子里看清楚了那张大绿脸，再离近，她明白了，那两个洞其实就是自己的眼睛，这回是轮到金米叫了，一声尖叫。这声尖叫怕人极了，齐秀珍一下子就被惊醒了，她一下子从床上爬了起来，她慌忙从她那屋里出来，她已经睡了一会儿了，迷迷糊糊的，头发上上着发卷，她总是晚上在头发上把发卷上好，到了早上再取下去，头发就做好了。七七四十九，齐秀珍今年整整四十九岁了，她穿着一条红短裤，上身是一件黄色的半截袖背心，这件背心还是当年她在宣传队里排演节目时穿的，都多少年了，她还留着它。因为今年逢九，她又把这件背心找了出来。她被金米的尖叫惊醒了，她屋里的灯已经打开了，灯光从她的身后漫过来，她站在说亮不亮说暗不暗的灯光里，她问金米出什么事了。

"什么事？"齐秀珍说。

金米的一只手哆哆嗦嗦抬起来，让她母亲看她的脸。

因为齐秀珍屋里的灯亮着，正好照在金米的脸上，齐秀珍看不出什么。

"怎么啦？"齐秀珍说半夜三更的，你要吓死人。

金米的手在自己的脸上哆哆嗦嗦指点着，说不明白话了。

"快睡觉，半夜三更的。"齐秀珍又说。

金米突然冲进了母亲的那间屋把灯关了，这下子，屋子里一下全黑了，齐秀珍这才像是看清楚了，朦朦胧胧的一张绿脸，在她眼前渐渐浮现出来，过了一会儿，她看得更清楚了，是一张大绿脸，从暗中浮现出来的是一张大绿脸，太怕人了，但这个害怕是有前提的，因为她知道眼前这张大绿脸就是她的女儿金米，因为屋子里没有光亮，别的什么也看不清，齐秀珍只看到这一张脸，半空浮着一张绿脸，脸上有两个黑洞。

"金米。"齐秀珍的声音颤抖了。

"怎么了金米？"齐秀珍把手伸过去，放在金米的大绿脸上了。

"我怎么办？"金米说，"这是怎么回事？"

"是不是跟上什么鬼了？"这句话，齐秀珍只是在心里说，这句话她还不敢说出来。夜真是很静，远处的火车叫声此刻又传了过来，一声一声像是在喘气，喘过来，再喘过去，越喘越远了。

齐秀珍用手掐了一下自己的腿，啊呀，分明不是梦。

5

金米几乎是失踪了，人们现在很难看到金米。

齐秀珍说金米现在很忙，以至一年两年三年，时光过得真是快，三年很快就过去了，金米几乎连一面都没露，人们说她一直在外边搞业务，一直在外边跑。白玉日化厂的业务也真是一年比一年好，用日化厂的产品的人也越来越多，人们说这功劳与金米的努力分不开。日化厂这边的人见不到金米，都说她又出差了，搞回了多少订单。二店那边呢，更是见不到金米，金米给二店这边也带来了很好的效益。日化厂给别的地方的利润是八点，但给二店的利润是十一点。人们只知道这些。但没人知道二店的劳模齐秀珍有一阵子也忽然不见了，她是陪她的女儿金米去了北京，她们去北京做什么呢？去看病，这当然没人知道。金米去北京了，找遍了北京的各大医院，金米只要一出现在医院的皮肤科里，马上就会引起一阵不小的兴奋，那些医生们还从来没见过这样的病症，一张会闪闪发光的大绿脸。把诊室门关上，再把窗帘拉严，灯当然不能开，简直是像看电影一样。金米的脸便从暗处慢慢慢慢清晰起来，那么大一张脸，脸上有两个黑洞，绿闪闪的，说朦胧不那么朦胧，说不朦胧又很朦胧，这样的脸，别说是一般的大夫，老专家都没见过。医生们认真询问金米，他们面对这样的美人儿，心里真是有说不尽的兴奋和惋惜，他们知道了金米绿脸的来龙去脉，但医生们也没什么办法，因为他们没见过，也从来都没听说过，更没治疗过这种病症，不知道怎么下手，只好建议金米不要再用那种增白乳和增白露，看看过几年能不能自己恢复。金米早就不用增白乳和增白露了，但她那张脸，一到了晚上，一到了没有亮光的地方照样是一团绿两个黑洞。齐秀珍又陪着女儿去了上海，那几天上海在下雨，是不停地下，娘儿俩打着伞在上海跑来跑去。章厂长给她们早早订好了房间，还是那家金门大饭店。章厂长现在明白了，那天晚上自己看到的既不是鬼也不是怪，而是金米。金门大饭店还是那样好气派，里边光线不是多么亮但处处显得金碧辉煌，总台上一左一右两个大理石花瓶，里边还是插着粉色的百合花，而且天天换，真是香。这次来，金米没有戴那个胸针，那个好看的粉粉的钻石小鸟胸针。金米把它放了起来，琵琶郭和他的母亲已经回了西安，金米和琵琶郭这一生也许再也见不到了，但金米的心里一点也不恨琵琶郭，甚至还觉得自己有点对不起他，怎么就没把自己给了他？你怎么就没把自己给了他？有时候，金米会这样问自己，也恨自己。

齐秀珍陪着女儿金米跑上海医院，上海那么多医院，金米抱着多么大的期望，几乎是一家一家都去过了。但是每一家医院都是既吃惊又没有办法，因为他们一是没见过这种病例，二是不知道应该怎么下手。上海医院给金米做了一个切样检查，结果发现那切片像活了一样在显微镜下闪闪发光。医院建议金米再做一下深层切片检查，被金米拒绝了。

金米现在是白天不愿意出去，齐秀珍对人们说金米出去搞推销了，忙着呢。

金米晚上就更不能出去，什么地方都不能去，晚上睡觉，金米怕把自己吓着，屋里的灯总是彻夜亮着。齐秀珍现在买了一台黑白电视机，她不用去邻居家看电视了，但她也不请邻居们到她家来看。到了晚上，无论是什么人，都敲不开金米家的门。其实，金米有时候也会露面的，那仅限于白天，她还是那么漂亮，她的皮肤显得更加白嫩细腻。在穿衣服上，金米像是给自己定了格，总是穿着那条挺短的黑色窄腿裤，上衣是水红色的玻璃绸，这种玻璃绸料面特别薄，也特别松软，穿上特别好看。这一身打扮是说不出的醒目而又打眼，有时候金米会换一下上衣，裤子当然还是那种黑色的窄腿裤，上衣却换了橘黄色的，但还是玻璃绸，这颜色也够醒目也够漂亮。只要她一出现，人们的眼前就一亮。

金米现在很少露面，金米有时候还会去小马那里做头发，因为是白天，金米没有什么顾忌。但到了晚上，金米是绝对不会再露面。

日化厂那边，章厂长给金米的工作又重新做了安排，除了让她继续做业务副厂长，又让她兼了几个地方的代理站站长。

"牌子既然打出去了，咱们就不能收回来是不是？"章厂长对金米说。

金米看着章厂长，不知道他是什么意思。

"这是咱们的秘密，不能对任何人说。"章厂长伸出手指摸了摸金米的脸。

金米也摸了一下自己，然后放下。

"知名度就是金钱。"章厂长说你的名字现在还不知道值多少钱呢。

"继续做吧。"章厂长对金米说，"疯狂地去做，白石头才会变成白玉。"

金米看着章厂长，还是没说话。

"疯狂地去做，白石头才能变成白玉。"章厂长又说了一句。

章厂长让金米继续做她的业务副厂长继续做她的推销，因为金米是太漂亮了，除了她还找不到别人。只不过，章厂长给金米用来示范的化妆品换了内容，金米用的化妆品现在是普通的那种润肤露，里边没有了增白的成分。

"这个你放心用，只是瓶子是一样的，别的都不一样。"章厂长说。

"你知道我知道就行。"章厂长对金米说。

"这些你可以放心用,里边什么也没有。"章厂长又对金米说。

"这件事,谁也不知道。"章厂长说。

"这是害人。"金米突然开了口。

"不怕害人,就怕你害了人自己也得不到什么好处。"章厂长说。

"那会有多少人和我一样。"金米说。

"让她们陪着你。"章厂长笑了起来,这天他刚刚刮过胡子,人显得特别年轻。但章厂长马上不笑了,看着金米,说:"再过几年,你的脸就会好了,里边的增白物质退光了就好了。"

这天,金米是步行回的家,回家之前金米又去小马那里做了一次头发。小马说:"咦,你不是前几天才做的吗?怎么又做?"金米家离理发店不远,从书院街穿过来往西一拐就到,书院街之所以叫书院街是因为师范小学就在这条街上,金米从书院街走过的时候听到了学校里的读书声,声音真是清亮好听。金米是慢慢慢慢走回的家。回到家,金米先对着镜子照了照,把身子转一下再转一下,看前边,再看后边,又找了一面小镜子,镜子对着镜子看,金米对小马给理的头发真是很满意,然后,金米把身上的衣服脱了下来,黑色的窄腿裤子和水红色的玻璃绸上衣,都脱了下来。她开始给自己找衣服,挑了几件衣服,但都不怎么满意,她对着镜子把衣服试了又试,最终还是挑了那件上海碎花布的那种尖领衬衫,这样的领子可以让人的脖子显得修长一点,人就显得特别挺拔。裤子还是那条军绿色的的确良裤,和王丽华穿的那条一模一样。金米想起了王丽华,现在是,人们谁都不知道王丽华在什么地方,有人说她嫁到了河南,有人说她嫁到了陕西,到底在哪里,谁也不知道。据人们说,王丽华抱走了那个黄不黄白不白的孩子,据人们说,王丽华说不管孩子是什么颜色那都是她的孩子。还是那次,她看见王丽华穿了这么条裤子,就在心里暗暗记住了,裤腿窄一点，而且短，穿在身上就显得特别洋气，她就请二店的裁缝老师傅给自己做了一条，这条裤子和那件上衣金米有好长时间没穿了。

换好衣服，金米收拾好了自己，再照照镜子，左照照，右照照，前照照，后照照，然后，金米把自己挂在了那里，金米的屋子里有一根横着的暖气管，金米就把自己挂在了暖气管上。

挂在那里的金米依然是光彩照人。

金米的胸前，是一只闪闪发光的粉色钻石小鸟。

穿在一起不离分

三宝和父亲抬着那棵老葡萄树，从南边的旧院终于吭哧吭哧来到了北边的新家。搬家这天，邻居们依依不舍都来送行，雨还在下着，小雨，若有若无，地上却是一片泥泞，人们都站在一走一咕叽的泥里，一时又都找不到什么话来说，要说，也只是说"以后要经常回来，以后要经常回来，可别把我们给忘了"。

"可别把我们全家给忘了。"三宝的父亲也笑着大声说。

而三宝，此刻心里却只惦着那两只小黄猫，也不知道它们现在都去了哪里。父亲说了，搬家不能带小猫，新家以后不养猫了，那边的水泥地又没老鼠。

院子东边，护城河里正在修可以并排通过两辆汽车的大防空洞。三宝那天亲眼看到家里的黄猫跑到洞里去了，这可真让人担心。三宝的两个哥哥，一个在四川当铁道兵，一个在太原化工厂工作，所以只好由他来和父亲抬那棵年年都会结不少葡萄的葡萄树。三宝这年才十二岁。父亲的意思是，这棵葡萄要种在新家的南窗之下。三宝他们以前住的是平房大杂院，而新家却是楼房，是市里给干部们盖的住房，一共是六栋，后来因为六栋不够分配就又在院子北边的空地上加盖了两栋。那是一个很大的院子，因为是给市领导们盖的，所以，在院子东边的街边又特意加盖了小百货商店，还有菜铺，还有一个粮店，粮店旁边又是一个储蓄所。商店、菜铺、粮店和储蓄所是连在一起的，外墙全部刷成了那种明艳的蛋黄色。这样一来，这地方可真是跟别的地方不一样了，为了方便这个院子里人们的生活，市里还在南边紧靠医院的地方修了一个大众澡堂，院子里家家户户每个月还可以领到几张免费洗澡的特供票。人们都知道白市长、王市长、李市长还有不少局长都住在这个院子里。院子的南边就是市第二人民医院。

如果这边院子里有什么人得了病，一抬腿就可以跨进医院去看医生。医院的北墙呢，和这个院子只隔着一条东西向的小街，沿着小街往西走先是可以看到一个医院的小房子，里边放着些乱七八糟的东西，还挂着一具教学用的人体骨架，再往西，就是医院停死人的太平房，再往下走呢，就是那个果园了。果园和医院之间有条臭水沟，那水可真黑，有太阳的时候，水面上会慢慢浮起一层红，是鱼虫，每天都有人在水边捞鱼虫，用那种口罩布缝的三角水抄子。这种抄子还可以逮蝴蝶和蜻蜓。那时候医院的药房还可以开口罩，谁感冒了，去医院开点感冒药连带着开一个口罩。在这个小城，那时候，有病没病，到了冬天人们都会戴个口罩，这样一来脸就不那么冷了。口罩不戴的时候会被掖在衣襟里，从脖子上挂下来的白白细细的口罩带儿便像是一种装饰，那时候人们还时兴在上衣口袋里插一两支钢笔，英雄牌和大众牌的钢笔。

　　三宝和父亲把葡萄抬了过来，在南窗外种了下去，但这棵葡萄却没能活下来，南窗外地方不大，那个"暖气包"就占了不少地方。冬天一过，天气暖和起来的时候，工人们来检修暖气管道来了，他们打开了那个"暖气包"，把盖在"暖气包"上的水泥盖子挪开，三宝也跟着钻了进去，三宝想不到"暖气包"里就像个四通八达的地道，从这边下去，在下边钻来钻去，上来的时候却已经到了后边的那栋楼那里。他钻出来的时候把正在那里择菜的蒋姨吓了一跳。

　　父亲对三宝说，葡萄的根子伸展不开了，可惜这棵葡萄了。

　　时间过得可真快，一年过去了，两年过去了，三年过去了，第四年，三宝的大哥和二哥都回来了。三宝的大哥给三宝买了一顶硬壳子帽，带帽檐的那种，上边有颗红色的五角星，但三宝不喜欢这顶帽子，戴了一两次就不知去了哪里。三宝的二哥从太原回来的时候脸上的红疙瘩都没了，人变得白白净净，也显得漂亮了。他给三宝买了一个球，是实心的那种球，可以拍来拍去，虽然可以弹起老高，但它又不是空心的乒乓球，拍的时候会发出很亮的声音，只要他一拍，母亲就会在屋里说："吵死了吵死了，小心把旁边的王大妈给吵过来！"

王大妈是谁？王大妈就是剑平的妈，是个疯子，说着一口晋南那边的话，她那个口音，有时候能让人听懂，有时候又让人听不懂。她翻来覆去总是说的一句话就是"小心踩上鸡屄屄"。她的口音可真是侉。那时候的大院子里，虽然住的又是市长又是局长，但人们照样可以养鸡。初夏的时候，怎么说呢，卖小鸡的河北人毛四戴着草帽又挑着一匾一匾的小鸡来了，出那么一头的汗。毛四是个英俊的河北小伙子，两只眼睛又大又水灵。他每年都会来一回，来卖他的小鸡。院子里的女人们都出来看小鸡了，顺便也看看毛四。小鸡总是好看的，毛茸茸的。王大妈也过来看，她跟谁都不说话，再说谁也不敢跟她说话。王大妈抓起一只小鸡看了又看，这么看，那么看，那么看，这么看，小鸡却突然在她手里屙了一泡屎，王大妈就猛地把小鸡往地上一掼，小鸡当下就在地上蹬腿儿了，这可把卖小鸡的毛四给气坏了。

毛四要跟王大妈理论理论，但马上就被旁边的周妈拉开了。

"干什么干什么干什么？你干什么？"周妈小声说。

周妈是谁？周妈是街道主任，全名叫周手莲，剪发头深眼窝，戴着红胳膊箍。

周妈告诉卖小鸡的毛四王大妈可是个疯子。

"你和疯子闹什么闹？"

周妈不但告诉毛四王大妈是个疯子，还告诉他这个疯子可不是一般的疯子，"她是右派，右派你知道不知道，你和右派疯子闹什么闹！"

毛四不说话了，把那只小鸡放手里，轻轻握着。

"疯子杀了人都不偿命。"周妈又小声对毛四说。

毛四朝那边看看，不吭声了，天可真是一天比一天热了。

"透他妈的!"

毛四朝一边吐了口唾沫,也不知是在骂谁。

"透他妈的,我要去打仗!"毛四又说。

"去哪儿打?"周妈还问。

"去东北。"毛四说。

这都是春天的事。过不多久,那些小鸡就都大了,长出了硬翅子,会在垃圾箱里用爪子认真地刨来刨去了,把垃圾刨得到处都是。有时候会刨出一两个用过打了结的避孕套,鸡把这东西刨出来就不管了,摆在那里,好像专门要人们去参观,周妈经常检查院子里的卫生,这是她的工作,她会把避孕套一脚踢回到垃圾堆里去,好像还为此生了气,左右看看,脸红着。

周妈忽然抬起一条胳膊,那条胳膊上戴着红胳膊箍,箍上有两大字:"治安"。周妈忽然大声说,也不知是对谁说:

"家家户户都听着,谁家也不许乱倒垃圾!"

周妈的声音可真是够尖锐的。

再过不久,那些鸡们开始下蛋了,母鸡下蛋好像是件天大的事,好像只有不停地咯咯哒、咯咯哒叫才行。那时候,谁家不养鸡倒好像是一件怪事。但王大妈却不养,她不养鸡别人也没什么闲话,因为她是个疯子。还有一家也不养鸡,这家人也紧挨着三宝他们家,只不过是在东边,这家的女人,三宝管她叫周姨,居然也姓周,竟然也是个神经病。那时候,这个院子里住一层的人家都习惯从厨房那个门出入,王大妈家的厨房门朝南,周姨家的厨房门却朝北,所以两个神经病总还碰不到一起。

"她们要是碰到一起才热闹呢。"三宝妈说这话时忍不住哈哈大笑起来。

三宝的父亲不笑,他在喝闷酒,一个大搪瓷缸,里边放着酒嗉子。

三宝的父亲皱着眉头，喝一口，捏几粒花生米，花生米又炒焦了。

"你说她们要是碰在一起怎么办？"三宝的妈又说。

"管人家怎么办，爱怎么办怎么办！"三宝的父亲心情很不好。

"那是不是就太好笑了。"三宝的母亲又说，她想让三宝的父亲多说说话。

"管人家好笑不好笑，爱怎么好笑就怎么好笑！"三宝的父亲又说。

三宝不明白那有什么好笑，即使是王大妈和周姨碰在了一起，她们会打起来吗？三宝的母亲不止一次对三宝爸说："咱们得搬家，怎么一东一西两家都是神经病？"三宝的母亲是担心哪天王大妈和周姨一旦打起来可怎么办。

"见了她们千万要绕着走。"三宝的妈不止一次对三宝说。

"为什么绕着走？"三宝说。

"你傻呀，她们都是疯子。"三宝的妈用指头使劲戳了一下三宝的脑门儿。

"到时候出了事你爸也管不了你！"

三宝的妈对三宝说疯子杀了人都不用偿命，更别说打你一顿。

三宝的父亲管不了这些，他连自己的事都管不了啦，那几天，他几乎天天喝闷酒，动不动就把自己喝醉，"喝醉才好呢，操他个祖宗的！"三宝的父亲也不知道在骂谁。终于有一天，他从医院很高的锅炉房大烟囱上跳了下来，这件事，可真是轰动了半个城，可吓死人了。远远近近的人都赶来看。从大烟囱上跳下来的三宝父亲好像一下子就没了骨头，只是一堆不成形的衣服，有一只手从这边伸出来，还有一只脚，从好像是不该有脚的地方伸出来，没有血，人们也看不到他的脸，但那堆不成形的人体，或者可以说是一堆衣服吧，却是那么刺激人。

院子里的人都跑去看。周姨也去了，当下就被吓得脸色煞白煞白。她跌跌撞撞、跌跌撞撞好不容易才走回去，人一回来就犯了病，站在门口大声骂，不知道骂谁！人们离老远看着她，周姨立在她们家的厨房门口，浑身不停地打哆嗦，她忽然把厨房里的一个小缸举了起来用力摔在地上，小缸即刻四分五裂，人们看到里边腌的是韭菜，碧绿的韭菜。

周姨那天穿着黑色的列宁服，两排扣，脸色白得吓人。

"死了，都死了。"周姨突然把门一摔，进屋去了。

周姨总是管三宝的父亲叫老王，三宝的父亲活着的时候周姨总是让他帮着做这做那。

"老王，过来，给我安一个灯泡。"周姨站在门口，对三宝的父亲说。

"老王，过来，帮我修一下水龙头。"隔着窗子，周姨用手指敲敲窗玻璃。

三宝的父亲就马上过到周姨那边了，周姨的男人据说在乡下接受改造，很长时间没回来了，一年了，两年了，都快三年了。这到底是怎么回事呢？老李不回来，老李的儿子也不回来，三年的时间可不能算短。

周姨那边的事好像特别多，她总是叫三宝的父亲过去帮一下忙。有时候她会炒两个菜，请三宝的父亲喝酒。

"这怎么好意思？邻里邻居的。"三宝的父亲说。

"这有什么不好意思，我看着你喝。"

周姨说，她点一支烟，坐在一边看三宝的父亲喝。

三宝的父亲就坐在那里一个人喝，一边吃菜，一边和周姨说话。

"老李快回来了吧？"三宝的父亲说。

"快了。"周姨说。

"老李现在在哪呢？"三宝的父亲又说。

周姨不说话了，眼圈儿红了起来。

"看看我，看看我，我不该问……"三宝的父亲不知该说什么了。

"我陪你喝一盅。"周姨陪三宝的父亲喝了一盅。

"快回来了，一切就都快过去了。"三宝的父亲说。

周姨就又喝了一盅。

也就是那天，周姨摔完腌韭菜的小缸进了屋，突然哗啦又一声脆响，又有什么从屋里飞了出来，是从玻璃窗直接飞出来的，玻璃窗上的玻璃马上碎了一地，周姨又把什么从屋里扔了出来，是一个很大的铜花瓶。

周姨那一阵子老是犯病，隔不久就会犯一回，不犯病的时候她会静静地坐在那里读苏联小说，高尔基的《在人间》《我的大学》。周姨的男人在家的时候最反对周姨看书了，说她一看书就犯病，不看书还好。

三宝知道周姨过去在图书馆工作，是图书管理员。

周姨有时候会听听唱片，老李，也就是周姨的男人，说她连唱片其实都不能听，一听就犯病。三宝知道周姨家里有个话匣子，人们那时候都把留声机叫话匣子，是海盗牌话匣子，手摇的，摇一摇，就可以听了。

有时候，很晚了，三宝都睡醒了一觉，却发现母亲还没睡。

"您怎么还没睡？"三宝说。

"听，你周姨听话匣子呢。"母亲小声对三宝说。

三宝听听，翻一下身，又睡着了。

睡了不知道有多久，三宝又醒了，他去厕所，发现母亲还没睡，还在粘纸盒子，药厂的那种青霉素纸盒子，粘一个给一分钱，桌上的纸盒子堆得老高，地上也都是纸盒子。

"您怎么还没睡？"

"唉，你周姨还在听。"母亲长叹一口气。

"您睡您的，您不会别听！"三宝迷迷瞪瞪地说。

"我也睡不着。"母亲说。

"睡吧。"三宝说。

三宝心里忽然很难过，母亲和周姨，两个女人，这边一个，那边一个，她们都睡不着。三宝去完厕所又上了床，话匣子的声音从隔壁周姨家隐隐传过来，虽然很微弱，但三宝还是能听到。周姨总是翻来覆去地听一首歌，三宝想不起这是首什么歌，但这首歌实在是太耳熟了。

什么歌呢？三宝怎么也想不起来这是首什么歌。

夜很静，西边很远的地方有火车开过，鸣着笛，远去了。

天快亮了，远远近近的鸡开始叫，街上洒水车叮叮咚咚过去了。

"我差点去当了电影演员。"有一次，周姨对三宝说，还把身边的一根棍子拿在手里装老太太，说有一个什么导演说她能去当演员。周姨弯着腰，拄着棍学老太婆走了几步，然后把棍子一扔笑了起来。周姨的笑声很怪，笑声像是从鼻子眼里发出。再有一次，周姨又犯了病，是因为看了一本外国小说，看完就犯了病，闹得很厉害，说要出家，说要去终南山。

周姨家的人来了，是周姨的姐妹们，她们都来看望犯了病的周姨，每人提着两包点心，还有水果罐头。下着雨，雷声从北边不停地响过来。

周姨犯病是有一阵没一阵，犯过了就马上好了，只是身体就更虚弱了。

"我是不是吓着你了？"

这天三宝正在院子里玩儿，周姨在厨房门口朝他摆手要他过去。

周姨让三宝进了屋，屋里都是烟，周姨的亲戚们都坐在屋里说话，周姨把两块点心放在了三宝的手里。

"去玩儿吧，去吧。"周姨的笑声又沙又哑，对三宝说。

三宝手里拿着那两块小小的点心刚想要去，又被周姨叫了回去。

"这孩子拉小提琴，拉得可好呢。"周姨沙哑着嗓子对她的亲戚们说。

周姨的亲戚们都坐在床上，周姨的大姐在抽烟，戴着小小圆圆的金丝眼镜，她穿着四个兜儿的女式中山装。周姨的二姐皮肤真是白，周姨的二姐不怎么爱说话，也穿着四个兜儿的女式中山装，也在抽烟。周姨的妹妹头发很黄，就像个外国人似的。她们都坐在床上，都看着三宝。

窗外的雨已经停了，那株丁香树可真绿。

三宝看到了那个铜花瓶，就搁在书架上边，居然没摔坏。

三宝靠周姨很近，他觉得周姨是冷的，很冷，整个人散发着很冷的气息。三宝又看到了那个男的，戴着深度眼镜，是周姨的弟弟，笑眯眯的，他是个乡村医生，很喜欢说话，也很喜欢喝酒，他不知道什么时候也来了，坐在床那边，那边靠窗近，窗台上有两盆玻璃翠，可真好看，花和叶子都几乎半透明。三宝知道那几盆玻璃翠还是父亲活着的时候帮着周姨种的，把折下来的玻璃翠枝子先在水里养出白白的小细根子，然后再种到盆子里边。

"这是老王给我栽的，可老王不在了。"周姨对她弟弟说。

周姨的弟弟笑眯眯地看着三宝，他胡子可真重，半张脸都是黑的。

"好好拉吧，当个音乐家也不错，你父亲在地下也高兴。"周姨又对三宝说，忽然把手放在了三宝的脖子上，很凉，三宝把头缩了一下。

周姨就笑了起来，声音是极其沙哑的。

"贝多芬。"周姨的弟弟也笑了起来。

周姨不笑了，问三宝："这几天怎么没听见你拉小提琴呢？"

三宝没说话，那几天，小提琴被拿到市文工团去了，三宝的母亲说要把琴卖了，家里等钱用，要不下个月连买粮的钱都没有了，家里已经没油了，三宝已经有一个多星期没吃到过一滴油了。三宝的父亲从医院的烟囱上跳下来，他既然采取了这种死法，单位就不能给他发抚恤金，一分也没有，上边是这样规定的。但三宝父亲单位的人正在给三宝家想办法，他们说："怎么也不能让王工程师的孩子饿死！"三宝的那把小提琴被人拿给了文工团，文工团那边正在排芭蕾舞《白毛女》，那边的人听说三宝家有把很好的外国琴，团里也正想买一把好小提琴，但没过几天琴又被送了回来，因为这真是一把外国琴，音色真好。但文工团的王团长皱着眉头说："用这样的琴拉《白毛女》是不是崇洋媚外？我们不能用资本主义的琴拉社会主义的曲！"

"如果出了事呢？这可是谁也不敢当的。"王团长又说。

王团长这么一说别人就都不敢再说什么了。

"好好保存着，这可是把好琴。"图书馆的老丁叹息着把琴又还给了三宝，这个老丁的女儿在文工团拉小提琴，是他联系的三宝要看三宝的小提琴。老丁又对三宝说，也许以后自己有了钱会把这把琴买下来送给他的女儿。

老丁把琴擦干净了，还在上边打了点胡桃油。

"当小提琴演奏家怎么也得有把好琴。"

老丁像是怕三宝不知道这把小提琴是把好琴，他让三宝看小提琴的里边，"你看里边，你看里边。"三宝根本就不用看，自己家的琴自己能不知道吗？小提琴里边的底板上有个外国人的头像，三宝的父亲很早就让三宝看过了。

小提琴里边的外国人头像不知怎么总是让三宝想到加拿大的那个白求恩。

图书馆的老丁帮着三宝用一小张纸把小提琴里边的外国人头像给糊住了。

"这就看不出来了，也就不会有事了。"老丁说。

看不出来什么呢？看不出这是把外国小提琴。出什么事呢？有人建议把这把琴给砸了，因为它是把外国琴。

三宝给住在旁边楼的李琴看过这把小提琴，让她看里边的那个头像。

"像不像白求恩？"三宝还问李琴。

"大鼻子。"李琴说外国人其实长得都差不多。

那时候，几乎人人都知道有个外国人叫白求恩，是加拿大那边的人，那时候，人们还都要学习一篇文章，那篇文章叫《纪念白求恩》。

"白求恩姓白？外国人怎么会姓白？"

那天，有人在院子里提出了这个问题，那天院子里的居民家属们在开会，她们没事总是在开会，或者是念报学习。她们总是坐在院子里的那棵大杨树下，每人搬一个小板凳，每人手里拿着本红红的小语录本儿。

有人问周妈了，白求恩怎么会姓白，他又不是咱们中国人。

"人家就是姓白嘛。"周妈说。

街道主任周妈是很认真地说，还反问了一句："要不让他姓什么呢？"

周妈眼窝很深，大剪发头，她站在那里总是叉着腿，两只脚就是一个八字，一根带的黑布鞋，红袜子，她那天正在讲白求恩的事，两手比画着。

"这么高，这么宽，蓝眼睛，大鼻子。"

院子里的人们就都知道周妈见过白求恩，因为周妈是灵丘那地方的人，白求恩在那地方待过，在那地方救治了不少伤员。

那一次，学校把同学们都集中到广场上去听报告，刚下过大雨，太阳猛地一出来，满操场的地上都在冒白烟。三宝想不到做报告的又是周妈。周妈又在讲白求恩的事，因为她见过白求恩，所以她现在真是很吃香，到处都请她去讲。周妈不但见过白求恩，她还帮着白求恩洗过绷带。

"绷带很脏，上边都是血。"李琴在下边低声对三宝说。

"洗过还能用？"三宝也小声说。

"我很怕血，还是你们男的好。"李琴说。

三宝看了看李琴，不知道她在说什么。

周妈坐在上边讲白求恩，怎么个胡子，怎么个蓝眼睛，怎么个卷头发，周妈这么一说，三宝就走神了，又想到家里那把小提琴里边的外国人头像。那一阵子，周妈总是不停地到处去做报告，不停地讲白求恩的事。因为那个时候人人都得把《纪念白求恩》这篇文章背会，这一篇再加上另外两篇，人们叫它们"老三篇"。就这个周妈，她根本就背不会老三篇，但她能讲白求恩的事，而且越讲越精彩越讲越多，所以到处都有人请她去讲。还有，每个星期总有那么两天，院子里的居民家属要坐在一起开会，她也要讲一讲白求恩的事，人们也像是听不厌烦，但也有人听着听着就睡着了，头歪着，歪着歪着歪着就一下子靠在了旁边人的身上，被旁边的人推推，醒了，过不一会儿又睡着了，头歪着，歪着歪着歪着就又一下子靠在了旁边的人身上。居民家属们在一起开会有时候还会唱歌，唱时下流行的革命歌曲。这些居民家属当然都是些女人，她们都梳着剪发头，一模一样的剪发头。那些梳圆头的老婆婆们也把圆头给剪了，也留起了剪发头，怪怪的。"拖把头，妈的，像个啥。"三宝父亲那时候还活着，还说，"难看死了。"

"要不，咱们念报吧。"唱过歌，周妈拿出来一张报纸。

三宝那天恰好在院子里出现了，三宝身上有点软，一点劲儿都没有。

周妈一眼就看到三宝了，"三宝三宝。"

三宝站住了，用手扶着墙，三宝的身子可真软，他已经有一个多星期没有吃到一点油了，菜里连一点油都没有，家里的油吃光了。

"三宝过来念报。"周妈说。

三宝没过去，三宝觉得自己的身子像是空了，像是要往起飘，没人知道三宝已经一个多星期没吃油了，家里一滴油都没有。

"三宝你怎么不过来？"周妈又说。

三宝朝那边摇了摇手，三宝看到了李琴在阳台上坐着。

"要不咱们唱歌吧。"周妈只好把报纸放下。

三宝不想走了，他想听她们唱歌，他原来是想去李琴家里的，李琴家住在他们家旁边那个楼。李琴说有个事要问问三宝，问他那天在窗子下边那是在干什么。

"你那是干什么？你羞不羞？"李琴说。

三宝想不起来自己在窗下干什么，他怎么也想不起来了。

"我也不问你了,我要走了,我要插队了。"李琴对三宝说。

李琴比三宝大两岁,高两年级。

"早插队早回来,人人都要有这么一回。"李琴说。

三宝不走了,靠在那里听院子里的那些家属们唱歌。那些居民家属们,那些拖把头们,她们虽然在同时唱一支歌,但实际上她们是各唱各的,谁唱的跟谁都不一样。三宝想笑,又不敢笑,但三宝还是忍不住笑了。他看见满脸是麻子的蒋姨了,现在连她也是剪发头,她也在唱。蒋姨是个小脚,但她偏说她年轻的时候滑过冰。三宝不知道像她这样一个小脚老太太怎么穿得上冰鞋,又怎么滑。人们以前只知道她是体委刘主任家里的保姆,特别会炒过油肉,有的邻居家请客还专门请她去炒:把肉切好放在一个大碗里,拌上佐料,打一颗鸡蛋在里边。现在人们才知道了蒋姨并不那么简单,她的父亲居然是个传教士,后来当了神父,再后来在贵州石门坎那里从马上摔了下来变成了瘸子就不能再当神父了,人们还知道就这个蒋姨上过教会学校,会识字看报,还会抽烟喝酒,这可了不得了。街道的任务这下子总算是可以完成了,周妈就带着人们把蒋姨拉出来批斗了几回,批斗的时候蒋姨要求抽根烟。"想抽就抽吧。"周妈说,蒋姨就点了一支烟,一边抽一边在上边接受批斗,人们在下边问她为什么上教会学校,蒋姨回答了,说穷人没钱就只能上教会学校。人们还问了些别的,问她上教会学校准备要做什么。"做牧师。"蒋姨说,说她那会儿上教会学校就为了想做牧师。人们不知道牧师是做什么的,也不想知道,批斗会就算是开完了,就算是革命有了成果。但再斗蒋姨她也只是个保姆。只不过她现在被剪了头发,不再梳圆头了,可她照样还是喝酒,而且喝得更厉害,喝醉了被人从商店那边背回来,据说那天她是一个人在商店里喝的酒,也不知道到底喝了有多少,也不知道她都就了些什么,据说是一把花生米和两块豆腐干,马粪熏的豆腐干。

人们都知道蒋姨喝醉了,被商店那个姓岳的小伙儿背着往家里送。

"看看这,看看这。"小岳一边背着蒋姨走一边说。

"我没喝,我就是没喝!"蒋姨大声叫着。

"你没喝你怎么不下来走让人家背着。"院子里的人说。

"看什么看?我怎么啦?"蒋姨在小岳的背上大声说。

"你喝成这样还不让人看?"小岳笑着说。

蒋姨伏在小岳的背上,忽然对着那些看笑话的人大喊一声:"我透你个妈!"

院子里的人这下子可都乐开了花,蒋姨居然在大声喊"我透你个妈"。

"她有吗?她不想想她有那家伙吗?"

三宝父亲那个笑啊,笑得前仰后合,三宝的父亲那时候还活着,还没事,他认识蒋姨,也认识商店的小岳。三宝的父亲那时候抽带锡纸的恒大烟。他抽完了烟,会把锡纸取出来在桌上抹抹平,给三宝做一个亮闪闪的大蜘蛛。那时候,那个河北卖小鸡的毛四,还经常会给三宝的父亲往过送毛蛋。煮毛蛋的时候,家里的味道可不怎么好闻。

三宝靠在那里笑了起来,三宝想起蒋姨喝醉酒这件事来了,他看见蒋姨也在跟着那些人唱,嘴一张一张像条鱼似的,三宝想她肯定要比那些人唱得好,因为她上过教会学校,教会学校是有音乐课的,有脚踏风琴还有左右不停来回摆的打拍器,同学们一起哆来咪哆来咪地唱,他们经常唱的一首歌是:

"主啊,荣耀归于你——"

"主啊,荣耀归于你——"

"主啊,荣耀归于你——"

三宝想笑,虽然身上软到一点点劲儿都没了,但三宝还是忍不住大笑。

但三宝突然不笑了,他一眼看到了周姨。

周姨怎么出现了?周姨一般很少在院子里走动,一年四季她好像就没出过门。可她突然出现了，周姨穿着她的黑色双排扣列宁服，脸是煞白，周姨真是瘦，好像风一吹她就要飘起来了。周姨这几天又病了，在家里自己跟自己大声说话，声音要多沙哑有多沙哑。"在哪呢，在哪呢，老李你在哪呢？"她大声说。

"老李，李本田——"

三宝有时候能在大半夜听到周姨在大声喊。

周姨出现了。三宝看着周姨跌跌撞撞朝那边走过去，朝那一片拖把头居民家属们跌跌撞撞走过去。她一走过去，那边的歌声也就马上停了下来，那些拖把头，她们都看着周姨，不知道这个疯子过来要做什么。但她肯定不是过来参加她们的会，周姨是有工作单位的人，她不是居民家属，所以她从来都不会参加街道的事，但她朝这边走了过来，有人还以为她是要从这里过到四栋楼那边去，不少人知道周姨和后边四栋楼的计委主任金贵的女人是同学，她们没事的时候总会在一起说说话，或在一起用钩针钩两指宽的白领套，四只手不停地动，小拇指挑得很高。手上不停动着，嘴上也不停，说她们女中的事，说她们年轻时候的事。她们还说朱老师的事，朱老师是谁？朱老师就是周姨的母亲。

"咱们朱老师。"金贵的女人说。

"咱们朱老师。"周姨也这么说。

"朱老师的语文课讲得可真好。"金贵女人说。

"朱老师的毛笔小楷写得才叫好。"

周姨说，她这么说，就好像朱老师不是她的母亲似的。

周姨的母亲有时候会来周姨家小住那么几天，背有点驼了，头发全白了，走路很慢，她会搬个小板凳坐在太阳地里看看报纸，或者是出去买一块豆腐，用手托着，慢慢地去，慢慢地回。人们谁也想不到她当年会是女中的教员。

周姨走过来了，她走得很轻，像在飘，飘过去，站住了，站在那一片剪发头居民家属的视线里。

那棵树，那片树荫，树荫下那片剪发头，一时都很静。

这几天预报有雨，天上起了云，可真黑，看样子真要下雨了。

谁也不再说话，周姨也不说话，人们都愣着，不知道接下来会发生什么事，不知道这个疯子过来要做什么。周姨的歌声就是在这时候突然响了起来，她什么也没说，开口就唱了起来，这真是让人有点防不住，太突然了，她怎么会想起来唱歌呢？怎么回事呢？

周姨的声音有些沙哑，三宝觉得这歌声好熟悉：

天涯呀海角

觅呀觅知音

小妹妹唱歌

郎奏琴

郎呀咱们俩是一条心

爱呀爱爱呀

郎呀，咱们俩是一条心

家山呀北望

泪呀泪沾襟

小妹妹想郎

直到今

郎呀患难之交恩爱深

爱呀爱爱呀

郎呀，患难之交恩爱深

人生呀

谁不惜呀惜青春

小妹妹似线

郎似针

郎呀穿在一起不离分

爱呀爱爱呀

郎呀，穿在一起不离分

    三宝愣住了，三宝忽然想起来了，就是这首歌，夜里经常听到的就是这首歌，周姨经常在话匣子里放的就是这首歌。周姨在那边听，母亲在这边听。那样的晚上，那么安静，那么让人难受，这首歌真是让人刻骨铭心。

    这时候天上的云过来了，半个院子是黑的。

    树在摇，树叶噼噼啪啪，像是在拍巴掌。

    周姨是唱了一遍，又唱了一遍，唱了一遍，又唱一遍。

天涯呀海角

觅呀觅知音

小妹妹唱歌

郎奏琴

郎呀咱们俩是一条心

爱呀爱爱呀

郎呀，咱们俩是一条心

家山呀北望

泪呀泪沾襟

小妹妹想郎

直到今

郎呀患难之交恩爱深

爱呀爱爱呀

郎呀，患难之交恩爱深

人生呀

谁不惜呀惜青春

小妹妹似线

郎似针

郎呀穿在一起不离分

爱呀爱爱呀

郎呀，穿在一起不离分

三宝注意到蒋姨突然激动地站了起来，好像要想说什么，但又坐下来了。

周妈却坐在那里没动，一动不动，半张着嘴，看着周姨。

没人能看到，周姨唱歌的时候有一个人出现了，是商店卖货的那个小杜，人们都叫她小杜，其实她也不小了。小杜是个大个子女人，大脸盘，下巴那地方特别宽，她一开口说话，你就肯定会觉得晃眼，她嘴里两边各有一颗银牙，一只眼睛有点斜视，她想事的时候就更斜了，她说说笑笑的时候就又不斜了，这可真是怪事。没人看到她站在那里，也就是从商店进到院子里的地方，也就是二栋楼和三栋楼之间，但三宝看到了。小杜是爱唱歌的人，她是被周姨的歌声吸引了过来。但她在商店怎么能够听到周姨的歌声？三宝明白了，小杜八成是又到她的表姐家，小杜的表姐也在这个院子里。小杜的表姐不用上班，她男人是市里最好的外科大夫，从英国回来的，在英国上的医科大学，河南那边的人，说话很侉，而小杜的表姐却是北京人，小杜的表姐每天要喝一斤奶，还要吃让人从北京捎来的稻香村点心，她是糖炒栗子下来吃糖炒栗子，流心李子下来吃流心李子，她的生活和别人不一样。她没孩子，她不会生孩子，她对孩子也没什么兴趣，但她喜欢收集糖果纸，花花绿绿的糖果纸，她把它们一张一张都铺平夹在书里。她没事还会用那些糖纸做纸花，一朵一朵的还挺好看。然后，她再把那些糖纸做的假花一朵一朵绑在她们家门前的那棵树的树枝上。小杜是她的表妹，没事的时候总爱到她家串门。

小杜的表姐嘴里也左右各镶了两颗牙，但是是金牙，她有钱。

小杜站在那里，一动不动，一直把周姨的歌听完。

周姨唱完歌了，和来的时候一样，她突然转了一个身，还是跟谁都不说话，再一转身，回去了。往回走的时候，周姨的步子有点踉跄，她踉跄着回去了。坐在那里开会的居民家属们都在她背后看着她，谁都没说话，都看着她，都想不到她会跑出来唱歌，更想不到她会唱得这么好。

"她哭了。"有人说。

"没哭吧？"有人说。

"哭了。"有人坚持说周姨唱的时候哭了。

"没哭。"有人说人家根本就没哭。

"神经病哪会哭？"周妈说。

"她是有时候神经有时候不神经。"蒋姨说。

这时候，三宝又看到了站在旁边楼阳台上的李琴，她在朝他招手呢，三宝反身去了李琴家。李琴家里有不少过去的旧书，三宝经常去李琴那里借书看。李琴又问三宝那天在窗下那是在做什么呢，三宝想不起来李琴到底在问什么。

"算了算了，我不问了，我也快插队了。"李琴说。

"我可不想插队。"三宝说。

"插队就可以离开这个家了。"李琴说。

李琴的家里一年到头都是中药味，李琴的母亲又瘦又白，整天在吃药。

"我要插队了，我就可以不用整天给我妈煎中药了。"李琴说。

李琴的母亲这天不在家，李琴让三宝跟着她去了另一间屋的小储藏室，里边很黑，她让三宝进来，三宝就进去了，里边也只能站两个人，里边还有三层木架子，上边放了不少书和其他东西。李琴问三宝知道不知道她想要做什么。

"你猜？"李琴说。

三宝的心就怦怦怦怦开始跳。

"那天我看到了。"李琴说。

三宝想问她看到了什么。

李琴说她们家五个孩子都是女孩儿。

"我妈的病就是给她自己气出来的，她就是想生个男孩儿，但就是生不出来。"李琴突然说，"你给我看看好不好，我还没看到过男孩是什么样。"

三宝不说话了，心怦怦怦怦乱跳。

"只看一下。"李琴说。

三宝不敢吭声，看着李琴。

"只看一下。"李琴又说。

"好，只看一下。"三宝听见自己说。

在李琴低头看三宝的时候，三宝忽然就大了，立了起来。

"谁都别跟他们说。"从储藏间里出来，李琴脸红红地对三宝说。

"那我也要看看你的，只看一下。"三宝突然说。

李琴就把三宝拉到窗户旁边，那地方外边看不到。

"其实这支歌我也是会唱的。"李琴对三宝说。

"我先看一下，然后你唱给我听。"三宝说。

"就看一下。"李琴说。

隔天，商店的小杜突然来了。

小杜在外边敲门，门一开，她一下子就跳了进来。

"王嫂，王嫂。"她叫三宝的母亲王嫂。

"怎么啦，你这是怎么啦？"三宝的母亲问。

"王嫂你开门怎么这么慢，可吓死我了。"小杜说。

"你吓什么？"三宝的母亲说。

"疯子在外边呢。"小杜小声说，用手指指外边。

"你不会走厨房门？"三宝的母亲对小杜说。

三宝家有两个门，一个走廊门，一个厨房门，做饭的时候厨房门总是开着。

小杜看了看三宝，问三宝母亲："三宝脸色怎么这么难看？"

"好几天没吃一点油了，老家来客人把这个月的油都吃光了。"母亲对小杜说。

"不吃油怎么行？"小杜说。

"那怎么办？"三宝的母亲说就供应那么点。

"我回去看看商店里什么时候来汤油。"小杜说。

商店里有时候会卖汤油，用一个很大的汽油桶装着。汤油就是猪下水炼出的油，这种油是不要供应票的。但这种油闻起来真是不好闻，臭烘烘的。

"有汤油也好，总比没油吃好，是不是？"三宝的母亲看着三宝说。

"要有我就给你留着。"小杜说。

"那可要谢谢你。"三宝的母亲连忙说。

"刚才可吓死我了。"小杜不知怎么还在喘气，她顿了一下，对三宝的母亲说刚才进走廊的时候，疯子正站在走廊里，手里还举着一把菜刀。

"这边的？"三宝的母亲赶忙问。

183

小杜说对，"是这边老王家的疯子。"

"别叫疯子，疯子多不好听，叫神经病。"三宝的母亲说。

"对，神经病好听点。"小杜说，笑了起来。

"两个神经病不一样。"三宝的母亲小声说，"那边他周姨有文化。"

"想不到周姨歌唱得那么好。"小杜说。

小杜掉过脸来，这回话可是对三宝说，她看着三宝。

"这边的王大妈这几天犯病了。"三宝的母亲对小杜说。

"怎么又犯了，可吓死人了。"小杜说。

"这几天天天都举着把菜刀。"三宝的母亲说。

"可吓死我了。"小杜说。

"你别出去。"三宝的母亲回过头又对三宝说。

"她拿什么我都不怕，她又不会砍我。"三宝说。

人们都知道王大妈是个疯子，但她对孩子们都好。院子里的人们都知道她这几天病得厉害了，天天都会举着一把菜刀出去，是从南边的厨房门那里出去，菜刀举过头，绕了一个圈子又从北边的走廊门进来了，其实王大妈家的正门就在北边，她满可以从正门出去就行，但她好像是不会。她就总是那么举着那把菜刀绕个大圈子，进了走廊门，站在了自己家的正门门前，然后，把身子朝西机械地转一下，这么一转，她的身子她的脸，还有她手里举的那把菜刀就正对着江兰家了。江兰家和三宝家住对门，王大妈认为是江兰的妈勾引了自己的男人，这真是让人觉得好笑，这真是让人要忍不住哈哈大笑的事，王大妈的男人就是剑平的父亲，剑平的父亲头秃得一根毛也没有，贼亮贼亮的。人们都觉得好笑，这怎么会呢？剑平的父亲会勾引江兰的妈？不少邻居都看到了王大妈手举着菜刀出来进去，这让人又觉得好笑又觉得害怕。她天天几乎都会来那么一回，面对着江兰家的门，口中念念有词，但谁也听不清她在说什么，她的口音实在是有些让人难懂。

"迟早会出点什么事。"三宝的母亲说。

"真吓人。"小杜说。

"我才不怕呢。"三宝说。

"你不怕就好,要不你拉琴吧?拉周姨昨天唱的那首歌?"

小杜看着三宝,又说:"你拉琴好不好?"

"不拉,我身上没一点劲。"三宝说。

"你会吗?我看你根本就不会。"小杜对三宝说,"你拉我唱,这个歌我会唱。"

"不拉,没劲。"三宝又说。

"我看你是不会拉。"小杜又说,"乐谱我会,我教你。"

三宝不说话了,他不想说话,他觉得自己身上一点劲儿都没有。三宝坐在北边那间屋的窗前,对面楼有动静,嘭嘭嘭嘭、嘭嘭嘭嘭,是李琴,正在用一根木棍打被子,把被子打来打去。更远的不知什么地方,有人在吹小号,吱——的一声,吱——的又一声。

"我去看看疯子还在不在。"小杜又坐了一会儿,说她要走了。

小杜扒着门缝朝外看,看疯子王大妈还在不在。

"还在没在?"三宝的母亲跟在小杜后边小声问。

"那首歌叫《天涯歌女》。"小杜没回答三宝母亲的问话,却回过头来对三宝说,然后把门打开,人一闪出去了。

三宝记住了,那首歌叫《天涯歌女》,三宝还记住了母亲的话:"你疯子王大妈当过兵,她上班的地方可不是一般地方,是国家体委。"国家体委在什么地方?在北京。可王大妈怎么在山西呢,她怎么不在北京?

"右派还想在北京待吗?"母亲长叹一口气,"所以人就疯了。"

"什么是右派?"三宝说。

"右派就是右派,都不是好人。"三宝的母亲说。

王大妈这几天疯得厉害了，天天都会举着菜刀出去，站在江兰家的门口。王大妈家西边的那间屋的西墙那边就是江兰她们家，那堵墙上满是王大妈吐的唾沫和擤的鼻涕，王大妈没事就对着那堵墙吐唾沫擤鼻涕大声地骂。

没隔多久，江兰她们就搬了家，来了一辆车，把家里的家具都装上了车。江兰有四个弟弟，加上她爸妈，七口人，住两间房也太挤了。他们也不敢再继续住下去。又过了不久，一家姓齐的军人搬了进来，这是个干干净净的五口之家，一个儿子两个姑娘长得一个比一个漂亮。王大妈看到了穿军装的人，她不再举她的菜刀了。因为她也当过兵，三宝早就知道王大妈当过兵，那张照片，就挂在王大妈家一进门书桌的上方，照片里的王大妈还年轻，胖胖的，穿着军装，笑眯眯的，她的旁边是她的男人，也还年轻，留着中缝儿头。两个人都是军装。

"这是我爹，这是我妈。"剑平还对三宝这样说。

三宝说："操，这谁还猜不到。"

三宝那几天正在跟着剑平学说脏话和抽烟，可真过瘾。

"我一说'操'就硬了。"三宝对剑平说。

"我也是。"剑平说。

"我一抽烟就想该喝点酒了。"三宝对剑平说。

"我也是。"剑平说。

"怎么我说什么你就跟上说什么。"三宝说。

"我妈那会儿还没病。"剑平说。

"那你妈后来怎么就有病了？"三宝问剑平。

剑平也说不上来。过了不久，剑平入伍当兵去了。

剑平当兵走之前和三宝说了一晚上的话，抽了一晚上的烟，钻在一个被窝里睡了一晚上，就分手了。

没过多久，出事了。上边下来了人，来调查周姨唱歌的事。周姨唱歌的事传得可真远，许多人都知道了，都知道她那天唱的是什么歌。"郎啊妹啊，还又是针又是线，还要穿在一起，你说他们要怎么才能穿在一起，怎么穿？男的和女的穿在一起算是什么事？"上边的人说，"这像什么话？这可不是小事！"

"有什么背景，要一查到底。"上边的人，也就是那个文化局胖子副局长说。

周妈愣了一下，不知道这该怎么查，她没遇到过这种事。

"这是封资修！"胖子副局长又说。

周妈就更不知道说什么好了。

"写个材料，过两天交上来。"胖子副局长说。

周妈可犯了愁，这个材料可怎么写？让谁写？她想到蒋姨了，她有文化。可蒋姨怎么能写这个，她的身份不够，出身不好。没办法，周妈只好请她的男人来写，"我的事反正就是你的事。"

"文化局怎么能管街道的事。"周妈的男人说，"这不对啊。"

"这是他负责联系的点儿。"周妈说，这人现在当副局长了。

"真可怜！"周妈的男人说。

周妈看着自己的男人，不知道他是说谁可怜。

"你说谁？周慧琴吗？"周妈说。

"还能有谁？"周妈的男人说，他还想说什么，想了想没说。

"最不牢靠的就是你们女人的嘴。"周妈的男人说。

"她是不是有什么事？"周妈说。

周妈的男人想了想还是没说。

天气是一天比一天凉了，晾在马路上的玉米收了起来，人们不知道从哪儿来的那么多战备玉米，一火车皮一火车皮被拉来卸在了这里，金黄金黄的摊晾在马路上，人们都叫它战备玉米，一直从西门外那地方晾到了火车站，够好几里地，把整条路都占了去，人们走路都没地方了，车也不能在路上开了。太阳好的时候玉米就摊晾在那里，下雨的时候就有人把玉米都再堆起来苫好，雨停了再把玉米都摊开。院子里的人们就说那玉米能吃吗，是不是吃的时候——比如在磨成面粉之前还要洗一遍，但那么多的玉米可怎么洗？也就是在这时候，人们开始储存山东大白菜，一草袋子一草袋子往回拉，还有胡萝卜和土豆，也是一袋子一袋子往回拉。菜铺里的菜堆得到处都是，晚上怕上冻，都用草袋子苫着，早上草袋子的上边都是白花花的霜。菜铺那头拉车送菜的小毛驴，安安静静地在菜铺的后院里吃它的草料，脖子上的铁铃铛叮的一声，又叮的一声。它累了一天了，来来回回拉菜还能不累？那个小小的后院紧紧挨着三宝他们的家，小毛驴吃着吃着会忽然昂昂昂地叫起来，它每天都得叫那么两声，有时候晚上也叫，天快亮那阵。

三宝被吵醒了，翻过来调过去，翻过来调过去，"烦死了，怎么总在叫，烦死了，怎么总在叫。"三宝说。

三宝的母亲对三宝说："菜铺就得养这么一头驴，要不谁来拉菜给人们吃？叫就叫吧，驴叫没人管，它怎么叫都没人管，可你周姨这回可真算惹上麻烦了。"

"你周姨太可怜了。"三宝的母亲想了想，没把下边的话说出来。

"你们小孩子的嘴不牢。"三宝的母亲看着三宝说。

三宝对这种事不感兴趣，三宝前不久跟旁边楼的原征借了一本他父亲的医书看，三宝专门从书上找生殖器的图谱看，一边吃冰棍儿，一边对着图谱手淫。三宝觉得自己已经是个大人了。

没过几天，上边的人又下来了，就是那个文化局副局长，下来调查周姨唱歌的事来了。他原本是剧团唱戏的，现在当了文化局副局长。他板着面孔对周妈说：

"这首歌是上海滩周璇唱的，她姓周，她也姓周，是不是有什么关联？到底是怎么回事，这事一定要查清。"

周妈哪知道这是怎么回事，不知道该怎么回答。

"这种歌现在也敢拿出来唱？封资修势力又抬头了。"胖子副局长说。

"我还姓周呢。"周妈说，"可我们谁跟谁都不认识。"

"这是顶风作案！"胖子副局长说这是顶风作案，他一说"作案"这两个字，周妈就打了一个哆嗦，紧跟着又打了一个，又打了一个。

"干啥，你？"胖子副局长说，"你激动什么？"

周妈又打一个，看着胖子副局长，说话了。

"周慧琴可是个疯子。"

"疯子还会唱歌，我看她就不疯。"胖子副局长说。

周妈没话说了，看着胖子副局长。

"疯子吃屎，给她根硬屎，看她吃不吃？"胖子副局长又说。

"周慧琴真是个疯子。"周妈又说。

"你叫她来，我给她根屎吃。"胖子副局长又说。

周妈不说话了，看着这个胖子副局长。

胖子副局长忽然使劲用鼻子出了一下气，哧的一声，他觉得自己像是有点感冒了。他站住，神情凝重地望着正前方，说这种装疯卖傻的人其实都埋得很深。胖子副局长忽然就说起了前不久发生在矿务局的一个案子，就是一个男人把自己装扮成了个女人，和另一个男人生活在一起，还结为了夫妻，这一结就是二十多年，结果还是被人们给发现了。这个装成女人的男人和那个男人在一起生活了二十多年也没被人们发现，他们也不要孩子，当然他们也没办法有孩子，他们是两个男人，两个生活在一起的男人。那个真男人，在煤矿下井挖煤，那个装成女人的男人就在家里给这个男人做饭洗衣裳。事情的发生是这样，男人上夜班的时候同院的姑娘去他们家里借宿，结果事情就给败露了。那个姑娘晚上听到了动静，是"大妈"下地去撒尿，但不对啊，"她"怎么是站着撒啊？哗啦哗啦、哗啦哗啦，这姑娘把这一切都看到了眼里，这个装成女人的"大妈"根本就不知道在她家借宿的姑娘还醒着，或者是睡了一觉又醒来了。"她"就那么站在那里撒了一泡尿，结果这事情就被人们都知道了。人们马上就断定了这两口子是美蒋特务，要不他们怎么会伪装成两口子呢？那男的装女人还装得挺像，二十多年了居然没被人发现。这事一下子就轰动开了，成了最大新闻。

公安局的警察盘问在这两口子家借宿的姑娘，"你那个'大妈'，晚上是不是对你动手动脚？"

姑娘说："谁说他是我大妈？"

"你们不是都这么叫他吗？"警察说。

"说说话就睡了。"姑娘说。

"也没拿什么话撩你？"警察又说。

"没说什么，就说六食堂的事，说六食堂的饭要比其他的食堂好，油大。"人们都知道六食堂是机关食堂，矿长什么的都在这个食堂吃饭，市里领导检查工作也在这里吃饭。这个食堂还专门有块地，专门给领导们种各种菜。

"还说什么来？"

"还说六食堂天天都有肉，随便吃，别处可吃不上肉。"

"还说什么来？说没说关于要跟苏联打仗的事？"

"没说，对啦，他还说六食堂的人天天都能喝到酒，也是随便喝。"

"你看他有没有什么不对劲的地方？"

"他背冲着我站着撒尿，别的我不知道。"姑娘说。

"我们一个睡炕这边，一个睡炕那边，离老远。"

"离老远？"警察看着姑娘，没再往下问。

那姑娘却一捂脸忽然哭了起来，那几天，不少人都在指责她，说她一个姑娘家嘴怎么这么不牢，一下害了两个人。

"嘴不牢害死人，你又拿不上奖状！"她妈也对她这么说。

过了不久，公安局的人架着那个装成女人的男人出现了，到他们家查电台，这个男扮女装的男人已经走不了路了，被架着。这件事简直是轰动了，那天赶来看热闹的简直是人山人海，连房顶上都站满了人。鸽子在天上飞，它们没地方落了，它们落不下来了，只能不停地一圈一圈在天上绕着飞。人们都说这个假女人看样子已经快不行了，但上边交代了还是要把电台给查出来，既然是特务，他们肯定就得有电台。电台在什么地方？那个装成女人的男人已经说不成话了，有人说他已经把自己的舌头给咬断了。为了找出电台，有关方面还让这个男的多活了两天，给他上了什么药，让他不能那么快就死，结果这个把自己装成女人的男人还是死了。他一死，那个真男人也跟着上了吊。这个真男人也是什么也不说。他把自己吊死在厕所里，他要去厕所，你又不能不让他去，他进去，就再也没出来，人们发现的时候，人已经吊死了，脸上都是泪。

人们都说美蒋特务真是顽固，问到底什么也不说，一个咬了舌头，另一个却说出了三个字："我爱他！"这是什么意思，操他妈的，这叫什么话！人们都一致认为"我爱他"一定是美蒋特务们使用的暗号，但这个暗号是什么意思，这可是谁也不知道，可能永远都不会被人知道了。

"他们这种人都埋得很深。"胖子副局长严肃地对周妈说。

周妈不知道说什么好了，半张着嘴，样子看上去有点傻，其实周妈一点儿都不傻。在心里，她是瞧不起这个副局长。

"她是个疯子，还深什么深？"老半天，周妈才说。

"你说这个周慧琴是个疯子，你知道她心里想什么！"胖子副局长说。

周妈想知道是谁把这件事反映给上边的。

"这是组织原则，不能告诉你。"胖子副局长很得意地说。

"拿疯子怎么办，说到底是个疯子。"周妈说。

"这事不能就这么完啊，影响太大了，这是什么时候，她唱周璇的歌，唱上海滩的歌，上海滩是什么地方？专门出流氓阿飞！"胖子副局长声色俱厉了，"上海滩太烂了！不知道出了有多少特务！"

"黄金荣！"胖子副局长说。

"杜月笙！"胖子副局长说。

"没完？那还要做什么？"周妈根本就不知道黄金荣和杜月笙是谁。

"这回要批臭她。"胖子副局长说，挥了一下手。

"这种事，说不清，也许她都会和黄金荣杜月笙有关系！"

周妈一时没了主意，上次她组织居民家属已经斗过蒋姨了，那是因为她出身不好，跟传教士的父亲沾了光。而周姨的出身是好的，虽然她男人老李出身不好，是大地主，但人已经被弄到了农场，而且，周姨的儿子也不在她跟前，据说是跟她男人在农场那边在上学，一去就是三年，没一点音信，也没见回来过。再怎么，也不能因为她唱了这个歌就批斗，这事，怎么办呢？

"她要是个正常人还好说，可她是个疯子。"周妈又说。

周妈看着这个曾经是唱地方戏的胖子副局长，胖子副局长却不看她，胖子副局长看着远方，目光是极其深远，好像都看到拉丁美洲那边了，最起码也看到了越南那边，人们都知道越南那边正在和美帝国主义打仗。周妈不知道这个胖子副局长在想什么，周妈看过他的戏，他在这一带是有名的丑角，早先专门演媒婆戏，他的台步走得蛮好，他不用唱，上了台，只要在台上不停地走两圈儿掌声就会来了，再走一圈儿，掌声就更厉害了。后来他演《红灯记》里的李玉和，他是国字脸，化出妆来简直和样板戏的那个李玉和一模一样，再后来他就当了文化局的副局长。他不唱戏了，他现在的事是组织会演，组织人们写红色剧本，或组织各种有声有势的街头活动，还负责分管文化动态。

"怎么办呢？"周妈没主意了。

"这事得回去研究。"胖子副局长说还得向上级反映，他也定不了。

"这个院子也太黑了！"走了两步，胖子副局长一转身，看定了周妈，"你们这里是一户挨着一户，一户挨着一户都是黑的，太黑了，一律黑，怎么都黑到一块儿了，就等着革命的铁扫帚来扫吧。"

"我可不黑，我可是见过白求恩！"周妈忽然忍不住了，大声说。

胖子副局长愣了一下，接不上茬儿来了。

胖子副局长啊了一声，又啊了一声。

但他马上就把思路理顺了过来。

"但你不会背《纪念白求恩》也白搭！"胖子副局长终于憋出这么一句话。

胖子副局长虽然是对着周妈说话，眼睛却依旧看着别处，目光实在是太他妈深远了，这样的目光是他在台上练出来的，一般人还真来不了。他的目光可以把台下黑压压的人一下子都罩住，让谁都不清楚他正在看谁，让谁都觉得他是正在看自己，这就是他的本事。

"疯子杀了人可不偿命。"周妈说。

胖子副局长突然抖了一下，就好像中了电，但他马上又回过神来，说："你见过白求恩，但你不会背《纪念白求恩》。"

周妈说不出话来了，干张着嘴。

"你要是会背就好了。"胖子副局长又说。

周妈没话了，傻眼了，周妈不识字，那几年的扫盲对她没起一点作用。到了后来，人们才明白是这个胖子副局长的话起了作用，是他彻底成全了周妈。在往后的日子里，周妈走着站着背《纪念白求恩》，她让她三闺女一句一句，一个字一个字教她背。周妈有三个闺女一个儿子，周妈

193

的大闺女和二闺女早早嫁了人，两个女婿，一个是工人，一个是农民，儿子在朝鲜打仗做了烈士，骨头都没回来。是三闺女帮着她背《纪念白求恩》，三闺女在剧团工作，戏校毕业的，是个唱黑头的，在《沙家浜》里扮演胡传魁，有一阵子她就剃了个男人的小平头出来进去。因为她在剧团工作，市里有什么活动，开什么联欢会她总是要唱几句的，所以不少人都认识她。周妈终于在三闺女的辅导下把《纪念白求恩》全部背了下来。在往后的日子里，她每到一地讲白求恩，必先把《纪念白求恩》从头到尾背一遍，一个字都不会错。背完，然后才开讲。她现在就是闭着眼睛都能把白求恩的事讲得滚瓜烂熟。而且，她在讲述中又加入了一些崭新的内容，比如，她会拍拍自己的右手，说白求恩当年就是和她握的这只手，再比如，她还会说她给白求恩吃过家乡的莜面大饺子。莜面大饺子比他们的面包香。

"山药丝酸菜。"周妈说。

下边的人没听懂周妈在讲什么，她的口音有时候很难懂。

"山药丝酸菜，好吃啊。"周妈又说。

这下人们才听懂了，但山药丝酸菜又和白求恩有什么关系呢？

"白求恩一口气吃了三个。"周妈伸出三个指头。

"我做的山药丝酸菜大莜面饺子。"周妈又说。

但这好像也与《纪念白求恩》没一点点关系。

周妈没主意了，真不知接下来该讲什么了。

"你就不会说你给白求恩同志做过一双鞋？"周妈的男人周校长那天突然对周妈说。周校长原来在市一中当校长，一中是这地方最好的中学。但他现在没什么事了，靠边站了，也不是被打倒，也不是很吃香，是不香不臭，组织上正在调查他的事，因为有人说他参加过三青团，但许多人都不知道什么是三青团。他越是这样，周妈就越积极。

"要不这样，要不这样，要不这样……"

周妈下边的话没说出来，她不能再说了。反正是她要积极向上，她要出名，只有这样，她才能保住这个家。

"这不好吧？我都不知道人家白求恩多大的脚。"周妈说。

"就说是45的吧，我看差不多，外国人什么都大。"

周校长说，忽然笑了起来。

周妈的男人和周妈是一个地方的人，他们那地方过去是革命老区，白求恩真去过那里，周妈也真见过白求恩，只不过是远远地看几眼，也真的洗过绷带，但那都是白求恩医疗队扔掉不要的，人们把它们洗干净了打铺衬用。

周妈再讲的时候适时地加入了给白求恩做鞋的这个内容。这件事发展到后来，居然像滚雪球一样越滚越大。报社的记者找到周妈采访了她，把她的照片还有那篇采访文章放在一起发在了报纸上。周妈虽然不识字，但她把那张报纸存了起来。

这一年的八一建军节很快就到了，省里双拥办的白主任在省里召开的双拥模范代表大会上接见了周妈，这个会开得可是太隆重了，会场里边红彤彤的，献花，唱国歌，奏军乐，做报告，到了晚上还有演出。周妈给评上了双拥模范，白主任上台接见了她，还和她握手，问她叫什么，说"手"字和"莲"字放在一起好像是不通，所以还给她改了一下名字，亲自把"手"字改成了"秀"字，这么一来，"周手莲"就变成了"周秀莲"。

"这样才念得通。"白主任说。

白主任过去是个教员，市二中教语文的。

"以后就叫'周秀莲'吧。"白主任握着周妈的手亲切地对她说。

其实那不是握手，白主任只不过是用自己的手捏着周妈的两个指头，等到周妈想要用两只手紧紧握住白主任的手时，白主任早已经把手抽了出来。

"希望你继续立新功。"白主任对周妈说。

"我要立新功。"周妈是太激动了。

"立吧，我们支持你。"白主任说。

"我要立。"周妈说。

"我们每个人也都要立。"白主任又说。

自从被白主任接见之后，周妈忽然觉得自己有点像是水土不服了，简直就是说不上是难受还是舒服，头有点晕，做什么都做不到心上，吃饭也没了滋味，觉也睡不好。回到家后，她把在表彰大会上戴给她的那朵大红花端端正正挂在了自己家一进门的地方，挂了两天又觉得不是地方，又把它挂在了床头，在床头上挂了两天，她又把它取了下来，这次还是把它挂在了一进门最显眼的地方。

"真好。"周妈说。

她说这话的时候家里没有别人，只有她一个人，她很陶醉。

周妈十分深刻地觉得自己跟以前不一样了，表彰会是八月初开的，到了八月底，周妈周秀莲同志开始给部队的战士们纳鞋垫。周妈的爱人周校长可真给她出了个好主意。要不是周校长给她出这个主意她还真不知道该怎么办了，一开始，她真是昏了头，不知道该怎么继续立新功，她真是发了愁，那几天，她也不在院子里溜达了，也不管垃圾箱那边的事了，鸡们想怎么扒拉就扒拉吧，避孕套就避孕套吧，周妈管不了那么多了，她一心想着怎么立新功。她也顾不上组织居民家属们开会学习了。她很发愁，不知道应该怎么继续，更不知道新功是什么样，说具体一点，她不知道从什么地方去接续，白求恩早死了，也续不上。还是她男人周校长有见识，及时给她出了那么个好主意。

"你不是会纳鞋垫吗？"周校长说，"那你就纳鞋垫，你多纳一些。"

周妈说纳鞋垫做什么，"你让我给谁纳？"

"给谁纳？你傻啊，给部队的战士们纳嘛，到了明年八一的时候你把鞋垫都送到部队里去，你是双拥模范嘛。"周校长的脑子真是好使，只这一句话，简直是开启了周妈的政治生涯新纪元。周妈开始纳鞋垫了，她这个双拥模范好像从来都没认识到鞋垫为何物，现在她认识到了，她走着站着都在纳，人们都看到了。街道的开会学习在短暂停顿之后也马上又恢复了。院子里又响起了歌声。

周妈在开会的时候也手不停地纳。别的居民家属问她这是给谁纳的。

"前几天已经纳完了一双，这怎么又纳开了？"有人问了。

"给谁？你说给谁？给咱们最可爱的人。"

周妈虽然不识字，但她知道社会上时兴什么。

"谁是最可爱的人，解放军战士就是最可爱的人。"周妈又马上来了一句。

周妈不但手不停地纳鞋垫，而且她还开始研究怎么设计鞋垫上的图案，过去的"双鱼戏莲""牡丹戏凤"被她改成了大海的海波，海波上还纳出了火轮船的图案，或者是向日葵和太阳的图案。到了后来，周校长也开始帮着周妈设计鞋垫的图案。

周校长不愧是学校的校长，虽然他现在靠边站了，设计个小图案还是得心应手的，他的堪称经典的设计是在鞋垫四周先绣出一圈儿金黄的麦穗，然后再在鞋垫的中间部位绣那么一个齿轮，鞋垫靠脚后跟的地方再绣两支交叉在一起的枪。这么一来，工农兵全有了。这个鞋垫简直是在推陈出新了，既大方，又拿得出手，又有革命的意义。

"鞋垫上不要搞那么多花样，这就足够了。"周校长说。

在往后的日子里，周妈和院子里的居民家属们绣了不知有多少鞋垫，简直是不计其数，但图案总是离不开麦穗、齿轮和交叉在一起的步枪。每年一到八月一日，周妈就会去一下城市西边的那个部队，把这一年纳的鞋垫送到年轻战士们的手里。部队的战士换了一茬又一茬，十七八岁的他们都管周妈叫"周妈妈"。

他们，这些十七八岁的年轻战士们，到了那天，会列队站在一起欢迎周妈，一边拍巴掌一边大声喊：

"周妈妈好——！"

"周妈妈好——！"

"周妈妈好——！"

多少年过去，这声音一直回荡在周妈的心里，这可真是一种无形的力量，总像是有什么东西在撞击着周妈的那颗心，让她既舒服又难受。

但让周妈心里放心不下的还是周姨的那件事，因为上边又在催了，"怎么回事？怎么处理？你们街道不能盖盖子把问题盖住？"

"那怎么办？她又不是街道上的人，她有她的工作单位。"周妈已经把问题想明白了，"街道只负责街道上的事，可人家周慧琴不是街道的人，人家有人家的工作单位。"周妈把声音放低了，小声把话输送到电话的另一头，她想把这事给推了，她男人，靠边站的周校长悄悄对她说了，这事要这么这么说，可千万别把这事揽到街道上来，现在早就没人搞什么批斗了，别惹这麻烦。

"她压根就不是我们街道上的人。"

周妈又把这话小声输送到了电话的另一头。

"既然有了流毒，就要肃清它，流毒在哪里出现就在哪里肃清它。"这是胖子副局长的话，他在电话的另一头声色俱厉。

"这是我的工作点，我不能让我的点上出任何问题，我的点一定要红上加红，不能有一点黑。"停了停，胖子副局长又说，"革命在深入，我们也要深入，深入到每个人的灵魂深处。"

说话的时候，他把手抬起来，又猛地朝下一劈，好像是，有什么已经在他的手下四分五裂了，有什么已经在他的手下被一下子击毁了。

只可惜胖子副局长是一个人在自己的办公室里打电话，没人能够看到他精彩的手眼身法步。

"周慧琴，开门开门！"

"周慧琴，开门开门！"

这一天终于来了，三宝刚刚养了一条狗，狗被惊得乱叫。

有人在敲周姨家的门，这门敲得可也是太厉害了，院里的人们都听到了。天已经不那么热了，院子东面和街两边的槭树叶子都已经落光了。园林工人这几天正在给树涂白粉，每一棵树的树干都涂上白粉。这样一来，街道像是一下子亮丽了许多。学校组织学生们打树子也已经结束了，再说树干上都涂上了白粉，学生们也不能再爬到树上去。路上晒的那些玉米也差不多都收了起来，来不及收的也都堆了起来，黄灿灿的像是一堆又一堆的金子，离近了看，会看到上边有不少鸽子屎。玉米粒大，麻雀拿它没办法，都是鸽子的事。

是艺校的学生们在敲周姨家的门。那么多的学生围在周姨家的门口，他们又是喊又是敲，院子里的人们对这些都已经习惯了，知道是出了什么事，但人们不知道这种事现在会发展到什么地步，但既然没有那种拉人上街的大卡车开过来，就说明这事不会声势太大，是小规模的，没什么了不起。而且人们也都知道了是周姨的事，全是因为她唱那首歌。人们从自己的家里出来，站在那里看热闹。那些艺校的学生们，突然停止了喊口号，周姨从她的家里出来了。

漆着绿漆的门开了，周姨出现了，周姨太瘦了。

周姨还穿着她的那件黑色双排扣列宁服，脸色是煞白，好像风一吹她就真要飘起来了。周姨这几天又病了，在家里自己跟自己大声说话，声音要多沙哑有多沙哑。"在哪呢，在哪呢，老李你在哪呢？"她大声说，她在问谁？

"老李，李本田——"

三宝有时候能在大半夜听到周姨在大声喊。

艺校的学生是胖子副局长带来的，艺校是文化局的下属单位，所以这样的事就轮到艺校的学生们出场了。胖子副局长既是局长也是他们的校长，胖子副局长有时候还会给他们上上表演课，比如怎么演李玉和，怎么拉膀子，怎么迈步才更像英雄人物，但他现在根本就不教学生们媒婆的步法和表演。他们来到了这个著名的市委干部大院，临时还布置了一下会场，也就是在院子里，在那棵杨树上拉了一个白布的横幅。横幅上是很大很醒目的黑字，横幅的一边拴在杨树上，另一边用一根几乎是无比长的绳子拴在了旁边的那栋楼上。

"下来开会！"

"下来开会！"

"下来开会！"

周妈已经把院里的家属们都招了来。

也就在昨天，胖子副局长对周妈说了很有分量的话，他把很有分量的话通过电话输送过来，输送到周妈的耳朵里，这些话又从周妈的耳朵里噼里啪啦掉在她的心上，砸得她很难受，说难受还像是有点不对，是既让她害怕又让她兴奋。胖子副局长的话，一个字一个字忽然好像都很有分量了，胖子副局长说："你可是闻名全省的人物，你不能辜负省双拥办白主任对你的期望，你跟别人哪能一样，会开到什么水平是水平问题，但你开不开会是态度问题，全省都在看着你，全省！"

"全省都在看着你，全省！"胖子副局长把这话又重复了一遍。

周妈愣了有好一会儿，脑门儿那地方开始发热，心怦怦怦怦怦乱跳起来，她想把什么话再通过电话给胖子副局长输送过去，但她突然没词儿了，卡了壳，一颗心怦怦怦怦，说不上是难受还是舒服。

周妈也不知自己怎么就一下子又兴奋起来，头还有那么点晕，她一个楼一个楼地挨着喊家属们下来开会，"开会啦，开会啦，下来开会啦！"

她心里好像是呲呲呲呲冒着火苗子，那种说不清的兴奋忽然又像是一下子被点燃了，心跳不但加快，两只手都有些发麻，当年她听到子弹飞的时候是这样，她第一次远远看到白求恩的时候也这样，心乱跳，手有点发麻，她去省里开会上台领奖状的时候更是这样，心乱跳，手有点发麻。这种兴奋让她像是魂不附体了，她走路也快了，说话声音也格外有力而且洪亮。

"开会啦，都出来开会。"

周妈把院里的家属们差不多都喊了下来，把她们安顿好。

"到时候跟着学生们喊口号就行，都喊，谁也不许不喊。"

一切都准备好了，就要开会了。

"还差件东西。"胖子副局长忽然又对周妈说。

周妈不知道还差什么，她看着胖子副局长。

"得让周慧琴站在个什么东西上才行。"

一把椅子很快就搬来了，这时那些艺校的学生们已经把周姨带了过来，周姨是不停地笑着，她的笑很冷，让人感到害怕。三宝挤在人群里，看着周姨被人们推推搡搡弄到椅子上站好了。周姨却还在笑，她好像根本就不知道发生了什么事，也不知道害怕。有人在三宝旁边说话了，声音很小。

"真可怜。"是李琴，她不知道什么时候站到了三宝的旁边。

周姨被推在了椅子上，这样一来呢，她就比在场的所有人都高出了一大截。

三宝站在人们的后边，他听不清那个胖子副局长都讲了些什么。他大略在讲唱那种歌就是放毒，他又讲上海滩，说上海滩是个出流氓的地方。这话他讲了不止一次了，既然上海滩是个出流氓的地方，那上海滩的《天涯歌女》就是首流氓歌。黄金荣、杜月笙！上海滩！

让谁也想不到的是，周姨这时忽然又笑了起来，她的笑声真是冷，那么冷。

胖子副局长侧过脸看了一下,他还没讲完呢。

周姨的笑声很特别,特别冷,很冷很冷的那种笑声。

然后,不单是三宝,在场所有的人都看见周姨从口袋里一把把什么掏了出来,是一块手帕,湖绿色的手帕,上边绣着什么,粉粉的一团。周姨已经把手帕扬了起来,一扬一扬一扬一扬,然后是突然而至的歌声,是歌声,这让所有的人都想不到,周姨居然在这时候又开始唱歌,这怎么可以,这怎么可以,这怎么可以!周姨的嗓子是沙哑的,好像此刻更沙哑了,人们都想不到她在这种时候会突然唱起来,人们都愣在那里。

　　天涯呀海角
　　觅呀觅知音
　　小妹妹唱歌
　　郎奏琴
　　郎呀咱们俩是一条心
　　爱呀爱爱呀
　　郎呀,咱们俩是一条心

　　家山呀北望
　　泪呀泪沾襟
　　小妹妹想郎
　　直到今
　　郎呀患难之交恩爱深
　　爱呀爱爱呀
　　郎呀,患难之交恩爱深

人生呀
谁不惜呀惜青春
小妹妹似线
郎似针
郎呀穿在一起不离分
爱呀爱爱呀
郎呀，穿在一起不离分

　　艺校的学生们拥上去的时候，周姨已经开始在唱第二遍，三宝没看清是周姨自己从椅子上一头撞了下来，还是被艺校的学生们挤了下来，多亏下边挤满了人。

　　有人忽然在三宝身边一把攥住了三宝的手，是李琴，李琴的手在抖。这时候从椅子上倒下去的周姨又站了起来，又开始唱，围在她旁边的人都往后退，谁都怕碰到她，又像是，人们在给她让开场子，让她好好唱。三宝看见那块湖绿色的手帕扬起来，又扬起来：

天涯呀海角
觅呀觅知音
小妹妹唱歌
郎奏琴
郎呀咱们俩是一条心
爱呀爱爱呀
郎呀，咱们俩是一条心

家山呀北望
泪呀泪沾襟

小妹妹想郎

直到今

郎呀患难之交恩爱深

爱呀爱爱呀

郎呀，患难之交恩爱深

人生呀

谁不惜呀惜青春

小妹妹似线

郎似针

郎呀穿在一起不离分

爱呀爱爱呀

郎呀，穿在一起不离分

  周姨唱的时候不知是谁也忽然小声跟着哼了两声，但马上就停住了。"赶快弄回去，赶快弄回去。"胖子副局长说，"这还了得，这还了得！"

  这天上午，商店的小杜用铝饭盒送来了一盒汤油，一盒汤油才一块五毛钱。小杜和三宝母亲说白天的事，母亲说那边的周姨这下子要住一阵子医院了，不住不行了。三宝的母亲说："可怜啊，可怜啊。"三宝的母亲想了想，又小声对小杜说："这话你可千万别对别人说，她男人老李和那个孩子其实早都死了三年了，只是没人敢告诉她，可怜啊可怜啊。"

  "怎么死的？"小杜说。

  "那谁知道，唉，谁知道，咱们不知道。"三宝的母亲说。

  "人早死了。"三宝母亲又说。

  小杜和三宝母亲说话的时候三宝不在家，他去送李琴，李琴要去插队了，市里开了隆重的誓师大会，锣鼓敲得震耳欲聋，还有军号，吹得也是响彻云霄。上火车的时候，李琴都对三宝说了些什么话，三宝根本就听不见，三宝拉着李琴的手，车站是乱得不能再乱，什么也听不见。李琴上了车，还在对三宝说话，嘴一张一张的，三宝急了，又挤啊挤啊，使尽了全身的力气又挤上了车，车上满满都是人，也都在说话，都在告别，都在拥抱，车上的乘务员一遍一遍地催人们下车，嗓子都喊哑了，让送人的人赶紧下车，说车马上就要开了。三宝只好又往车门那边走，这时李琴猛地一把把他拉住，在三宝的耳边又大声说大声说大声说，这次三宝终于听到了。

"穿在一起不离分，穿在一起不离分。"李琴说。

"小心别人听到。"三宝说。

"等我回来你拉小提琴我唱这支歌。"李琴说。

"好的。"三宝说。

"你拉小提琴我唱这支歌。"李琴又说。

"好的啊。"三宝又说，挥挥手，眼泪就下来了。

车开动了，慢慢慢慢开动了，三宝追着车跑，三宝看着李琴在车窗里对着他大声说着什么，虽然听不清，但三宝知道李琴一定是在说：

"穿、在、一、起、不、离、分——"

上
边

外边来的人，怎么说呢，都觉得上边真是个好地方，都觉着上边的人搬到下边去住是不可思议。这么一来呢，就显出刘子瑞和他女人的与众不同，别人都搬下去了，上边，就只剩了刘家老两口，好像是，他们是留下来专门看守上边的空房的。人们都知道，房子这种东西就是要人住才行，一旦没人住就会很快破败下来。一开始，人们搬下去了，但还是舍不得上边的房子，门啦窗子啦都用石头堵了，那时候，搬下去的人们还经常回来看看，人和房子原是有感情的。后来，那房子便在人们的眼里一点点破败掉，先是房顶漏了，漏出了窟窿。但是呢，既然不再住人，漏就漏吧，结果那窟窿就越漏越大，到后来，那房顶就会慢慢塌掉。人们一开始还上来得勤一点，到了后来，下边的活计也忙，人们就很少上来了。有些人家，虽然搬下去了，但上边还有一些碎地，零零星星的碎地，一开始还上来种，到了后来，连那零零星星的碎地也不上来种了。这样一来呢，上边就更寂寞了，人们倒要奇怪老刘家怎么不搬下去。外边的人来了，就更是觉得奇怪。村子破败了，味道却出来了，好像是，上边的村子要是不破败倒没了味道，破败了才好看，而这好看的破败和荒凉之中却让人意外地发现还有户人家在这里生活着，却又是两个老人。这就让这上边的村子有了一种神秘感，好像是，老刘家真是与众不同了。这倒不单单因为老刘家的儿子在太原工作。

人们把这个村子叫"上边"，因为它在山上，村子的后边也就是西北边还是山，山后边呢，自然还是山。因为是在山里，房子便都是石头盖的，石头是那种白色的，给太阳晒得晃眼。村子里的道路原是曲曲弯弯的，曲曲弯弯的道路也是石头铺的，是那种圆石头，起起伏伏地铺过来铺过去，道路两边便是人家，人家的墙也是石头砌的，高高低低的石头墙里或是一株树，或是刘子瑞今年种的玉米，今年的雨水又勤，那玉米就长得格外好，绿得发黑，年轻力壮的样子。既然人们都不要那院子了，老刘便在那荒败的院子里都种上了庄稼，这样可以少走一些路，村子外的地就可以少种一些。老刘的院子呢，在一进村不远的地方，一进去，左手是三间矮房，窗台下就是鸡窝。右手是一间牲口棚，那头驴在里边站着，嘴却在永远不停地动。驴棚的顶子上晒满了玉米，紧靠着牲口棚是一间放杂物的小房，房顶上堆满了谷草，房子里是那条狗，来了人会扑出来，却给铁链子拴着。因为给铁链子拴着就更愤怒了，不停在叫，不停在叫，也不知是想咬人一口还是想让人把它给放开。而那些鸡却不怕它，照样在它的身边寻寻觅觅，有时候呢，还会感情暧昧地轻轻啄一下狗，亲昵中有些巴结的意思，又好像还有些安慰的意思在里边。老刘家养了一院子的鸡，那些鸡便在院子里到处刨食，这里刨一个坑，那里刨一个坑，坑里有什么呢？真是让人莫名其妙。有两只鸡不知是老了还是得了什么病，最近毛都脱光了，露出红红的鸡皮，好像是，鸡也知道好看难看，别的鸡也许是嫌这两只鸡太难看，便不停地去啄它，你啄一下，我啄一下，这两只鸡身上的毛便更少。鸡这种东西，原来都是势利眼，刘子瑞的女人把玉米往院子里一撒一撒，这就是在喂鸡了，而那些鸡却偏偏不让这两只脱了毛的鸡吃食，只要这两只鸡一表现出要吃食的欲望，别的鸡就舍弃了吃食而对那两只鸡群起而攻之。有时候，这两只鸡简直就给啄晕了，就缩在土坑里，闭着眼，像是死了，却是活着。等别的鸡吃完了，这两只鸡才敢慢慢慢慢站起来，脱了毛的鸡真是难看，红红的，腿又是出奇地长，每迈一步都很夸张的样子，啄食的时候，要比别的鸡慢好几拍，好像是，那只是一种试探，看看别的鸡是不是同意自己这么做。这也是一种日子。

日子呢，是什么意思？仔细想想，倒要让人不明白了。比如就这个刘子瑞，天亮了，出去了，去弄庄稼去了，他女人呢，踮着小脚去喂驴，然后是喂鸡，然后呢喂那条狗。日头高起来的时候又该做饭了，刘子瑞女人便又踮着小脚去弄了柴火，把灶火点着了，然后呢，去洗山药了，洗好了山药，那锅里的水也开了，便下了米。锅里的水刚好把米埋住，这你就会明白刘子瑞女人是要做稠粥了。水开了后，那米便被煮涨了，水不见了，锅里只有咕咕嘟嘟的米，这时候刘子瑞的女人便把切好的山药片子一片一片放在了米上，然后盖了锅盖。然后呢，便又去捞来一块老腌菜，在那里嚓嚓嚓嚓、嚓嚓嚓嚓地切。然后是，再用水淘一淘，然后是，往老腌菜丝里倒一点点麻油。这样呢，饭就快要做好了。饭做好的时候，刘子瑞的女人便会出去一回回地看。看一回，再看一回，站在院子的门口朝东边看，因为刘子瑞总是从那边上来。她在这院门口简直就是看了一辈子，从前呢，是看儿子回来，现在呢，只有看自己的男人。有时候，连她自己都觉着自己有些奇怪，为什么不搬到下边去住？好像是，她怕这个她住了一辈子的村子寂寞，她对村子里的一草一木太熟悉了。要是自己走了呢，她常常问自己，那庄稼，那树，那鸽子该怎么办？要是儿子一下子从太原回来呢？怎么办？她这么一想的时候，就好像已经看到了院子里长了草，房顶上长了草，好像是，都已经看到了儿子站在院门口失望的样子。儿子已经有好长时间没回来过了，好像是，她现在已经习惯了。

当时，下村的刘泽祖就是从东边的那条路把儿子给他们送来的。儿子当时才六岁，看上去呢，像是三四岁，太瘦太小。村里的人都说怕这孩子不好活，说不要也罢。刘泽祖呢，说这孩子也不知是哪里的，在麻镇走来走去跟个狗似的已经有一个多月了。镇上的人说天也要冷了可别把这孩子冻死，谁家没孩子就把他领走也算是做了件好事。刘泽祖当时正在镇里开村干会，就把这孩子给刘子瑞背了回来。这都是多会儿的事情了。人们都知道刘子瑞的女人不会生孩子，她是三十岁上抱的这孩子，这孩子来刘子瑞家的时候已经六岁，这孩子叫什么？叫刘拴柱，意思全在名字里了，是刘子瑞和他女人的意思。这孩子也真是争气，上学念书都好。在上边村里住的孩子，要念书就要到下边去，多少个日子，树叶子一样，原是算不清的,刘子瑞的女人总是背了这个拴柱往下边村送,刘子瑞的女人偏又是小脚,背着孩子,那路怎么好走?下坡,叉着腿,一步一步挪。一年级、二年级,三年级就是这样过来的,天天都要送下去,放学的时候,还要再下去,再把拴柱背回来,一直到上四年级那年冬天,刘子瑞女人大病了一场,山里雪又大,刘子瑞又正在修干渠,刘子瑞的女人才不再接送这个孩子。人们都说生的不如养的亲,这话什么意思呢?刘子瑞的女人再清楚不过,亲就是牵肠挂肚。比如,一到拴柱下学的时候,刘子瑞的女人就坐不住了,要到院子外去等,等过了时候,她便会朝外走,走到村巷外边去,再走,走到下边的那棵大树那边。再走,就走到村外了。那小小的影子呢,便也在远远的地方出现了,一点一点大起来也就走近了。日子呢,也就这样不知不觉地过去又过来。就是现在,天下雪了,刘子瑞女人就会想儿子那边冷不冷,刮风呢,刘子瑞女人就又会想儿子那边是不是也在刮风。儿子上中学时的笔记本子,现在还在柜顶上放着。柜顶上还有一个铁壳子闹钟,现在已经不走了,闹钟是儿子上学时买的。闹钟上边是两个镜框,里边是照片,儿子从小到大的笑都收在那里边。镜框里边还有,儿子同学的照片。还有,儿子老师的照片。还有,儿子搞过的一个对象,后来吹了,那照片却还在那里。刘子瑞的女人有时候还会想:这姑娘现在结了婚没?还有,一张请帖,红红的,什么事?请谁呢?刘子瑞女人亦是不知道,总之是儿子拿回来的,现在,也在镜框里。

  玉米是个好东西,玉米可以煮上吃的时候也就是说快到秋天了。今年上边的玉米长得出奇地好。玉米棒子,怎么说呢,用刘子瑞的话说:"长得真像是驴屎!"刘子瑞上县城卖了一回驴屎样的玉米,他还想再去多卖几回,他发愁地里的玉米怎么收,收回来怎么放,房顶上都堆满了,总不能让玉米在地里待着。偏巧呢,天又下开了雨,而且是下个不停。屋子又开始漏了。刘子瑞上了一回房,又上了一回,用塑料布把房子苫了一回,但房子还是漏,刘子瑞女人把柴火抱到了东屋里,东屋的炕上摊了些粮食，炕着。东屋也漏，炕上便也放几个盆子。刘子瑞的女人时不时要去倒那盆里的水，端着盆，叉着腿，一下，一下，慢慢出去，院子里简直就都是稀泥。那些鸡算是倒了霉，在驴圈门口缩着发愁，半闭着眼，阴阳怪气的样子。那两只脱毛鸡好像要把头和翅子都重新缩回到肚子里去，或者是，想再缩回到一个蛋壳里去，只是，现在没那么大的蛋壳。刘子瑞的女人把盆子里的水一盆一盆都倒在院子外边去。院子外边的村道是个斜坡，朝东边下去，道上的石头都给雨淋得亮光光的，再下去就是一个小场面，刘子瑞现在就在那小场面上收拾庄稼，场面上那个黑石头小碌碡在雨里黑得发亮。雨下了几天呢，足足下了两天，地里的玉米长得实在是太高了，雨下得地里的玉米东倒西歪，像是喝醉了。玉米棒子太大了，一个一个都驴尿样垂了下来。雨下了两天，然后是暴太阳，这才叫热，房顶，院子，地里和远远近近的地方都冒着腾腾的蒸汽，像是蒸锅，只不过人们都把这种汽叫作雾。太阳也许是太足了，又过了几天，地就全干了。上边村的地是那种细泥土，那土简直要比最细的笋筛出的莜面还要细，光脚踩上去那才叫舒服。院子里，鸡又活了，又都东风压倒西风地互相啄来啄去。鸡的爪子，就像是一把小耙子，不停地耙，不停地耙，把院子里的土耙得不能再松，土耙松了，鸡就要在土里洗澡了：土是那么地干爽，那么地细粉，热乎乎的，鸡们是高兴的，爪子把土刨起多高，然后是翅子，把土扬起来，扬起来，身子一紧，接着是一抖，又一紧，又一抖。好像是，这样还不够，鸡们有时候也是有创意的，有的鸡就飞到房上去，要在房上耙。刘子瑞的女人就不依了，骂了。房顶上能让鸡耙吗？刘子瑞的女人就一遍遍地把鸡从房顶上骂下来，那鸡竟也懂，她在那里一骂，鸡就飞到了墙头上，好像是，懂得害羞了，小冠子那个红，一抖一抖的。但鸡是没有上过学的，不懂得什么是纪律，过一会儿就又飞到了房顶上。刘子瑞的女人就又出去骂，忽然呢，她愣住了，或者，简直是吓了一跳。是谁上了房？从后边，上去了，呼哧、呼哧地正在赶房上的鸡，房上的鸡这下子可给吓坏了，叫着从天而降：咯咯，咯咯，咯咯咯咯。好像是在说"妈呀，妈呀，妈妈妈呀"！是谁？谁上了房？刘子瑞的女人不是用眼，是凭感觉，感觉到房上是谁了。是不是拴柱？刘子瑞的女人问了一声，声音不大，像是怕把谁吓着。房顶上的塑料布给从房后边哗啦哗啦扯下去了，答应的声音也跟着到了房后。是不是拴柱？刘子瑞的女人知道是谁了，但她还是又问了一句，声音不大，紧张着，好像是，怕吓着了谁。房上的塑料布子，刘子瑞早就说要扯下去了，要晒晒房皮，但刘子瑞这几天让玉米累得不行，一回来就躺在那儿了。刘子瑞女人绕到房后边去了，心是那样地跳，刘子瑞女人绕到房后去了，好像是，这又是一个梦，房后边怎么会没有人？人呢？她急了。妈你站开。儿子却又在房上说话了，他又上了房，去把压塑料布的一块青砖拿开。妈你站开。儿子又在房上说，塑料布子，从房上哗啦一声，落下来了。刘子瑞女人看到儿子了，叉着腿，笑着，在房上站着，穿着牛仔裤，红圆领背心。房顶上有窟窿了。儿子在房上说，弯下了腰，把一只手从那窟窿里伸进去。然后呢，儿子又从房上下来，然后呢，又上去，然后呢，又下来。儿子把一块木板补在了那窟窿上，然后又弄了些泥，把那窟窿抹平了。刘子瑞女人在下边看着房上的儿子，儿子每直一下身，每弯一下身，刘子瑞女人的嘴都要随着一张一合。儿子弄好了房上的窟窿，要从房上下来了，先探下一条腿，踩在了墙上，刘子瑞女人的嘴张开了，儿子站稳了，她的嘴就合上了。儿子又在墙上弯下身子，从墙上又探下一条腿，刘子瑞女人的嘴又张开了。刘子瑞女人站在那里给儿子使劲儿，嘴一张一合一张一合地给儿子使劲。忽然，她想起做饭了。她慌慌地去地里掰了几棒玉米，想了想，又慌慌地弄了一个倭瓜来。倭瓜硬得简直就像是一块石头，这是多么好的倭瓜，但还是给切开了，她一下一下把子掏尽了，锅里的水也要开了。她把玉米，先放在锅里，倭瓜再放在玉米的上边。锅烧开后，她又去打了一碗鸡蛋。她站在那里想了想，想哪只鸡哪只鸡该杀，鸡都在下蛋，哪只都不该杀。公鸡呢，更不该杀。刘子瑞的女人就出去了，先是去了小场面那边，探探头，那边没有刘子瑞的人影。她站在那里喊了：嘿——她喊了一声还不行，又喊了一声：嘿——她这么一喊呢，刘子瑞就从玉米地里探出头来了，他不知道自己女人喊自己做什么。嘿——刘子瑞也嘿了一声，对他女人说自己在这儿呢，有什么事。这下子，刘子瑞才知道儿子回来了，并且知道自己女人是要让自己到下边去买只鸡来，家里的鸡都下蛋呢。

刘子瑞便马上下去了，去了下边的村子，去买鸡，下边村子有不下蛋的鸡，他走得很急，出汗了，脸简直比下蛋鸡的脸还红，这是庄户人的脸，很好看的脸，脸上还汪着汗，在额头上的皱纹里。酒呢，还有两瓶，就不用买了。刘子瑞在心里想，还是儿子上回回来时买的。烟呢，该买一盒儿好一点的，买什么牌子的呢？刘子瑞在心里想。刘子瑞忽然觉得脚下不对劲儿了，下去的路和地里不一样，都是石头，不像地里的细土是那么让人舒服。鞋还在玉米地里呢。刘子瑞想想，还是没回去，就那么光脚去了下边。路边的玉米长得真壮，绿得发黑，一棵挨着一棵，每一棵上都吊着一两穗大得让人吃惊的棒子，真像是好后生，一伙一伙地站在那里炫耀他们的大玉米棒子。过了玉米地，又是一片高粱地，高粱也长得好，穗子头都红了，红扑扑的，好像是姑娘，挤在一起在那里站着，好像是，因为她们看到了玉米地那边的大棒子，害羞了，脸红了。这他妈的真是一个好秋天。

雨水这东西是个怪东西，如果下足了，那简直就是对地里的庄稼的一种怂恿，长吧，长吧，使劲长吧。而且呢，雨水一足，季节也好像是给怂恿得放慢了脚步，没有那么足的雨水，地里的庄稼就会早早地黄了，没信心了，秋天也会跟上来了。

儿子回来了，先是在地里忙了一天，把收下的玉米十字披开搭在树上。然后去了一趟下边，去看了看他的同学。隔一天，又把同学招了上来，来做什么？来给房子上一层泥，这么一来呢，刘子瑞这里就一下子热闹了。和刘拴柱现在是个能干的城里人一样,他的同学现在都是能干的庄稼人。以前还看不出来,现在在一起一干活就看出来了,刘子瑞的儿子干活就有些吃力了。他先是去和泥,先和大黏泥,也就是,把切成寸把长的莜麦秸和到泥里去,莜麦秸先在头天晚上用水泡软了,土也拉回来了,都堆在院子外窄窄的村道上,反正现在也没人在那村道上走来走去。刘子瑞的儿子把莜麦秸先散在土堆上,然后用耙把莜麦秸和土和起来,这是个力气活儿,规矩的做法是用脚去踩,咕吱咕吱地把泥和草秸硬是踩在一起。刘子瑞女人烧了水,出去看了一回儿子在那里和泥,出去看了一回还不行,又出去看了一回,好像是不放心。儿子踩泥的时候,她站在那里嘴一动一动地给儿子使劲。她看着儿子踩一回,又用耙子把泥再耙一回,把踩在下边的草秸再耙上来,然后再踩。儿子用耙子耙泥的时候,先是把耙子往泥里用力一抓,身子也就朝前弯过去,往起耙的时候,儿子的肩上的肩胛骨就一下子上去,上去,那是在使力气,肩胛骨快要并到一起的时候,耙子终于把一大团泥草耙了起来。儿子在那里每耙一下,刘子瑞的女人的嘴就要张开一回,泥草耙好一堆,她的嘴也就合上一回。她在那里看了一会儿儿子耙泥,然后又慌慌地回去,去端开水了。拴柱,喝口水。刘子瑞女人对儿子说。儿子呢,却说不喝不喝,现在喝什么水?我给你把水放这儿,你咋不喝点儿水?刘子瑞女人又对儿子说。不喝不喝。儿子又耙好了一堆,直了一下腰,接着又耙。你不喝一会儿又要上火了。刘子瑞女人对儿子说。不喝不喝。儿子还是说。刘子瑞的女人闻到儿子身上的汗味儿了,她对这种汗味儿是太熟悉了,这让她觉得自己又像是回到了从前的日子,这让她有些恍惚,又有些说不出的兴奋。她站在那里又看了一会儿儿子和泥。这时候有人从院子里出来了,说房上要泥呢,拴柱你和好了没?行了行了,拴柱说,连说和好了和好了,我这就来。从院子里出来的人又对刘子瑞女人说,婶子您在这儿站着做什么?待会儿小心弄您一身泥。刘子瑞女人便又慌慌地回到了院里。刘子瑞的院子里,好像是,忽然有了某种欢快的气氛，这种欢快挺让刘子瑞女人激动的。那两个人在房上，是刘子瑞儿子的同学，其中一个会吹笛子，叫刘心亮，小的时候就总是和刘子瑞的儿子一起吹笛子。另一个早早结了婚，叫黄泉瑞，人就好像一下子老了许多，现在呢，好像是因为和过去的同学一起劳动又欢快了起来。刘子瑞的儿子这时拖了泥斗子过来，要在下边当小工，要一下一下把泥搭到房上去，这其实是最累的活儿。刘子瑞的女人站在那里，心疼地看着儿子。她忽然冲进屋去，手和脚都是急慌慌的样子，她去给儿子涮了一条毛巾，儿子却说现在干活儿呢，擦什么擦？儿子把一勺泥，一下子，甩到房顶上去了。给，给，刘子瑞女人要把手巾递给儿子。不擦不擦。儿子说，又把一勺泥，一下子，甩到房顶上去了。要不就喝口水？刘子瑞女人说。不喝不喝。儿子说，声音好像有些不满，又好像是不这样说话就不像是她的儿子。仔细想想，当儿子的都是这种口气，客气是对外人的，客气有时候便是一种距离。刘子瑞女人的心里呢，是欢快的，人好像也一下子年轻了。她又站在那里看了一会儿，然后，绕到后边去，看了一回刘子瑞在后边一点一点补墙洞。然后她合计她的饭去了。她合计好了，要炒一个鸡蛋韭菜，韭菜就在地里，还有一个拌豆腐，还有一样就是烩宽粉。肉昨天已经下去割好了，晚上已经在锅里用八角和花椒炖好了。乡下做菜总是简单，一是没那么多菜，二是为了节省些柴火。总是先炖肉，肉炖好了，别的菜就好做了，和豆腐在一起再炖就是一个肉炖豆腐，和粉条一起做就又是一个肉烩粉条子，还要有一个山药胡萝卜，也要和肉在一起炖。刘子瑞的女人在心里合计好了，再弄一大锅稀粥，等人们干完活儿就让他们先喝两盅，酒喝得差不多的时候就蒸糕。刘子瑞女人先用大锅熬粥，儿子从小就喜欢喝豆粥，她在锅里下了两种豆子：小红豆和绿豆，想了想，好像觉得这还不够，又加了一些羊眼豆，想了想，又加了些小扁豆。

给房子上泥的活不算是什么大活儿，但吃饭却晚了。好像是，这顿中午饭都快要和晚上饭挨上了。人们上完了第一层大黏泥，要等它干干，到了明天就再上一层小黏泥，等它再干干，然后还要上去再压，把半干的泥压平实了。人们现在都忙，第一天，刘子瑞儿子的那些同学帮着刘子瑞家干了一天。第二天，又上来，又帮着干了一天。晚上吃过饭，刘子瑞儿子的同学就都又下去了。第三天，是拴柱，一个人上了房，在上边仔细地压房皮，先从房顶后边，一点点一点点往前撵。头顶上的太阳真是毒，刘子瑞的女人不知什么时候，又从后边上了房，要给儿子身上披一件单布衫子。不要不要不要。儿子光着膀子说，好像有些怪她从下边上来。我要我不会下去取？谁让您爬梯子？儿子说。过不一会儿，刘子瑞女人又从后边踩梯子上来了。给你水。她给儿子端上来一缸子水。不要不要，我不渴。儿子一下一下地压着房皮。你不喝你小心上火。刘子瑞女人说。我渴我不会下去喝？谁让您爬梯子。儿子说，好像是，不高兴了。刘子瑞女人这边呢，好像是在下边怕看不清楚儿子，所以，她偏要爬那个梯子，下去了，但她马上又扒在了梯子上。这会儿，她就站在梯子上看儿子在那里压房顶。儿子把泥铲探出去，压住，又慢慢使劲拉回来，再把泥铲探出去，再慢慢慢慢使劲拉回来。儿子每一使劲儿，刘子瑞的女人便把嘴张开了，到儿子把泥铲拉回来，松了劲，她也就松了劲，嘴又合上了。你喝点儿水，你不喝水上了火咋办？刘子瑞的女人又对儿子说。您下去吧，下去吧。儿子说。你喝了水我就下。刘子瑞女人说。儿子只好喝了水，然后继续压他的房皮，压过的地方简直就像是上了一道油，亮光光的。刘子瑞的女人就那么在梯子上站着，看儿子，怎么就看不够？

儿子压完了房顶，又去把驴圈补了补。鸡窝呢，也给加了一层泥。儿子说，做完了这些，再把厕所修修，下午就要往回赶了。他这么一说，刘子瑞女人就又急了。急什么？她自己也说不清，其实她昨天晚上就知道儿子今天下午就要回去了。她迈出院子去，跟着儿子，好像是，怕儿子现在就走。儿子呢，昨天和黄泉瑞说好了的，要去他那里先弄一袋子水泥上来，要修修厕所了。家里的厕所不修不行了。儿子说要在走之前把厕所给再修一修。这会儿,儿子下去取水泥了。刘子瑞女人已经把鸡都圈了起来,怕它们上房,怕它们到处刨。儿子去了没有多大工夫就把水泥从下边扛了回来。沙子是早备下的,儿子现在做活儿就是麻利,很快,就把厕所给弄好了,弄了两个台,还抹得光光的,正好可以蹲在上边。儿子说可千万等干了再用,又嘱咐他妈千万要把鸡和狗都拴好了,别把刚刚弄好的水泥弄糟了。儿子又看看天,说最好是别下雨。刘子瑞女人跟在儿子后边就也看看天,也说是最好别下雨。儿子进屋去了,刘子瑞女人也忙跟着进屋。儿子说下午就要走了,再在炕上躺躺吧,城里可没有炕。儿子用手巾把脸擦了擦,又把脚擦了擦,就上了炕。刘子瑞女人知道儿子是累了,儿子上了炕,先是躺在炕头那边,躺了一会儿说是热,又挪了挪,躺到了炕尾。不一会儿,儿子就睡着了,天也是太热,和小时候一样,儿子一睡着就出了一头的汗,人呢,也就躺成个"大"字了。

刘子瑞女人想好了,中午就给儿子吃擀面条,接风的饺子送行的面。她一边揉着面,一边看着儿子。刘子瑞这时候去了地里,说是要让儿子带些玉米去给那些城里人吃,他去掰玉米去了。屋里院外这时又静了下来,鸡和狗都让关在圈里,它们不知道这个世界上出了什么事,怎么会大白天把它们关了起来,它们的意见这会儿可大了,简直是怨气冲天,便在窝里拼命地叫。咕咕咕咕、咕咕咕咕叫一气,忽然又停了,好像要听听外边的反应,然后再叫。

坐在那里,慢慢慢慢揉着面,刘子瑞女人忽然伤起心来。什么是梦呢?人活着就像个梦。儿子现在躺在炕上,忽然呢,马上就要走了,那么点儿,那么点儿,当时他是那么点儿,在自己的背上,让他下来多走半步他都不肯,有时候要背他他偏又不让。两个人都在地上走就都费鞋!妈背着你就省下一个人的鞋!刘子瑞女人还记得当年自己对儿子这么说。刘子瑞女人也不知道自己给儿子做过多少双鞋,总是一双比一双大。那个猪槽子呢,刘子瑞女人忽然想起了那个褪猪的大木槽。以前总是她,把儿子按在那个猪槽子里洗澡，左手按着右手洗，右手按着左手洗，按住上边洗下边，按住下边洗上边。以前，她还把儿子搂在一起睡，冬天的晚上，睡着睡着，儿子就会拱到自己的被子里来了。好像是，不知出了什么怪事，儿子怎么就一下子这么大了。刘子瑞女人忽然抹起眼泪来。面揉好了，她用一块湿布子把面团蒙了，让它慢慢饧。然后，她慌慌张张去了东屋，去了东屋，又忘了自己要做什么，站了一下，又去了院子里，儿子穿回来的衣服她都给洗了一过，都干了。她把衣服取了下来，放在鼻子下闻闻，是儿子的味儿。儿子穿回来的那双球鞋，她也已经给洗了一过，放在窗台上，也已经干了。她把鞋放在鼻子下闻了闻，是儿子的味儿。还有那双白袜子，她也洗过了，她把它从晾衣服绳上取了下来，也放在鼻子下，闻了闻，是儿子的味儿。儿子的味道让她有说不出的难过。她把儿子的衣服和袜子闻了又闻。

  刘子瑞的儿子是下午两点多走的，吃过了他妈给他擀的面，面是用井水过了一下，这就让人吃着舒服。吃过了饭，刘子瑞女人心里就有点受不住了，她已经，把儿子要带的东西都收拾好了。那么大一个蛇皮袋子，里边几乎全是玉米。刘子瑞要送一送儿子，好像是，习惯了，儿子每次回来他都要送一送，送到下边的站上去。东西都收拾好了，刘子瑞也下了地。刘子瑞女人一下子受不了啦，好像是，这父子两个要扔下她不管了，每逢这种时候，她总是这种心情，想哭，又不敢哭泣。这时候，儿子出去了，她在屋里看着儿子，她的眼睛现在像是中了魔道，只会跟着儿子转来转去，儿子去了院子西南角的厕所，但儿子马上又出来了，然后，就像小时候那样，叉腿站在院子里，脸冲着厕所那边，做什么？在撒尿。原来厕所的水泥还没干呢。儿子像小时候一样把尿撒在院子里了。院子里的地都让鸡给刨松了，又干又松，脚踩上去真舒服。刘子瑞女人在屋里看着儿子叉着腿在院里撒尿。刘子瑞也朝外看着，他心里也酸酸的。等干了再用，现在一用就坏了。儿子撒完了尿，又从外边进来了，说水泥还要干半天，别让鸡刨了。是是是，放出来就刨了，我一辈子不放它们，刘子瑞女人说。该走了该走了，再迟就赶不上车了，儿子又说，故意看着别处。刘子瑞女人心就怦怦跳开了。玉米也太多了吧？儿子说，拍拍那一大袋玉米。不多不多，要不，再掰些？刘子瑞说。儿子笑了，说又不是去卖玉米，这么多。不重吧？刘子瑞女人对儿子说。不重不重。儿子说，把那一袋子玉米就势上了肩，这一上，就再不往下放了。那我就走了。儿子说，故意不看他妈，看别处。

刘子瑞女人跟在刘子瑞和儿子的后边，踮着小脚，一直把儿子送到了村子边，然后就站在那里看儿子和自己男人往下走，一点一点变小，天那么热，日头把周围的白石头照得让人睁不开眼。儿子和自己男人一点一点变小的时候，刘子瑞女人就开始哭，眼泪简直是哗哗哗哗地流。她一直站着，直到儿子和自己男人的人影儿小到一下子不见了。她再看，就只能看到庄稼，远远近近的庄稼。石头，远远近近的石头。还有，再远处蓝汪汪的山。这一切，原本就是寂寞的，再加上那远远近近蚂蚱的叫声，它们要是不叫还好，它们一叫呢，就显得天地都寂寞而旷远了。

刘子瑞的女人回去了，慢慢慢慢回去了。一进院子，就好像，一个人忽然梦醒了，才明白过来房子是重新抹过一层泥了，那泥还没怎么干，湿湿的好闻。驴圈也抹过了，也还没干，湿湿的好闻。鸡都给关在圈里，院子里静静的，这就让刘子瑞的女人有些不习惯。好像是，自己一下子和自己的家有些生分了。她进了屋，心里好像一下子空落落的。儿子昨天还在炕上躺着，坐着，说着，笑着，还有儿子的同学，这个在这边，那个在那边，现在是什么也没有。儿子一回来，这个家就活了，其实呢，是她这个做妈的心活了。刚才还是，儿子的鞋在炕下，儿子的衣服在绳上搭着，儿子的气味在屋里弥漫着。现在，一下子，什么也没了。刘子瑞的女人又出了院子。好像是，屋子里再也不能待了，不能待了！不能待了！刘子瑞的女人站在了院子里，院子现在静了。昨天，儿子就在房檐下给房上上泥，上累了，还蹲在那块儿地方抽了一支烟。昨天，儿子的同学在这院里走来走去。现在呢，院子里静得不能再静。刘子瑞女人一下子看到了什么，嘴角抽了抽，像是要哭了，她慌慌张张地过去了，靠厕所那边的地上，湿湿的，一小片，但已经翘翘的，是儿子临走时撒的尿。刘子瑞女人在那湿湿翘翘的地方站定了，蹲下了，再后来呢，她把手边的一个盆子拖过来，把那地方牢牢盖住了，又哭起来了。

第二天呢，原来的生活又好像是一下子变回来了。刘子瑞早上起来又去了地里，弄他的庄稼。刘子瑞女人，起来，先喂驴，然后喂那些鸡。鸡给关了整整一天，都好像疯了，又是抖，又是跳，又是叫。那只公鸡，精力怎么就会那么旺？一个挨一个往母鸡身上跳，那两只脱毛鸡，受宠若惊了，半闭上眼睛，欲仙欲死的样子，接受那公鸡的降临。又好像是给关了一天关好了，红红的鸡皮上顶出了尖尖白白的毛根儿，但还是一样地难看。刘子瑞的女人做完了这一切，便又在那倒扣的盆子边站定了，她弯下身子去，把盆子，慢慢慢慢，掀开了，盆子下边是一个干干的翘起来的泥碗样的东西，是儿子给她留下的。没有人能够听到刘子瑞女人的哭声，因为上边的村子里再没别人了。那些鸡，它们怎么会懂得主人的心事？它们吃惊地看着刘子瑞的女人，蹲在那里，用手掀着盆子，看着被盆子扣住的那块地方，呜呜咽咽……

隔了半个多月，又下过几场雨，刘子瑞儿子山下的同学黄泉瑞这天忽然上来了，来取泥铲子，说也要把家里的房顶抹一抹，今年好像是到了秋后雨水要多一些。黄泉瑞坐了一会儿，抽了一支烟，然后下去了。走的时候，黄泉瑞站在院子里看看，说这下子收拾得好多了，鸡窝像个鸡窝，驴圈像个驴圈。黄泉瑞还看到了院子里地上扣的那个盆子，他不知道地上扣个盆子做什么。他对刘子瑞女人说拴柱过年回来的时候他一定会再上来，来好好喝几口。他还说，还是拴柱好，现在是城里人了。他还说，城里就是比乡下好，过几年拴柱要把姊子接到城里去住。他还说，回去吧，我一个晚辈还让您送，您看看您都送到村口了，您不能再送了。他还说，过几天，也许，拴柱就又要回来了……

山上是寂寞的，远远近近，蚂蚱在叫着，它们为什么不停地在那里叫？也许，它们是嫌山里太寂寞？但它们不知道，它们这么一叫，人的心里就更寂寞了。

（此文获第三届鲁迅文学奖）